欠けた月のメルセデス 2

〜吸血鬼の貴族に転生したけど捨てられそうなのでダンジョンを制覇する〜

炎頭
Fire head Presents
ill：KeG

TOブックス

contents

ill:KeG　cover design:安斎 秀+ベイブリッジ・スタジオ

characters

メルセデス

現代日本の会社員から吸血鬼貴族に転生した主人公。
貧乏生活からの脱却と生きがいを求め、
若干10歳で探索者(シーカー)となった。規格外な能力で
お供を増やしながらダンジョン全制覇を目指す。
人間よりも魔物の忠誠心を信用している。

だきますよ、父上

の後継者だ

ベンケイ

6本の腕を持つ人型怪物。
メルセデスと魔物の
言語通訳も行う。
戦闘では頼りになる反面、
戦闘以外では
出番がない事を
密かに気にしている。

クロ

体長3メートルの黒狼。
言葉は話せないが
賢いので
意思の疎通は可能。
戦闘では
メルセデスを乗せて
戦う事も出来る。

ツヴェルフ

メルセデスが手に入れた
ダンジョンの管理AI。
知識面でのサポート役を
担っている。
博識だがメルセデスに
伝えられる情報には
制限がかかっている。

シュフ

身長3メートルの悪魔。
マルギット親子の護衛として仲間にしたはずが、
なぜか皆に料理を振る舞っている。

ベルンハルト

冷酷非情なメルセデスの父親。
吸血鬼大国『オルクス』の
大都市を統治している。

利用させていた

お前こそが私

グリューネヴァルト家

フェリックス

メルセデスの兄。
ベルンハルトに
後継者として
認められたい。

ボリス

メルセデスの兄。
フェリックスの誕生祭で
暴れてからは行方不明。

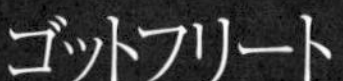

ゴットフリート

メルセデスの兄。
静かに暮らしたいため、
後継者争いには
興味がない。

モニカ

メルセデスの妹。
メルセデスを
「お姉様」と呼び、
「偉大にして華麗なる姉」と
慕っている。

マルギット

メルセデスの妹。
メルセデスから
文字書きや、
得意な絵を仕事にする術（すべ）を
教えてもらった。

トライヌ

金の匂いに敏感な
トライヌ商会の会長。
ダンジョンでメルセデスに
助けられて以降、貰った
チョコレートに感激し
新たな商売を始めた。

第二十四話　グリューネヴァルト家での生活

グリューネヴァルト家に来て一年が過ぎた。

本邸での生活は意外にも穏やかなもので、トレーニングや勉学は必修とされているがノルマさえこなせば父のベルンハルトは何も言わない。

むしろここで学べる多くの事はメルセデスにとっても得難いものであり、彼女は積極的に自らの知識を増やした。

特に大きかったのが、『血操術（けっそうじゅつ）』と呼ばれる吸血鬼特有の身体能力向上法だ。

「では皆様。今日は血操術の練習をしましょう」

メルセデスを始めとするグリューネヴァルトの子等の教師を務める長身の吸血鬼が部屋を見回しながら言う。

室内にいるのはメルセデスとフェリックス。

更にゴットフリートやモニカ、マルギットまでいる。

ベルンハルトはあれから、何を思ったのか（行方不明になったボリス以外の）側室の子全員を離れの屋敷へと招き、メルセデスやフェリックスと同じ教育を施していた。

思いがけぬ場所からメルセデスという上出来な娘が出てきたので、もしかしたら他の側室の子の中にもまだ宝石が紛れているかもしれない、とでも思ったのだろう。

「我等吸血鬼は他のファルシュと異なり、血の流れが大きな身体能力を生み出します」

教師の言葉を素早く書き写しながらメルセデスは考える。

吸血鬼の身体は人間と似ているようで、やはり違う。

純粋な筋力や脚力以外に、血流の流れが爆発的な身体能力を生み出す事をメルセデスはここに来て初めて知った。

心臓が身体の隅々に血を行き渡らせるのは人と同じだが、吸血鬼はこの血流の速度を速める事が出来る。

そして血を強く、速く身体に行き渡らせる事で身体能力を高める事が出来るのだ。

これを自在に操り、自らを強化する事を『血操術』と呼ぶ。

メルセデスは、知識もないままにこれを既に実践していた。

彼女にとっては単に筋力を向上させる為にやっていた重力修行。あれがそうだ。

重力が強くかかるという事は、当然血も重くなる。

しかしメルセデスの身体はそれに反発し、心臓は強靭（きょうじん）になり、血流の流れる速度と力強さも増した。

ましてやメルセデスは毎日休まずに己に重力をかけ続けている。つまり休む事なく血操術を磨いているのと同じであった。

これがメルセデスの、他の吸血鬼を引き離した強さの秘密だったのだ。

重力修行がそんなに効率がいいならば他の吸血鬼もやればいい、と思うだろう。

しかしそうはいかない。何故ならこの世界にはそもそも『重力』や『引力』の概念そのものがないからだ。

天動説——大地は動いておらず、天体が動いている。

地上平面説——大地は平面であり、球体ではない。

この二つの説がこの世界の学会の主流であり、この世界で文明を築いている吸血鬼を含む知的生命体『ファルシュ』達は自分達が球体の上に乗っている事を知らない。

むしろここで世界が球体だなどと言えば、『球体ならば下の者が落ちてしまうではないか』と学会で笑われてしまうだろう。

この世界の住民にとって上から下に物が落ちるのは『当たり前』であり、引力という発想に行き着かない。だから土魔法を使う誰もが、重力というすぐそこにある物を使う事すらしない。

では、青い星からやってきたという神々はどうなるのだ、と疑問を零した者は当然いた。

しかしこれに対し、教会（驚くべき事に吸血鬼なのに神を信仰しているし、教会もある）はこう答えた。『それこそ神の御業。神なのだから球体の上に乗れるのだ』。

だから重力を操るという、思いついてしまえば簡単な事に誰も気付かない。気付けないからこそ、重力操作はメルセデスだけが操る魔法として彼女だけを強くし続けていた。

「それではまず、心臓を強く意識してください。次に血の流れを感じ——」

教師の説明を聞きながらメルセデスはフェリックスを見た。

あの一件以来フェリックスは特にメルセデスに干渉してこないが、内心ではきっと複雑だろう。

実際、本妻はあれこれベルンハルトに抗議してはあしらわれている。

あの日の出来事はフェリックスにも落ち度があったが、彼にとっては不幸な出来事だった。

ベルンハルトから聞いた話だが、ボリスからは結局これといった情報は出てこなかったらしい。

本人曰く、フェリックスへの怒りを滾らせていた時に、偶然闇市で見つけて購入したとか。

偶然……とは言えないだろう。

恐らくグリューネヴァルトをよく思わない何者かが、意図的にボリスを利用したと見るべきだ。

メルセデスはあの後、ボリスの呼び出した魔物であるベーゼデーモンにも話を聞いたが、そのベーゼデーモンも生まれてすぐに封石に詰め込まれたらしく情報はやはり何もない。

ただし『敵を倒せ』という命令を事前に受けていた事だけは覚えており、不思議とそれに歯向かう気すら起きなかったらしい。

これは恐らくダンジョンマスターから下された命令だ。マスターは自らが所有するダンジョンの魔物に命令する事が出来る。

そしてベーゼデーモンの所有権は今、メルセデスに移っており、もう命令を受ける心配はない……と野菜炒めを作りながらベーゼデーモンは語っていた。

故に、あの事件の裏にいただろうダンジョン攻略者は未だ闇の中だ。

どうでもいいがマルギットの引っ越しと共にベーゼデーモンも本邸へ来ており、今は屋敷の厨房で働いている。

一体あの悪魔はどこに向かっているのだろうか。

そして腹が立つ事に、彼の作る料理はとても美味であった。

◆

屋敷の地下に造られたコロシアム。

そこでメルセデスは腕を組み、父が用意した対戦相手を見ていた。

ベルンハルトから施される英才教育は何も座学だけではない。こうした実戦もまた彼にとっては教育の一環でしかなかった。

恐らくフェリックスなども幼い頃から似たような事をやらされていたのだろう。

敵の数は二十。全員が吸血鬼で、更に各々の手には武器まである。

対しメルセデスは一人で無手。屈強な武器を持った二十人の男と無手の幼女。傍から見ればさぞ大人げない光景に見えるだろう。

だがこの場において本当に大人げないのは果たしてどちらの方か……。

「始めい！」

ベルンハルトが腕を振り下ろし、開戦の合図を告げた。

彼の合図に従い、二十人の吸血鬼達が一斉に飛び出した。

地を蹴ってメルセデスに迫る速度はいずれも凄まじく、恐らくは時速にして五十か六十を出している事だろう。

それが全くの予備動作なしで二十人。普通ならば対処すら出来ないはずだ。

だがそれはメルセデスが普通ならばの話。彼女は腕組みを解かぬままに軽く床を蹴り、真正面から彼等の間の僅(わず)かな隙間を通過して背後へと移動した。

きっと彼等の目にはメルセデスが突然消えたか、あるいは影が一瞬走ったくらいにしか見えなかっただろう。

「き、消えた……？」

「違う、後ろだ！　回り込まれている！」

「ちぃぃぃ！」

男達は叫び声を上げ、振り返ってメルセデスへと襲いかかる。

叫ぶその声に混じっているのは怯(おび)えだ。

彼等はいずれも、元々が兵士だった者が落ちぶれて野盗となった者達である。

幸運尽きて捕らえられた彼等に生き残るための条件としてベルンハルトが提示したのは、娘のトレーニングの相手となる事。

……メルセデスに、一筋でもいいから傷をつける事。それが出来たならば全員生かしてやる。それが父の出した条件であった。

男達は当初、メルセデスを見て安堵(あんど)した顔すら見せていた。

これならば簡単だ。むしろ傷つけすぎて不興を買う方が不味いと彼女への気遣いを見せる者すらいた。

しかし今の動きを見せた事で彼等も認識したのだろう。メルセデスが見た目通りではない事を。

遊びを捨てた我武者羅な攻撃を次々に繰り出すが、メルセデスはそれを前にしても腕組みを解く必要にすら迫られなかった。

それどころかギリギリまで引き付け、髪に触れる寸前で避け、最低限の動作で攻撃をいなす。

そして回避動作が終わればすぐに元の姿勢へと戻る。

彼女の戦闘技術はこの一年で更なる飛躍を果たしていた。

「何故だ！　何故当たらないんだ！　動いてすらいない相手に！」

「こ、攻撃がすり抜ける！」

「幻術だ！　惑わされるな！」

避ける動作はほんの一瞬のみ。残像すら残しはしない。

故に彼等の目に映るメルセデスは不動の姿勢で腕組みを続ける姿のみだ。回避動作など取っていないように見えるだろう。

勿論幻術などではないので、彼らの言葉は全くの的外れであった。

メルセデスはチラリとベルンハルトを見るが、父は彼女の動きに満足そうな顔を見せている。

後はこのまま蹴散らしてしまえばベルンハルトの望みどおりの展開となるだろうが……。

「…………」

メルセデスは目を半開きにしたまま迫る刃を見る。

回避は余裕。そもそも相手側の動きが単調すぎる。

それを限界まで引き付け——あえて頬を掠らせた。

ベルンハルトはまだそれに気付いていない。

ここから一転攻勢。

メルセデスはその場で蹴りを放ち、周囲の男達を薙ぎ倒した。

攻撃動作も一瞬で、攻撃後にすぐ姿勢を戻している。

故にこれもやはり、何もしていないようにしか傍目には映らない。

それを数回繰り返し、二十人の男全てを床に伏せさせた。

するとそれを観戦していたベルンハルトの部下達が呆然とし、父だけが拍手を送ってきた。

「素晴らしい。見事だ、メルセデス。グリューネヴァルトの名に相応しい優雅かつ圧倒的な勝利であった。所要時間も私が定めた一分以内という目標を見事に達成している。最初に遊ばなければもっと早くに終わらせる事も出来ただろう」

「いえ、まだまだです」

「何？」

「一つ避け損なってしまいました。私も精進が足りません」

メルセデスは上機嫌のベルンハルトにそう言い、わざと作った頬の傷を見せた。

すると先程まで喜色満面だった彼の表情が若干曇る。

「ふむ。満点をやれそうだったのだが、それはいかんな。次は気を付けなさい」

「はい、父上」

メルセデスは父に一礼をし、その場を通り過ぎた。

傷は一つ負ったが、これは十分及第点のはずだ、と彼女は考える。

事実、同じ訓練を課されているフェリックスは常に苦戦し続けているという。

これは決してフェリックスが弱いのではない。

野盗に落ちぶれたとはいえ、実戦を経験した元兵士だ。生死をかけた合戦の場に出て、生き残ったのがこの男達なのである。そう、彼等は弱くない。

一人でもフェリックスを多少は苦戦させる事が出来るだろうし、三人も集まればフェリックスでも勝てるかどうかは怪しい。

それを二十人相手にして傷一つ……ベルンハルトもメルセデスを認めぬわけにはいくまい。

「ところでメルセデス……お前は、トレーニングの相手に私が生き残る条件を出している時、不思議とその条件に合うだけの手傷を負うな」

「……それは」

「気付かぬと思ったか？」

言葉と同時に、メルセデスの背後で何かが潰れる音が響いた。

振り返ればそこにあったのは血、血、血――血の海。

部屋中に真紅の液体が飛び散り、その中央でベルンハルトが返り血に濡れていた。

「支配者に慈悲は要らぬ」

「……」

父は硬直しているメルセデスの側（そば）へと歩み、ポンと彼女の頭へ手を置いた。

そして不自然なほどに優しく娘の事を撫でる。

「冷徹になれ。それが出来れば、お前は更なる高みへと至るだろう。――次は気を付けなさい」

「……わかりました、父上」

「よろしい。ではディナーにしよう。わざと受けた一撃を除けばほぼ満点だ。今夜はお前の好物を多く用意するようシェフに伝えてやる」

そう言い、ベルンハルトは上機嫌のまま立ち去っていった。

その後には彼の部下達も続き、後にはメルセデスだけが取り残される。

彼女はコロシアムの中央に立ち、そこに転がる死体を見下ろす。

倒れている彼等の表情は安堵に満ちていて、きっとメルセデスに傷を付けた事で生き残ることが出来ると信じていたのだろう。

そして、その安心を抱いたまま、自分の身に何が起きたかも分からず父に殺されたのだ。

メルセデスのやった事はただ、彼等を無駄に安心させて高みからの落下を味わせただけであった。

そしてきっと、この死体は後々に外に捨てられて埋葬すらされないのだろう。

「……上手くいかないものだな」

メルセデスは彼等への情けを見せた。甘さを見せた。

だが本当はこの野盗達の事を何とも思っていない。可哀想などという感情もなく、むしろ自業自得だとすら思っている。

だからメルセデスは彼等を殺ろうと思えば殺れるだろう。

一片の慈悲も嫌悪感もなく、虫を潰すように……魔物を殺めるのと同じ感覚で潰してしまえるだろう。

いや、違う。そうではない。

魔物と同じどころか、メルセデスの中で彼等は魔物以下だ。

自らの欲望の為に他者を食い物にする畜生……そんなのを潰しても、きっと何も感じない。

魔物を殺めた時に感じた僅かな嫌悪感も、きっとそこには伴わない。

メルセデスはそれが怖かった。

いくら悪党でも、自分と同じ吸血鬼を殺めて自分が何も感じないという事……魔物相手でも感じたはずの罪悪感すら抱かない事。それが一番怖かった。

ほら、今だってそうだ。無惨に死んだ彼等の遺体を前に……憐憫一つ抱けやしない。

以前魔物を屠った時、僅かではあるが動揺出来た事を嬉しく思った。

だが今は、その動揺すら抱けないのが何よりも怖い。

本当に上手くいかない……そう思い、メルセデスは血の海に背を向けて歩き出した。

第二十五話　命名

魔物食――読んで字の如し、魔物を食べる事を意味する。

これは吸血鬼の都市のみならず、世界のどこに行っても珍しいものではない。

数に限りのある野生動物や家畜と、無限に湧き出てくる魔物のどちらを消費するかといえば、それは魔物を消費した方がいいに決まっている。

勿論一部の特権階級などは丸々と肥えさせた豚や牛を食べる事も出来るが、大半の者にとって肉といえば魔物を意味している。

この都市でもまた、魔物は当たり前のように精肉店などに並んでは皆に買われていた。

そして今日もまた、新鮮な魔物肉を求めて客が訪れる。

やってきたのは身長三メートルの漆黒の悪魔、ベーゼデーモンだ。

首には他者の所有魔物である事を示す首輪を付け、手には買い物籠(かご)を提(さ)げている。

最初はその威容から吸血鬼達から警戒されていた彼だが、ここ一年ほどですっかり常連と化してしまっていた。

「おう大将、今日も来たか！」

「うむ。何かいいものは入っているかな？」

「それならこいつはどうだい？　深夜に届いたばかりの新鮮なオークだ。こいつは普段ダンジョンで捕まってる奴と違ってダンジョンの外で捕まった奴だ。木の実や果物をたっぷり食ってるから肉も普通のオークより柔らかく、甘い！　お買い得だよ！」

「いいな。買おう」

「毎度！」

店主おススメのオーク肉を買い、更にいくつか店を回って食材を買い揃える。

基本的に血だけで賄（まかな）える吸血鬼にとって、料理というのは嗜好品に近い扱いだ。

需要が低いが故に値段は安く、その代わりに食材の数も少ない。

だが少ない食材をいかに活かすかもまた、腕の見せどころだ。

屋敷に帰ったベーゼデーモンは早速調理に取りかかり、まずジャガイモを加熱した。

玉ねぎを微塵切りにし、先程買ったオーク肉も細かく刻む。

プラクティスダンジョンに出現する鳥型魔物の『レッカーフーン』の卵をかき混ぜ、味付けは塩と胡椒（こしょう）で行う。

胡椒は一年前までは貴重で高価なものだったのだが、トライヌ商会が缶詰を発表した事で価値が大暴落してしまい、今や一般の市場で手に入るようになった品だ。

それでもまだ高いが、かつての価値を思えば見る影もない。

フライパンでジャガイモを炒め、色が付いたら一度ジャガイモを降ろして今度はオーク肉と一緒に玉ねぎを炒める。

玉ねぎが飴（あめ）色になればジャガイモを再投入して卵液を回し入れ、ある程度固まったところで形を整えて素早く皿に移した。

それから更にバランスよくニンジンやパセリを添え、最後に魔物の血とケチャップを混ぜた自家製ブラッドソースをかければベーゼデーモン特製ホッペルポッペルの完成だ。

「手馴れたものだな。一体どこでそんな技術を学んだんだ？」

料理の完成を待ってから声をかけてきたのは彼の主であるメルセデスだ。

基本無表情で何を考えているか分からない少女だが、その顔は少しばかり感心しているように見える。

「お嬢様は我等魔物がダンジョンから無数に生まれる事は知っていますかな？」

「ああ、知っている。それが同じ個体だという事もな」

「恐らくですが、我の元になった者がこうした料理の経験を積んでいたのでしょう。我自身がどこかで学んだわけではありません」

パンやスープをそれぞれの器によそいながらベーゼデーモンは説明をした。

確かに彼は生まれてすぐに封石に詰め込まれてしまったので、こうした経験を得る機会などない。

だがダンジョンは同じ個体が複製されており、つまり元の個体が経験を積んでいればそれは生まれてくる全ての同一魔物に継承されるのだろう。

つまり……魔物は最初から登録されているものだけではなく、後から経験を積んだ個体をベースにする事も出来るわけだ。

「なるほど。ところでお前にはマルギットが世話になっているな。もう一年も経つことだし、いつまでもベーゼデーモンでは呼びにくい。そろそろ、お前にも名を与えたいと思うがいいか？」

「断るはずもなし。是非、お願いいたします」

「よし。では今日からお前の名はシュフだ」

名前の由来は言わずもがな、主夫から取っている。

甲斐甲斐しくメルセデス親子の面倒を見るベーゼデーモンが主夫に見えて仕方なかったので、そのままシンプルにシュフと名付ける事にした。

変に捻らずストレートド直球に決めるのがメルセデスのネーミングセンスである。

「シュフ……その名、しかと心に刻みました。我に名を下さった事、感謝いたします」

「うむ。これからもよろしく頼むぞ」

「は。我が主」

こうしてベーゼデーモンはシュフという名を授かり、改めてメルセデスへの忠誠を誓った。

◆

フェリックス・グリューネヴァルトはグリューネヴァルト家第一子にして長男である。

更に母は名家と名高い名門貴族の長女であり、フェリックスは選び抜かれた血統同士の間に生まれたエリート……必然、その将来は約束されていると誰もが思っていた。

しかし、その将来に翳りが生まれたのはフェリックスが十歳の頃だ。

父であるベルンハルトが全くフェリックスに見向きもしなくなったのだ。

それまでもベルンハルトの態度は素っ気ないものであったが、それでも僅かにフェリックスに期待しているような部分があった。

だが十年間でフェリックスの素質を見切り、そして彼に失望したのだ。

自分を見る父の目が呆れと失望で彩られている事を、幼いながらに感じ取ったフェリックスは父

に認められようと必死に努力をした。

歴史、算術、文学、そして戦闘。とにかく必死に頭に詰め込み、身体に覚えさせた。

だが父の目はフェリックスへは向かず、それどころか母の他に側室を何人か作り、『予備』を用意していた事が明らかとなった。

ボリスやゴットフリートの年齢からも分かる事だが、実際には見切りを付ける以前からフェリックスは駄目かもしれないと考え、予備を作る事を思いついていたのだろう。

悔しかった、情けなかった。

貴方の子は僕だ。長男は僕だ。グリューネヴァルトの名を継ぐのはこのフェリックスだ。

そう強く、強く心が叫んだ。父にそう思わせたかった。

だから彼は十五歳を迎えるその日に、他の兄弟を招いて父の前で叩きのめす事を決めた。

自分こそが父の子の中で最も優秀であると、父に教えたかった。認められたかった。

同時に他の兄弟に教える意味もあった。自分こそがグリューネヴァルトの後継ぎで、お前達の出る幕などないと。チャンスなどないと、そう教える気だった。

身の程を思い知らせる気であった。

しかし思い知らされたのは、フェリックスの方だった。

フェリックスの行動は結果として、更に彼の肩身を狭くした。

彼は藪(やぶ)をつついて蛇(へび)どころか龍を出してしまったのだ。

――メルセデス・グリューネヴァルト。

今年十一歳になったばかりの、腹違いの妹。ボリスやゴットフリートと違って女子で、歳も離れ、おまけに貴族ではない母から生まれたという彼女の事をフェリックスは当初、全く警戒していなかった。調査すらしなかった。

調べるべきだった、と僅かに思ったのは実際に会場で見た時だ。

似ている、と思った。

髪の色が。目の色が。何者も寄せ付けないような空気が。

そして何よりも、誰かを見ているようで本質的には誰も見ていない、その瞳が。

顔立ちこそまるで違うものの、初めて見た妹は驚くほどに父ベルンハルトの面影を宿していた。

更に藪からは龍を隠れ蓑（みの）にして蛇まで出てきてしまった。

ボリスが暴走し、会場に魔物を解き放ったのだ。

フェリックスはそれを相手に必死に戦ったがまるで歯が立たず、もう駄目かと思った時にメルセデスが圧倒的な力で魔物を捻（ね）じ伏せた。

最初はボリスとメルセデスが示し合わせて、魔物に演技させたのかとも思った。

だが違う。メルセデスは純粋に己の力のみであの魔物を打破したのだ。

結果として、気付けば主演はフェリックスからメルセデスになっており、フェリックスはただの噛ませ犬へと成り下がっていた。

他の兄弟を踏み台にするはずが、彼女の活躍を引き立てる為の踏み台となっていた。

そしてベルンハルトはメルセデスを認め、彼女を本邸へと招いた。この時フェリックスは悟った。

決して出会わせてはならなかった父と娘を、事もあろうに自分が引き合わせてしまったのだと。

後悔してもしきれない。メルセデスにだけは手を出すべきではなかった。

もっと入念に調査していれば……彼女だけは放置していれば、まだベルンハルトがフェリックスを認める芽はあったはずだ。

今となっては後悔しかない。メルセデスに聞けば、彼女はグリューネヴァルトを継ぐ気など全くなく、それどころか早々にこの都市を出ていく気だったという。

フェリックスが余計な事さえしなければ今頃メルセデスはこの都にはいなかったのだ。

既に彼に長男としての威厳はなく、約束された未来もなく、ただ惨めさだけが胸の中にあった。

「ハアッ……ハアッ……」

地下コロシアム。

そこでフェリックスは剣を片手に荒く息を吐いていた。

彼の前には三人の吸血鬼が倒れており、いずれも兵士として戦場を経験した過去を持つ野盗だ。

落ちぶれたとはいえ、実戦を知る男達である。それに十五歳の若さで、それも多対一で勝てるというのは褒められるべき事だろう。

だがフェリックスを見る父の目の中に、フェリックスはいない。

「三人を相手に八分二十秒か。もうよい、部屋に戻れ」

「ち、父上！　まだやれます！」

「もうよいと言った」

ベルンハルトは背を向け、そのままフェリックスへ振り返らずに立ち去ろうとする。

その背にはもう……失望すらなかった。

かつてフェリックスに僅かなりとも抱いていた期待は失望へと変わり、失望は無関心へと変わってしまった。

失望とは読んで字の如し、失せる望みと書く。望みが失せると言い換えてもいい。

失せるという事は、つまりまだあったという事だ……失せるだけの、僅かな望みが。

だが今はそれすらない。

メルセデスという宝石を見つけてしまった今、ベルンハルトはもうフェリックスに僅かな期待すら寄せていない。したがって失せるだけの望みもなく、失望すら抱かない。

彼の関心は完全に、メルセデスへと向いてしまっている。

「お、お待ちください！　妹は……メルセデスは、何分でこの課題をクリアしたのですか⁉」

「……五十五秒だ。ただし最初のうちは相手の出方を窺い、あえて攻撃させていた。実際に攻撃に移ってからは十秒も使っておらん」

「……な」

「敵の数は二十。お前が今倒した者達よりも練度の高い者を選んでぶつけた。受けた手傷は一つ。ただしこれは、わざと受けた一発だ。訓練の相手に、メルセデスに一つでも傷を与えれば生かしてやると言ったらわざと攻撃を受けおった。今回だけではない、毎回そうだ」

困った奴だ。

そう言いながら、しかしベルンハルトの口調はどこか楽しげであった。

まるで娘の手柄を自慢する父のような……むしろ誰かに自慢したがっているような、そんな声だ。

そう思い、フェリックスはますます悔しくなった。

そのままベルンハルトは振り返る事なく歩き去り、フェリックスだけが残される。

フェリックスは感情を向ける先も分からず、強く床を殴った。

「何をやっているんだ……僕は……」

その問いに答える者は、誰もいなかった。

第二十六話　エーデルロート学園

晴れ渡った夜空。

不思議と蒼く輝く満月。

月光に照らされて道を往くのは一台の豪華な馬車だ。

その馬車の中でメルセデスは退屈そうに馬車の外の景色を眺めていた。

「エーデルロート学園、か」

メルセデスはこれから行く目的地の名前を呟き、ここに至った経緯を思い出す。

もっとも、経緯というほど複雑なものではない。

この国唯一(オルクス)の教育機関である『エーデルロート』という名の学園が王都『アーベントロート』にあり、そこへの入学を父に勧められたというだけの話だ。

入学する年齢は十一歳からであり、これから新学期なのでメルセデスはタイミング的にも丁度よかったらしい。

無論メルセデスは二つ返事でこれに了承。知識と見解を得られる好機を逃す手はない。

フェリックスもこの学園に通っているらしく、同じ馬車の中にいるが何やら複雑そうな顔をしていた。

(まさか今更学校に通う事になるとはな)

メルセデスは自嘲(じちょう)するように唇を歪める。

こんな中世で止まっているような世界でまともな教育機関があるのも驚きだが、それ以上に自分がその学校に通う為に馬車に揺られる事になるなど、考えもしなかった。

服装は自由らしいので、ダンジョンで手に入れたいつもどおりの服装で行けるのはありがたい。

制服もあるにはあるが、こちらは戦闘を考慮に入れて作られた特注品であり、一部の成績上位者のみが着る事を許される。

もっともメルセデスが現在着ている服以上に頑丈なものはないだろうから、仮にメルセデスが成績上位になっても着る事はないだろう。

揺られ揺られ、険しい道を馬車がガタガタと進む。

しばらくは外を眺めていたメルセデスもやがて飽き、ポケットの中のダンジョンキーに触れてダンジョン内の映像を目の前に展開した。

無論これはフェリックスには見えていない。メルセデスだけに見える映像だ。

ダンジョンは入手した時から殆ど手を加えていないが、最下層だけは例外的に手を加え、メルセデスの好みに合わせた姿へとカスタマイズしている。

まず自分が暮らす為の質素で、どこか懐かしい自宅。それはこの世界では見ないだろう、平成の日本で見るような二階建ての家だ。

少し離れた場所にはプールや温泉施設もある。

どうやら今はベンケイとクロが温泉を使っているようだ。

トレーニング器具を揃えたスポーツジムには魔物のゼリーがおり、ムキムキゼリーに暗黒進化していた。

メルセデスはダンジョン内の適当な魔物にダンジョンキー越しに指示を出して移動させ、見える位置に本を置かせる。

とりあえず、目的地に着くまでは本でも読んで退屈を紛らわせるとしよう、と考えたのだ。

魔物に本のページを捲らせながら、メルセデスはしばしの時間を潰す。

やがて一冊分を読み終わり、日も出てきたのでそろそろ寝ようかと考えた時だ。

鋭敏な聴覚が、何やら言い争うような声を拾ってしまった。

単に近くで誰かが言い争っているだけだろう。普段ならばそう思い、放置して終わりだ。

しかし退屈を持て余していたメルセデスは、その時に限っては風の魔法を行使して遠くの音を自分の耳にまで運んでいた。

『間違いない、オルクスの第五王子だ！　何としても捕まえろ！』

『王子、お逃げください！』

『ここは我等が！』

「………」

聞かなきゃよかった。

メルセデスはそう思い、聞いてしまった事を後悔した。

聞こえてきた声は厄介事であった。バリバリの厄介事であった。

どう聞いてもただの喧嘩ではない。

会話から察するに、誰かが誘拐されそうになっていて、護衛と思われる者が逃がそうとしている、というところか。

しかも何か第五王子とか聞こえた。もしかしたらダイゴ・オージという名前なのかもしれないが、その望みは薄いだろう。

顔も知らない相手をわざわざ助けてやる義理はないし、護衛がどうにかしてくれる可能性だってある。

だが万一本当に第五王子の誘拐が成功してしまえば、そこから国が荒れる可能性もゼロではない。

国が荒れれば学業どころではなく、折角の学園が閉校になってしまう事も考えられる。

ならばとメルセデスは重い腰をあげ、馬車のドアを開いた。

「お、おい？　メルセデス、何を……」

「後で追いつく。気にせず先に行ってくれ」

突然の行動に驚くフェリックスをその場に残し、メルセデスは声のする方向へと走った。

どうやらここは山道だったらしく、整備されている所以外は木々が邪魔で移動が困難だ。

だがそれならば上を往けばいい。メルセデスは跳躍して木の上へと立ち、更に木から木へと飛び移って疾走した。

やがてメルセデスは目立ちすぎるほどに目立つ豪華な馬車と、その周囲に群がっている男達を発見した。

男達は皆、白装束を着ており顔は分からない。しかし身のこなしからして素人ではないだろう。

それと交戦しているのは鎧(よろい)を着こんだ兵士だ。豪華な馬車をこんなのが護衛している時点で要人を連れていると言っているようなものである。

まあ、だからといって地味な馬車で移動などすれば見栄えも悪いし周囲からは舐(な)められる。貴族や王族の面倒臭いところだ。

（白装束の数は十人程か……十、いや、五秒で終わらせる）

メルセデスは木から飛び降り、まずは奇襲攻撃で地面を強打。

直後、地面が爆発したかのように爆ぜてその場の全員を空中へと放り出した。

突然の事に対応出来ない白装束のうちの一人へと跳び蹴りを放ち、気絶した彼を踏み台にして跳躍。次の白装束を蹴って再び跳び、それを繰り返す。

宙に放り出してから落下するまでの僅かな時間。秒数にして凡そ二秒か三秒……その短い時間でメルセデスは宙を跳び回り、瞬く間に九人の白装束を失神させた。

だが最後の一人だけは頭一つ飛び抜けた練度の持ち主らしく、空中で身をよじってメルセデスの蹴りを回避する。それればかりか短刀を突き出して反撃すらしてみせた。

だがメルセデスは更に空中で身を翻して刃を避け、二発目の蹴りを叩き込む。

その一撃で吹き飛ばされた白装束は木に叩きつけられ、気を失った。

直後に全員が地面へと衝突し、メルセデスは軽やかに着地を決めて王子に背を向けた。

そしてそのまま跳躍。何か言われる前に退散する事にした。

王子などと関わってもいい事になるとは思えない。

宣言通りに馬車に追いついたメルセデスは、そこから更に二日の馬車移動を経てようやく王都アーベントロートへと到着していた。
このアーベントロートは建国者である初代国王、アーベントロート一世が住んでいた都市という事でそう名付けられたらしいが、メルセデスにとってはどうでもいいトリビアだ。一へぇすら付ける気がしない。

エーデルロート学園はそんな王都の西区を丸々占拠した大掛かりな学園だ。

天にも届くようなゴシック様式の建造物で、その荘厳な佇まいは前世で有名だったケルン大聖堂を彷彿とさせた。

入り口前はキャンドルで飾られ、夜景を美しく彩っている。

建物そのものは灰色なのだが、炎の煌めきに照らされて赤く輝いているのも神秘的であった。

「さて、まずは入学試験か」

メルセデスはこの学園に入学する為に来たが、まだ入学出来るとは決まっていない。

入学出来ないかもしれない入学式はどうなのだろうと思わないでもない。

まずここに来る生徒は最初に入学試験を受け、合格ラインに達した者だけが通う事を許される。

無論、貴族や王族であればそれを免除しての強引な入学も不可能ではないがメルセデスは免除されていない。

このくらい自力で突破出来るだろうという父ベルンハルトからの信用、もとい試練である。

試験は筆記、実技の合計点で決定する。

筆記は三教科。歴史、算術、更に戦学の三つに分けられる。

戦学とはこの国特有の科目であり、戦闘における戦術や戦略、陣形や相手による有効な武器の選択、魔物ごとの弱点などを答えなければならない。

一教科百点満点で合計三百点が最高点だ。

実技は格闘術、武器術、魔法の三科目で、こちらは教官を相手に模擬試合をする事になる。

こちらもやはり百点が最高得点で、合計で三百点。

筆記と実技合わせて三百六十点を獲得出来れば合格出来るので、一つあたり六十点以上をキープすれば入学は出来る計算だ。

やや合格ラインが甘いが、わざと甘く設定されているのだろう。

あまり厳しくして入学者が減ってしまっては学園の経営そのものが危ぶまれるだろうから、このあたりは仕方がない。

メルセデスを始めとする入学を控えた生徒達は羽根ペンを支給され、席に着く。

試験会場は聖堂を思わせる天井の高い部屋で、椅子と机がやたら多い。

――一教科目。算術。

（……ま、中世程度の文明な上、十一歳が対象じゃこんなもんか）

最初のテストは簡単すぎて逆に引っ掛けを疑うレベルであった。

日本で売っている子供用の『やさしいさんすう』とかの算数ドリルの方がまだ難しいだろう。

周りの生徒達は指折り数えたりしているが、メルセデスにとっては余裕も余裕、むしろ手こずったら恥になる低レベルな問題しかない。

開始五分で全て解いてしまい、残りの時間を退屈に過ごす羽目となってしまった。

――二教科目、歴史。

これは流石(さすが)に少しばかり悩む問題もあった。

この世界や国の歴史には前世の記憶は一切役に立たない。

しかし五歳の頃から本を読み漁り、グリューネヴァルト本邸に引っ越してからも色々と知識を増やしたおかげでこれといって苦労する事はなかった。

これも全問正解でほぼ間違いないだろう。

——三教科目、戦学。

これは前の教科よりも少しばかり悩む時間が増えた。

答えは知っていても、その答えとメルセデス自身の考えが一致しない事が何度かあったからだ。

メルセデスの頭の中には前世の記憶がある。地球の数多の戦争の記録が、先人達が屍山血河（しざんけつが）の果てに編み出してきた戦略、戦術、陣形の記憶がある。

そうしたものと、この世界で定石とされている『正しい答え』が噛み合わない。

とはいえ、ここでわざわざそれを書き込むような真似はしない。

異端扱いされるのも御免だし、逆にその戦術の価値を理解されて目を付けられるのも面倒だ。

メルセデスは納得出来ない気持ちを抱えながらも、とりあえず教員達が求めているだろう正解を書き込んでいった。

それが終われば次は実技だ。

——実技一、格闘技。

これは一瞬で終わった。

教官がどこからでもかかってきなさいと言ったので真正面から飛び込んで軽く小突いたら呆気なく吹き飛んで失神してしまい、試験終了となったのだ。

比較対象を得て以前よりも他と自分の差を理解したメルセデスではあったが、教官の弱さを見誤ってしまった。

次はもう少し加減しよう。そう思い、周囲の視線に晒されながらも次の試験へと向かった。

——実技二、武器術。

ここでは使用武器に槍を選択し、教官の武器を吹き飛ばしての勝利で飾った。

先程と違い、しっかりと加減したので教官も気絶していない。

ただ、妙に青ざめているところを見るとまだもう少し弱くやってもよかったらしい。

後にこの教官は『気付いたら武器が消えていた』と語る。

——実技三、魔法。

魔法はメルセデスの戦闘技能の中でも唯一、得意とは言えないものだ。

不得意でもないが、格闘と比べるとかなり劣る。実際シーカーの能力値表記でも他がレベル4以上に対し、魔力だけは2であった。

ただし、2でも一人前レベルである上に実はメルセデスはあれから魔法を使い続けているのでカード表記も本人が気付かないうちにレベル3へと変わっている。

加えて言うならば、これはあくまでも十一歳を対象とした入学試験である。

この試験に臨む時点で貴族なり大商人の子なりで、エリートである事は約束されているわけだが、それでも子供を対象とした入学試験だ。それほど高い能力は求められず、メルセデスが前の試験で叩き出した記録など、百点満点でなければ何百点になっていたか分からない。

用意された的に風の刃を放ち、細切れにしてしまったメルセデスに教官が目を剥いていたのは見間違いではあるまい。

試験終了後。
そこには、成績最優秀者として第五王子と共に壇上で新入生代表の挨拶をさせられているメルセデスの姿があった。

第二十七話　始まる学園生活

決まりきった定型文を、紙を見ながら読み上げるというだけの新入生代表挨拶を終え、メルセデスはこれから数年間通う事になる教室へと移動していた。

クラス分けは入学試験の成績で決定され、メルセデスが配属されたAクラスは成績上位勢二十名が集まるクラスだ。

ただし成績次第ではクラスを替えられてしまうらしく、ずっとここにいられるかどうかは本人の努力次第である。

軽く教室を見回して見ると、当然ながらまず第五王子が目についた。

サラサラの銀髪が嫌でも目立つ美少年で、早くも女子生徒達から熱い視線を浴びている。

吸血鬼というと何となく銀髪なイメージがあるが、実はこの世界では銀髪はそう多くない。

大体が金髪か茶髪、赤髪、黒髪、珍しいので桃色や青なんかもいるが銀は殆どいない。

銀色の髪は高貴の証とされ、王族のみが持つ特徴だ。

尚、紛らわしい事に白髪は割とその辺にいるらしい。

他には特にこれだという生徒はいない。このクラスにいる時点で全員がエリート候補であり、全員が光る物を持っていると言えば持っているのだが、それだけだ。

「二十人揃っているな」

ドアが開き、静かな声と共に大人の吸血鬼が入室した。

恐らくは……というか十中八九教師だろう。

外見年齢は吸血鬼には珍しく四十代後半に見え、かなり老け顔だ。不老期がよほど遅く来たのだろうが、他の吸血鬼にはない渋さがあった。

白髪交じりの黒髪はオールバック。深い皺が刻まれた顔は決して美形ではないが、渋さと男らしさとむさくるしさが同居している。

左目には縦一本の傷が刻まれているが、再生していないのが少しだけメルセデスは気になった。

口元には無精髭を生やし、その瞳は鋭い。

灰色のコートを着こなす姿には貫禄のようなものが窺えた。

（強いな）

メルセデスは教師を見て、直感的に彼が相当の実力者である事を悟った。

恐らくはベンケイよりも格上だろう。

自分でも一対一ならば勝てるかどうかは分からない。それだけの強さを彼に感じた。

「これから一年、お前達を担当するグスタフ・バルトだ。ただし来年も俺がお前達を担当するかはお前達の努力次第だ。今日は軽く一年の流れだけを説明し、その後全員に自己紹介をしてもらう」

教師――グスタフが名乗ると教室がざわめいた。

どうやら割と名の知れた有名人だったらしい。

そんな生徒達に構わずにグスタフは早々に説明を開始した。

「一年は前期と後期に分けられ、前期と後期の終わりにそれぞれ筆記と実技試験が設けられる。試験の後には長期休暇があり、この休みを使い己を磨くも腐るもお前達次第だ」

言い方こそ遠回しだが、要するにそれは休みだからとサボるような奴は来年には消えていると言っているに等しい。

生徒達にも緊張が走り、先程のざわめきが嘘のように話に集中している。

「行事としては夏に狩猟祭、冬には武芸祭がある。成績に直接響くものではないが、興味があれば出てみるのもいいだろう。それでは、全員自己紹介をしてもらおうか」

◆

自己紹介を終え、その日は終わりとなった。

学園に入学した者は、卒業までは用意された寮で暮らす事となる。

メルセデスは自分に割り当てられた寮室へと向かい、ドアの前の番号を確認した。

部屋の中は決して広いとは言えないが、狭くもない。

白い壁に囲まれた清潔な室内は、流石に貴族や商人の子が通う学園といったところか。

この世界の一般的な衛生観念を思えば十分に上出来だ。

部屋の隅には二段ベッドが配置されているが、浴室やトイレは流石に個室ごとに用意されていない。

だが、来る途中にそれらしき部屋があるのは確認したので、必要な時はそこに行けという事だろう。

もっともメルセデスは持ち運べるダンジョンがあるので不要とも言える。

しばらく室内を観察していると、ドアが開いて少女が中に入ってきた。

恐らく、これから同じ部屋を使う事になる生徒だろう。相部屋という事だ。

少女はメルセデスを見ると、笑顔を向けた。

水色の髪の、可愛らしい顔立ちの少女だ。

髪は三つ編みのおさげを二つに分けて束ねており、幼い印象を抱かせる。

「相部屋の人ですか？　私はハンナ・バーガー。ネーベルバンクの方から来ました。よろしくお願いします」

少女の名を聞き、メルセデスは少女がバンズに挟まれてハンバーガーになっている姿を想像した。

勿論バーガーとはそういう意味でない事くらい分かっているが、こんな事をつい連想してしまうのは前世の影響だろう。

……そういえばこの世界でハンバーガーを見た事がない。トライヌあたりにアイデアを提供すれば結構売れるかもしれない。

いや、無理か。そもそも柔らかいパンはこっちでは高級品だ。

「メルセデス・グリューネヴァルトだ。よろしく頼む」

「グリューネヴァルト？　それって結構大貴族じゃ……」

「生憎と私は四子だ。家を継ぐ事はない」

ベルンハルトは今のところメルセデスに家を継がせる気満々なのだが、メルセデスはあえてそれを無視するように、家を継がないと断言した。

グリューネヴァルトの名はメルセデスにとっては己の行動を制限する鎖のようなものだ。

今は利用価値があるからベルンハルトに従っているが、時が来ればさっさとこんな鎖は切断してしまうつもりでいる。

それに、後継ぎの座を欲しているのが少なくとも一人いるのだ。

だったら、フェリックスにくれてやればいい。いらないものをわざわざ継いで兄弟に恨まれる趣味などないのだから。

「グリューネヴァルトさんって確か、入学式の時に挨拶してた人ですよね？」

「メルセデスでいい。確かに新入生代表として壇上に上げられたな」

「あ、だったら私もハンナでいいですよ」

ハンナはメルセデスが新入生代表の挨拶をした事に「はえー」だの「すごいねえ」だのしきりに

感心している。

ああいう場に立たされるという事は、余程地位が高くて最初からあの役割が決まっていたか、あるいは試験で高得点を叩き出したかのどちらかだ。

第五王子の試験結果は不明だが、彼は点数に関係なくあの役割を担っていた可能性が高い。

それから二人は自分の境遇などを軽く語り合い、しばらく話した頃にはハンナからは硬さが取れて口調も砕けたものへと変わっていた。

「それにしてもメルセデスさんって髪サラサラだよね。肌もスベスベだし。羨ましいなあ」

「ハンナだって十分可愛いだろう」

メルセデスは昔と違い、ダンジョンで温泉などを使い放題なので清潔の基準が他とは違う。

この世界での入浴など数日に一度がいい方で、その浴場すら一般市民が使う物は共同の混浴だ。

そして、その共用の浴場すら貧しい村の者は使えない。

メルセデスの衛生観念は、この世界の基準で言えば潔癖症とも言えるレベルだろう。

ハンナもこの学園に通える以上、それなりに裕福なのだろうし実際身綺麗な部類だ。

だがそれでも、毎日温泉を使って身体や髪を洗っているメルセデスと比較してしまえば多少劣るのは仕方のない事だ。

それでも中世の地球と比べれば段違いに清潔なので、接していて不快感は全くない。

というか中世のヨーロッパがやばい。

国王の住居であったルーブル宮殿すら汚物まみれで住めなくなったレベルで酷い。

この世界がそんなカオスを極めた状態でなかった事はメルセデスにとって最大の幸運であっただろう。

「ところで、グスタフ先生は有名人なのか？」

話題に詰まったメルセデスは、とりあえず自分達のこれからの担任となる教師について話を振ってみる事にした。

彼が名乗った時に教室がざわめいたが、メルセデスは彼の事を知らない。

五歳の時からずっと修行ばかりを繰り返し、得られる知識は屋敷にあった本だけだった。

そんなわけだから、メルセデスの知識は一部に偏りがある。

少なくとも巷（ちまた）で有名な人物だとか最近の流行だとか、そんなものは全く知らない。

「知らないの？　英雄グスタフ……八十年前の獣人（シメーレ）との戦争で大活躍した人だよ。国を救って、当時の王様に王女を貰（もら）ってくれって言われた逸話があるくらいなの」

「まるで物語の主人公だな」

「そうだよ。実際に先生を主役にした劇もあるくらいなんだから。勿論先生本人が出るわけじゃなくて、役者さんが演じてるんだけどね」

そしてどうやら、グスタフはかなり名の知れた人物だったようだ。

王女を貰ってくれと言われたのは流石に後世が勝手に誇張して後付けした逸話だろうが、戦争の英雄とは凄まじい経歴の持ち主が教鞭（きょうべん）を執ったものである。

しかしそんな人物ならば、学べる事も多そうだ。

有能な教師に当たる事が出来た幸運を、メルセデスはとりあえず喜んだ。

この学園での授業は必修科目と選択科目に分けられる。

必修はその名のとおり必ず修めなければならない学科であり、選択は自分の判断で選ぶ事が出来る。

必修は算術、歴史、戦学、それから魔法の四つ。

選択は格闘、武器術、領地経営、行政、探索術、エルフェ語から三つ選ぶ。ただし武器術か格闘のいずれかは必ず取らなければならない。

メルセデスとしては、まず領地経営は捨てていい。グリューネヴァルトを継ぐ気などないのだから、領地を経営する事もない。

行政もいらない。この二つは領地を継ぐ気のある者が取るべき学科だろう。

探索術は少し惹かれるものがあるが、既にシーカーとしてやっていけているので別にいいだろう。

結局メルセデスは格闘と武器術、それからエルフェ語を選択する事にした。

やや戦闘系に傾いてしまっているが、元々身一つで生きていくと決めていたのだ。これが自分向きだろうとメルセデスは考えている。

こうして、メルセデスの学園生活が幕を開ける事となった。

第二十八話　学業

エーデルロート学園での授業はメルセデスにとって苦となるものではなかった。

あえて言うならば必修科目の算術が少しばかり退屈ではあるが、それは仕方のない事だ。

この国は大半の者が字の読み書きすら出来ない。そんな国では当然四則演算など一般人に望むべくもなく、全体的にレベルが低い。

この学園でも一応算術を教えてはいるが、そのレベルは日本の小学校低学年で教わるレベルにも劣るだろう。

これはメルセデス達の年齢が十一歳だからというだけではない。

エーデルロート学園は七年制であり、十八歳で卒業を迎える事となる。

しかし、十七歳や十八歳といった高学年でも教わる内容は日本の小学生レベルすら超えていないし、九九もない。単純にこの国……というよりはこの世界全体の数学レベルが低いのだ。

なので、メルセデスにとって授業で教わるような算術など何の力にもならない。

この世界の計算が十二進法だったりしたならば、まだ学ぶ事もあったのだろうが、生憎と十進法が採用されている。これではメルセデスが学ぶ事など何もない。

しかし反面、歴史や魔法の授業などで得る物はメルセデスにとっても今後役に立つものが多い。

なので総合的に考えれば、学園での日々は概ね充実していると言えた。

「さて、今日はこのレッド・プラネットの成り立ちを教える。今から二万年程前、この世界は生物が住める環境ではなかったという。だがそこに、エデンから神々がやってきて、この世界を作り替えた。そしてこの世界は生物が住めるようになったのだ」

その日の最初の授業は歴史であった。

Aクラスを担当するグスタフは教壇の上でこの世界の成り立ちを語る。

メルセデスはそんな彼の話を聞きながら、内心複雑であった。

ダンジョンを攻略した時に知ってしまった真実の一端……この世界で謳われる神とは恐らく人間の事である。

だとすれば、今まで自分が月だと思っていたあのエデンは地球である可能性が極めて高い。

しかし疑問も残る。あれが地球だとすると、ここは一体どこなのだろうか。

レッド・プラネットという名前的に火星を連想するが、火星から見える地球はあんなに大きくないはずだ。

ならばこの世界は一体何なのか……疑問は尽きない。

「先生、だとすると今もエデンには神々が住んでいるのですか？」

「いや……神同士で争い、〝神の火〟で互いを滅ぼしてしまったと言われている。だが、あんな球体の上に住み、空を渡ってこの世界にまで来れる力の持ち主だ。もしかしたらまだエデンで生きている神がいるのかもしれんな」

「そんな凄い神様なのに、滅んじゃったんですか？」

「いくら神といえど、同じ神の使う火には耐えられなかったのだろう。神を滅ぼせるのもまた、神だったという事だ」

生徒の質問に答えるグスタフの声を聞きながら、メルセデスは考えた。

強すぎる力は自らを焼く。神……人間はきっと、発展しすぎた事で自ら滅びの道を歩んでしまったのだ。

ただの殴り合いならば、死に至る可能性は低い。大怪我で済むかもしれない。

だが刃を持てば殺し合いとなり、数が集まれば戦争となる。

剣や火縄銃程度の武器で戦うならば滅亡に繋がる事はないだろうが、それが戦車や戦闘機、ミサイルになれば被害は増え、そしてその威力を更に高めてしまえば、待つのは自滅だけだ。

「この地に降り立った神々は自らの姿を模して知恵ある生物を創造した。それがファルシュであり、俺達吸血鬼もファルシュの一つに含まれる。また、神々はエデンから生物の種を持ち込み、この世界に多様な生物を作り出した」

まるでノアの方舟だな、と思いながらメルセデスは手元の羊皮紙に書き込んでいく。

歴史の授業は学べる事が多い。思うに全てが事実ではなく、後世になってから誇張されたり勝手に付け足されたりしたものもあるだろうが、それでも歴史を学べば世界の全体像も何となく見えてくる。

戦学もなかなか面白いものがある。

教わるのは主に領主となった後の兵士の動かし方などであり、内容のレベルが高いか低いかで言えば恐らく低いだろう。

仕方のない事だ。中世真っただ中のこの世界の戦術と、近代になってから研究され尽した戦術で差が生じるのは当たり前の事である。

しかし、だからといって侮れるものではない。

時には、メルセデスが想像もしなかったような吸血鬼ならではの身体能力や魔法を前提に置いた奇抜な陣形や戦術などが飛び出してくる事もある。

更に相手側の事も考えねばならないので、人対人のセオリーが絶対正しいわけでもない。

例えば敵を包囲するのは有効だが、フォーゲラなどの空を飛べる相手を包囲しても意味は薄い。

むしろ相手側の戦術に、あえて包囲させてから狙い撃ちするといったものがあるかもしれない。

実技は生徒同士の模擬戦や教師を相手にした訓練。そして弱い魔物を相手にしての実戦などがある。

メルセデスとしては、シュタルクダンジョンの一階に出てきたモグラの魔物程度の強さを想定していたのだが、実際に授業で出てきたのは気が抜けそうになるほど弱い、狼男であった。

以前捕獲したヴァラヴォルフ・ブラウよりも更に一回り小さく、子供と同じくらいの身長しかない。

この魔物を相手に授業で学んだ技などの練度を試すのだ。

魔物は恐らくシーカーギルドなどに依頼して手に入れているのだろう。

「次、グリューネヴァルト」

訓練用の剣を渡され、前へと出る。

メルセデスの前に立つのは自分よりも頭一つ大きい程度の、小柄な狼男だ。

十一歳の子供に刃物を持たせて魔物と戦わせるあたり、やはり日本とは常識が異なる。

だがメルセデスにとって、魔物との戦いなど今更だ。

この国で教えられている剣術は五つの構えから成り、その五つで十分であると教わる。

まず基本である『不定』の構えは剣を中段に構える形であり、正眼の構えと言った方が分かりやすいだろう。どの形にも素早く移行出来る最もスタンダードな構えだ。

『鷹(たか)』の構えは頭上に剣を構える形であり、叩き切る事に向いている。

『猛牛』の構えは頭の左右どちらかに剣を構え、切っ先を相手の顔へと向ける、突きに向いた構えだ。

『犀(さい)』は腰に剣を構えて切っ先を敵へと向ける構えで、切り上げへ移行しやすい。

『蛇』は下段に剣を構え、切っ先を地面へと向ける守りの型だ。体力の消耗を抑えつつ、突き、切り上げ、更に足元への攻撃と幅広く移行出来る。

以上五つが、この国の剣術の構えである。

このうち、メルセデスが好む構えは、『猛牛』と『犀』の二つ。これらはハルバードの扱いにも応用出来るので、今から練度を上げておきたいと考えているのだ。

「ふっ！」

猛牛の構えを維持したまま敵へと飛び込み、片手平突きへと移行。

狼男の首を突き刺し、一撃で絶命させた。

この程度の魔物ではメルセデスの速度には追いつけず、彼女の膂力(りょりょく)に耐えるだけの強靭さもない。

技術などなくとも苦戦する事はないだろう。

メルセデスは顔色一つ変えずに武器に付いた血を拭き取り、そのまま生徒達の中へと戻る。

グスタフも特に言う事はないようで、手元の紙に何かを書き込んでいた。

生徒達はメルセデスの実力を前に沈黙しており、敬意と恐怖が視線となって彼女に集中している。

「次、ジークハルト・アーベントロート」

「はい！」

メルセデスの後に出たのは、現在この学年で最も注目を浴びている生徒だ。

ジークハルト・アーベントロート……この国の第五王子であり、あの日にメルセデスが賊から救った少年でもあった。

継承権は低いが、それでも王子様だ。成績は優秀であり、入学試験ではメルセデスと並んでトップ。顔立ちも幼いながら秀麗で、銀色の髪がよく似合う。

将来はきっと、物語のようなハンサム吸血鬼となるだろう。

そんなわけで彼はとてもモテていた。爆発してほしいほどにモテモテであった。

動作の一つ一つは気品に溢れ、その顔は常に優しげな微笑みに彩られていた。

同じく洗練はされているものの、どこか野生味を感じさせる上に冷たい印象を与えるメルセデスとは真逆の少年だ。

無論優雅なだけではない。今も、不定の構えから素早く『鷹』へ移行し、魔物の頭を叩き割っている。

今のところ、一撃で魔物を屠っているのは生徒の中で彼とメルセデスだけだ。

同じ瞬殺でもメルセデスと違い、彼を取り巻くのは賞賛だけだ。そこに恐怖はない。

ジークハルトは生徒達の輪へと戻り、すれ違いざまにメルセデスへと微笑んだ。

しかしメルセデスは微笑まれる意味が分からないので、これをスルー。

ジークハルトは少し傷ついた顔になった。

選択科目のエルフェ語は、この世界で最も知られている言語だ。

この世界の言語は多岐に亘り、例えば吸血鬼の言語だけでもこの国で使われているオルクス語の他にさまざまな言語があるとされ、その数は十を超える。

シメーレやフォーゲラも似たようなもので、言語の統一化が全く為されていない。

だがエルフェだけは違う。彼等はこの世界で最も繁栄しているファルシュでありながら、言語が完全に統一されている。

例えばオルクス語を話せたとしても、別の国に行けば同じ吸血鬼なのに話が通じない事がある。

しかしエルフェはそうではない。エルフェ語さえ習得していれば必ず会話が通じる。

なのでエルフェ語の汎用性は高く、エルフェ以外のファルシュでもギルドの職員などがエルフェ語を覚えている事は多い。

言葉の通じない異国に行っても、エルフェ語さえ習得していれば何とかなる可能性が高いのだ。

この学科だけは流石にメルセデスも余裕とはいかなかった。

前世の知識が一切役に立たない未知の言語など簡単に習得出来るものではない。

メルセデスの実家には他の吸血鬼の国の言語を記した本はあったし、メルセデスもそれらを読んでかろうじて話す事くらいは出来る。

しかしそれは、同じ吸血鬼という事でオルクス語と似通った部分が多くあったからだ。

だがエルフェ語はこの学園に来てから初めて学ぶ上に、オルクス語とは言語体系が全く違う。

ある意味では、初めて他の者と同じスタートラインに立って始める勉学と言えた。

しかしメルセデスは手こずる事を苦とは思わなかった。分からなかった事が分かるようになるのは充足感を与えてくれる。

彼女は基本的に勤勉であり、知識が増える事に喜びを見出すタイプだ。

なので、これは彼女にとって全く苦痛ではなかった。

エーデルロート学園に入学してより一月。

メルセデスは何だかんだで、この生活も悪くないと思うようになっていった。

第二十九話　捕獲実習

メルセデスの学年の中心人物は言うまでもなく、ジークハルト・アーベントロート第五王子である。

継承順位が低いとは言え、正真正銘の王子。加えて容姿端麗、頭脳明晰、運動も出来て人当たりもいいとなれば、彼を中心に人が集まるのは必然の事と言える。

在学中に彼との親交を結ぶ事が出来れば、将来にも役立つ。もしかしたら友という事で部下に取り立ててもらえるかもしれないし、そうでないにしても王家とコネを作る事はマイナスにならない。女ならば、彼のお気に入りになれれば将来は安泰だ。正室ならばよし、最悪側室でも生きていくのに苦労はしないだろう。

だから同級生達はこぞって、彼の気を引く事に夢中になる。

男は良き理解者の顔で近づき、あるいは使える部下の地位を狙って今から自分が役立つ事をアピールする。

女は早い者勝ちの勝負だ。偶然を装って彼の通る場所に先回りするなど当たり前。早熟な娘など、既に色仕掛けを視野に入れている。十一歳の思考ではない。

そういう事情もあり、常にジークハルトの周囲は同級生が集まっていた。

友人が、彼を慕う少女が、笑顔の下で牽制し合いながらジークハルトを取り合っている。

それはある意味、全員がジークハルトを見ていないとも言い換える事が出来た。

ジークハルトは皆に囲まれていた。だが彼は孤独であった。

◆

「戦いにおいて、魔物を従えているか否かの差は大きい。命令に従順な魔物がいればその分、単純に数が増えるのもあるが、魔物にしか出来ない事もあるからだ。足の速い魔物ならば乗り物の代わりになり、飛べる者ならば偵察にも使える。魔物に乗っての空からの狙撃も有効だろう。戦場においても優秀な兵は大半が魔物を連れている」

その日の戦学は実地訓練であった。

場所は教室ではなく、学園から少し離れた位置にある平原だ。

そこでグスタフは、生徒達の前で魔物を捕獲する事の利点を説明していた。

「魔物が役立つのは戦闘だけではない。移動に適した魔物を自在に操れれば運送や配達などの仕事に就く際に有利に働く。力のある魔物がいるなら粉ひきに使えるだろう。魔物ならではの能力を活かした大道芸で喰(く)っている奴もいる。水魔法を使える魔物ならば火消しの頼もしい相棒になるはずだ。今俺が挙げたのはほんの一例だが、一体でも魔物を従えていればそれは大きな助けとなる」

グスタフの説明になるほど、とメルセデスは小さく頷いた。

魔物を使うとなると、つい戦闘にばかり思考が飛んでしまうが別に戦わせる必要はないのだ。

そうでなくとも、多種多様な魔物は十分に使い道がある。

例えばシュタルクダンジョンの最初の方に登場したあの巨大なモグラならば、その力を活かして物を運ばせる事が出来るだろう。

小型トリケラトプスのような魔物のクライリアは駄獣として使えるし、ヴォルファング系の魔物は乗り物代わりになる。

悪いゼリーは…………あれだけは特に役に立つ気がしない。

そして、そんな魔物をダンジョンごと保有し、更にいくらでも量産出来るのが今のメルセデスだ。

その気になれば、大体の事は出来てしまうだろう。

それだけに悪事に向けた時の恐ろしさは計り知れない。

「魔物は店などで買う事も出来るが、人から譲られた魔物は懐きにくい。これは、強い者に従う魔物の本能が関係しているからだ。他人から譲られた魔物というのは飼い主の強さを疑い、自らの主に相応しくないと判断すると反抗的になる。一目で魔物に納得させるだけの強さがあれば問題はないが、今のお前達では難しいだろう」

ここでグスタフは一度、メルセデスとジークハルトを見た。

この中で購入した魔物でも問題なく扱えそうなのはこの二人だが、しかしグスタフはあえてそれを口にしなかった。

生徒達の間に差と軋轢（あつれき）を生むような物言いを避けたのだ。

「そこで今回お前達には、魔物の捕獲に挑戦してもらう。一月後には捕獲した魔物同士で模擬戦を行ってもらう予定だ。一月でどれだけ魔物に言う事を聞かせられるか、上に立つ者としての適性をそこで見せてもらう。勿論、魔物を捕まえる事が出来なかった奴は居残りだ。心して臨め」

メルセデスにとって、この授業はイージーモードと言う他ないだろう。

魔物の捕獲など過去に経験済みだ。

ましてや今回は、生徒の立ち入りを許可している事から考えてもこの平原の魔物のレベルは低いと見ていい。

メルセデスにとっては一睨み（ひとにら）で戦意喪失させてしまえる相手しかいないだろう。

「捕獲の際には、この魔石を用いてもらう。こいつには魔物鎮圧用の魔法が込められており、この平原に現れる魔物程度ならば無力化出来るだろう」

グスタフが当たり前のように取り出したそれに、メルセデスは僅かに感心した。

流石に封石は出てこないようだが、魔石でも使い方次第ではそれの代わりが出来るという事か。

どんな魔法が込められているか実に興味深いが、それは使ってからのお楽しみとしよう。

察するに魔物を麻痺(まひ)させる雷属性か、あるいは凍結させる氷属性が妥当だろう。

しかし魔石が磨いたように丸いのはいいとして……カラーリングは何とかならなかったのだろうか。

何故上半分が赤、下半分が白なのだ。そのデザインは何かまずいだろう。

それとも、それを使って『魔物ゲットだぜ！』と高らかに言えばいいのだろうか。

「では、早速行動開始だ。二時間後にはここに戻ってくるように」

グスタフがそう言い、生徒達は我先にと駆け出した。

ジークハルトの周りは相変わらず取り巻きだらけで動きにくそうだ。

それを見てからメルセデスも腰をあげて歩き始める。

急ぐ必要はない。時間は二時間もあるのだし、まずはこの平原に生息している魔物を吟味してからどれを捕獲するかを考えよう。

戦力面は正直初めから当てにしていない。

どう考えても手持ちのダンジョンで量産出来る魔物の方が戦闘向きだろうし、今回狙うのは空を飛べる魔物だ。

シュタルクダンジョンの魔物に飛行能力を有する者はいない。

なので、空を飛べる魔物がいれば今後の移動が格段に便利になるはずだ。

問題は、吸血鬼を乗せて飛べるサイズの鳥がこんな所に生息しているかどうか……そして、真夜中であるこの時間帯にそもそも活動しているか、だ。

吸血鬼にとって夜に活動するのは当たり前の常識だが、他の生物から見れば常識ではない。

月明りに照らされる草原を歩きながら、メルセデスは注意深く周囲を見渡した。

まず目についたのは、巨大な蛇だ。

巨大といっても、この世界の魔物のサイズなどを考えれば小さい部類なのかもしれない。

頑張ればメルセデスを丸呑みに出来るかもしれない、という大きさだ。

なかなか面白いが、蛇はいらないので軽く睨んでやるとすごすごと退散した。

次に目に入ったのはサーバルキャットに似た猫型の魔物だ。しかしそのサイズは、人を乗せて走る事が出来そうなほどに大きい。

すごーい、きみは人を乗せて走れる魔物なんだね。

しかし騎乗出来る魔物ならば既にクロがいるので、これもいらない。

黙って素通りすると、向こうも敵意がないのかニャーと鳴いてどこかへ走っていった。

（ここにいる魔物はやはり、元々はダンジョンから溢れてきたものなんだろうな……）

もしかすると、ここからそう遠くない位置にダンジョンがあって、そこでこの平原と同じ魔物が出るのかもしれない。

そんな事を考えながらメルセデスは更に、暗い平原で魔物を探す。

すると、少し離れた位置でハンナが兎の魔物にジリジリと近づいているのを見かけた。

兎の魔物の大きさは直立してもハンナの半分ほどしかないが、その目つきは兎とは思えないほどに鋭く、片目には傷を負っている。

口には何故か葉巻をくわえ、ハンナの出方をじっと窺っていた。

兎のくせに妙な風格のある奴だ。

やがてハンナが魔石を投げようとした瞬間に兎が葉巻を吐き出し、ハンナの顔に当てた。

彼女が怯んだ隙に跳躍。ハンナの頭を踏みつけて、そのままどこかへ走り去ってしまった。

後に残されたのは、兎に敗北した哀れな少女だけだ。

メルセデスは少し考え、とりあえずハンナの近くまで歩いた。

「おい、大丈夫か」

「きゅう」

「よし、大丈夫そうだな」

倒れてはいるが、怪我はなさそうだ。

少し待つとハンナが立ち上がり、踏まれた頭をさすりながらメルセデスを見る。

「あ、メルセデスさん」

「してやられたな。意外と賢いやつだ」

「うん。でもまだ時間はあるし、諦めないよ」

「まだあれを狙うのか？」

「うん、何かあの子気に入っちゃって。絶対捕まえてみせるんだから！」

どうやらハンナはあの変な兎がお気に召したようだ。

気合を入れ直し、兎が逃げた方向へと走っていく。

まあ、見た目の割にハンナを怪我させない程度に加減していたようだし、案外悪い兎ではないのかもしれない。

ハンナを見送ってからメルセデスも再び魔物探索に戻ろうとすると、いつの間にかそこに立っていたカンガルーに似た魔物と目が合った。

手にはボクシンググローブを付け、アピールするようにその場でシャドーボクシングをしてから再びメルセデスを見た。

――カンガルーは仲間になりたそうな目でこちらを見ている！

「すまんな、今探してるのは飛べる奴なんだ」

しかしメルセデス、これをスルー。実に塩対応であった。

カンガルーはがっくりと肩を落として立ち去り、少し悪い事をしたかなと思ってしまう。

それからまたしばらく歩くも、なかなか目当ての魔物が見つからない。

そんな時、メルセデスの鋭敏な聴覚が遠くからこちらに向かってくる何かを感じ取った。

やがて現れたそれは、ジークハルトの取り巻きをしていた生徒達であった。

彼等は何かから逃げるように必死に走っている。

「冗談じゃない！　何であんなのがこんな平原にいるんだよ！」

「知るか！　とにかく先生に報告だ！」

「ジークハルトさんを置いてきちまったけど、いいのかよ⁉」

「あの人が自分で残るって言ったんだ！　自信があるんだろうよ！」

聞こえてきた会話から察するに、どうもこの平原に似つかわしくない魔物が出現して、彼等はそれから逃げてきたらしい。

しかもジークハルトは置き去りにされたようだ。

恐らく、彼等を逃がす為に囮（おとり）になったのだろうが、誰か一人くらい残ろうとは思わなかったのだろうか。

……まあ、他人などこんなものだろう、とメルセデスは冷めた思考で考えた。

ジークハルトも哀れなものだ。あんな連中の為に体を張るとは。

しかし興味はあった。経験が浅い子供とはいえ、彼等はこのAクラスに選ばれるだけのエリートだ。

それが脇目もふらず逃げるなど、並大抵の魔物ではあるまい。

一体どんな奴が紛れ込んできたのか……。

指で輪（わ）を作り、目元に当てて遠くを見る。

すると見えたのは、人など簡単に乗せて飛べそうなほどに大きい、鷲（わし）の姿であった。

いや、もしかしたら鷹なのかもしれない。

どちらにせよ、あれこそまさに探していた飛べる魔物だ。

この平原の魔物のレベルを明らかに超えており、他の生徒にとってあれの登場は不幸以外の何物でもないだろう。

だがメルセデスにとっては、この上ない幸運であった。

あれを捕まえよう。そう決めるのに時間はいらなかった。

第三十話　王子の正体

メルセデスが現場に着くと、ジークハルトと巨大鷲が一進一退の攻防を繰り広げていた。

ジークハルトの技量は見事の一言に尽きる。

動きは洗練されており、無駄が殆どない。メルセデスのように我流混じりの邪道ではなく、どこまでも正道の剣術を突き詰めた者だけに成し得る動きだ。

単純な技量だけを言えばフェリックスよりも上だ。メルセデスも凌ぐだろう。

身体能力も王族だけあって、幼い頃からエリート教育を受けてきたのだろう。

サイズ差のある鷲にも負けない膂力と、相手が飛んでいる不利を感じさせない速度を備えている。

もしもメルセデスが、この世界の生き物では概念すら知らぬ重力を知らなければ……適当にやっていた重力訓練が血操術という吸血鬼の強さに直結する術に結び付いていなければ……きっと、彼はメルセデスの遥か高みにいた事だろう。

しかし驚くべきは、そんなジークハルトと互角に戦っている魔物の方か。

どう考えても生徒が戦っていいレベルの相手ではない。恐らく戦力面ではクロにも匹敵するだろう。

ジークハルトは大分苦戦しているようで、胸元が大きく裂けている。

幸い服一枚掠めただけのようで怪我は見えないが…………いや、ちょっと待て。何かおかしい。

だがそこに突っ込むのは後だ。人は誰しも触れられたくない秘密というものがある。

メルセデスは学園支給の剣を肩に載せ、あえて今見たモノを無視してジークハルトへ声をかけた。

「アーベントロート王子。確認したいが、その魔物を捕獲する意思はあるか？　もしそのつもりなら、私はこのまま立ち去るが」

獲物の横取り駄目、絶対。

あの魔物が何であれ、今は魔物を捕獲するという授業の最中であり、ジークハルトにはそれを可能とするだけの技量もある。

なので彼がもしあれを捕獲したがっていた場合、メルセデスが手を出すのはただの横取り行為だ。

飛べる魔物は欲しいが、だからといって順序を無視する気はない。

ジークハルトが辞退しない限り、優先権は先に発見した彼にある。

しかしジークハルトは魔物の攻撃を捌(さば)きながら言う。

「い、いや！　捕獲する気はない！　最初はもう少し大人しい魔物の方がいいな！　それより、君もここを離れるべきだ！」

「承知した」

言質（げんち）は取った。

ならばもう、遠慮する必要はないだろう。確かに彼は今、いらないと言ったのだ。

メルセデスは一歩前へ踏み出し、それと同時に大鷲は一度空へと退避した。

勘のいい魔物である。戦ってもいないのに、メルセデスが油断ならない相手だと本能で察したのだ。

「君、何をしている！　あれはただの魔物ではない。恐らくは、私の命を狙う刺客が差し向けてきた魔物だろう。でなければ、こんな所にアシュタールが出るものか！」

魔物の名はアシュタールというらしい。

語源は分からないが、なかなか強そうな響きだ。

メルセデスはアシュタールを見上げながら、小声でツヴェルフへと呼びかけた。

（ツヴェルフ、情報を）

『イエス、マスター。現地識別名〝アシュタール〟の情報を検索します。……ヒット。検索が終了しました。続いて情報を開示します。アシュタールは鷲型モンスターです。脅威度はシュヴァルツ・ヴォルファングと同レベルのランクB。属性は第一属性が地、鉄。第二属性が風、雷。主な攻撃手段は爪や嘴（くちばし）を硬化させた鉄属性攻撃と、同じく翼を硬化させての体当たりです。鉄属性以外の属性攻撃を使う事はありません』

属性的にはほぼ自分と丸被りか、と少しメルセデスは残念に思った。

どうせならば火や水を使えると嬉しかったのだが、まあ贅沢は言うまい。

現状では間違いなく、望みうる中で最高の飛行要員だ。

「ピィー！」

見た目が怖くても、鳥なので鳴き声は可愛い。

そんな事はどうでもいいのだが、アシュタールはメルセデスへと狙いを変えて急降下をしてきた。

まずは初撃の爪を学園支給の剣で軽く受けてみるが、あっさりと剣が折れてしまった。

なるほど、確かに鉄だ。ぶつけた時の手応えが生物のそれではない。

アシュタールは空を旋回し、再びメルセデスへと襲いかかる。

今度は翼が目に見えて分かるほどに硬化し、アシュタール自らが鋭利な刃と化して突っ込んできた。

機動力、攻撃力共に申し分なし。ただ、相性が悪すぎた。

「『ドルック』」

魔法名を宣言し、アシュタールに局地的な重圧をかけて地面へと叩き落した。

いかに重力に逆らって飛ぶ鳥でも、飛べない程の重圧をかけられてはどうしようもないだろう。

メルセデスは片手で重圧を維持したまま、もう片方の手で魔石を弄ぶ。

それを見てアシュタールも自らの敗北を悟ったのだろうか。抵抗を止めて静かに目を閉じた。

メルセデスは魔石を炸裂させ、中から飛び出した鎖がアシュタールを拘束していく。

てっきり麻痺か凍結させる魔石だと思っていたが、まさかの鉄属性である。

とりあえず、捕獲は成功だ。後は時間いっぱいを使って誰が主人かを教えてやればいいだろう。

メルセデスは拘束されて動けないアシュタールの前に行き、大胆にもそこに座り込んだ。

アシュタールはやはり抵抗せず、じっとメルセデスの出方を窺っている。

そんな彼の前でメルセデスは、ポケットから出す振りをしてダンジョンに格納しておいたパンを出した。

「食うか?」

「…………」

パンを目の前で振ると、アシュタールの視線もそれに合わせて動く。

しかしまだ警戒が残っているのか、食べる素振りは見せない。

勿論それは予想の範疇(はんちゅう)である。鳥を飼う際に重要なのは決して焦らない事だ。

メルセデスも今日いきなり気を許してくれるなどと、思ってはいない。

まずはこうして手から餌(えさ)を与え続け、敵ではないと認識させる必要がある。

「すまない、助けられたな」

「気にするな。この魔物を捕獲したかっただけだ」

「だがこれで君に救われたのは二度目だ。感謝くらいはしてもいいだろう?」

メルセデスは一度ジークハルトへ目をやり、すぐにアシュタールへと視線を戻した。

アシュタールは相変わらずメルセデスをじっと見ている。

試しに軽く触れてみたが、暴れる素振りはない。

意外と毛はモフモフしていた。

「この魔物は貴方を狙っていると言ったな。何故そんな事が分かった?」

「それは……」

「思えば最初から変だった。少なすぎる護衛に、狙ってくれと言わんばかりの豪華な馬車……。誰かが第五王子の命を狙っているという情報を貴方が得ていると仮定して、それで学園に来るのは明らかに不自然だ。事が収まるまで城にいる方が安全だろう」

話しながらメルセデスの手はアシュタールを撫で続けている。

モフモフ。モフモフモフ。

……悪くない手触りだ。

「それは……貴方がジークハルト王子ではない事と関係があるのか？」

「……ッ！　何故、それを……」

「自分の胸元をよく見てみろ」

メルセデスに言われ、ジークハルトは自分の胸へ視線を向けた。

するとそこには厚い胸板……ではなく、二つの果実がぶら下がっていた。

締め付けていただろうサラシは破れ、実に際どい事になっている。

やや控えめではあるが、メルセデス達の年齢を考えれば発育しすぎなくらいである。

メルセデスなど、未だに起伏のない鉄板ボディだというのに。

メルセデスとジークハルト……同じ年齢なのにどこで差がついたのか……慢心……環境の違い……。

「～～～～！」

「王子(prinz)にそんなモノが付いているとは思えん」

慌てて胸を隠し、どこからか予備のサラシを出して巻き始めたジークハルトを後目にメルセデスは相変わらずアシュタールを撫でていた。

アシュタールは驚くほど大人しく、されるがままとなっている。

しかし少なくとも、嫌がる素振りを見せてはいない。

やがて胸を隠したジークハルトが、若干赤面してメルセデスを睨んできた。

「その……グリューネヴァルト。この事はどうか……」

「言い触らす趣味はない」

どうせ厄介事に決まっているからな、とメルセデスは内心で付け加えた。

恐らくだが彼……いや、彼女の正体は影武者か何かだろう。

つまり初めから襲撃される事を前提に置いた囮なわけだ。

王家は恐らく、第五王子の命を狙う集団がいるという情報を掴み、あえて泳がせる為に影武者として彼女にジークハルトを名乗らせた。

王族の証である銀髪は……染めたのだろうか？

地毛だとすると、更に複雑で関わりたくない内情が見えてきてしまう。

どちらにせよ、彼女は彼女でなかなかに厄介な事情を抱えているようだ。

いや、王族や貴族に生まれれば大小の差はあれど大体どこも複雑か。

（彼女が囮だとすると……他にも学園内に王家の手の者が潜んでいそうだな。まさか囮だけ用意しているなどという間抜けな事はあるまい。餌を用意した以上、獲物がかかった時の為の釣り人が必

要だ）

どうも、自分の知らない裏側で色々と陰謀が蠢いているらしい。

そしてこれで既に二回。自分は首を突っ込んでしまっている。

こうなると、関わりたくないとは言っていられないだろう。

ほぼ確実に、敵側からマークされてしまっているはずだ。

（面倒な事になってきたな……）

アシュタールを撫でながら、メルセデスは小さく溜息を吐いた。

第三十一話　王家が継ぐ物

授業が終わって寮に戻ると、まずメルセデスは現状を記した手紙を書く事にした。

ジークハルトを取り巻く不穏な影は、既にメルセデスにとっても他人事ではない。

二度も首を突っ込んでしまった事もあるし、そうでないとしても自分が学ぶこの学園でつまらぬ混乱を引き起こされるのは許しがたい事だ。

ここではまだ学ぶ事が多く、今しばらくは学業に専念したい。

だが学園内で王子が死ねば、しばらくは閉園せざるを得なくなるだろう。

ならば目指すは早期解決。つまらぬ騒動を引き起こす者を止め、平穏な学園生活を手に入れる。

今回の事は言わば、目標までの道筋に現れた障害物だ。邪魔になるならば排除しなくてはならない。

しかし現状、メルセデスにはあまりに情報が足りておらず、ジークハルトもこれ以上巻き込む事を恐れているのか何も語ってくれない。

ならば誰に情報を明かし、助言を求めるべきか。

グスタフ教諭だろうか？

否。確かに味方ならば心強いが、その分敵だった時が危険だ。

何かの密命を帯びてこの学園に入り込んだ可能性がないわけではない。

同様の理由で学園にいる誰もが敵の可能性がある。

廊下ですれ違った、一見無害に見える生徒が王子を狙う暗殺者だという可能性もあるのだ。

ならば目を向けるのは学園の外。一人だけ、信頼は出来ずとも信用は出来る奴がいる。

あの男ならばこの件について何か掴んでいるかもしれないし、仮にジークハルトを狙っている側ならばメルセデスに対して『お前が始末しろ』くらい言ってのけるだろう。

そういう意味でも信頼は絶対出来ないが、そんな男だからこそ悪い意味で信用出来る。

つまりメルセデスは、父であるベルンハルトへ出す手紙をしたためていた。

ちなみに、アシュタールはこの件に関して何も把握していなかった。

ベンケイに翻訳させながら色々と質問した結果分かった事だが、彼は単に、ジークハルトの近くで解放され、腹が減っていたから近くにいた彼女に襲いかかっただけらしい。

「メルセデスさん、何書いてるの？」

「ハンナが気にするような事は書いてないよ。学園で起こった事を父に報告するだけさ」

「へー、さっすが大貴族。そういう事もやるんだねえ」

後ろから声をかけてきたハンナは、所々に小さい傷を負っている。

その隣では隻眼（せきがん）の兎が腕組みをしており、葉巻をくわえていた。

どうやら、あの兎を無事に捕獲出来たようだ。

どうでもいいが、葉巻はくわえているだけで吹かしていない。室内ではあくまでくわえているだけである。

マナーというものをよく弁（わきま）えている兎であった。

書き終えた手紙は、朝に皆が寝静まった頃を見計らってダンジョンから出した魔物に持たせる。

今回メルセデスが配達役に選んだのは『テガッツェ』という名の魔物で、虎並のサイズを誇る虎猫のような生物だ。

猫の運動能力をそのままにサイズだけ大きくしたようなこの魔物は俊敏で人懐っこく、扱いやすい。

多少気紛れな部分はあるが、多分任務を全うしてくれる事だろう。


二日ほど経ってから、テガッツェが新しい手紙をくわえて帰ってきた。

どうやら無事に任務を達成してくれたらしい。

心なしかドヤ顔のテガッツェに褒美の餌を与えてからダンジョンに戻し、少し唾液で汚れている手紙を広げる。

書かれていたのは以下のような内容だ。

『直接聞きに来い』

塩対応であった。流石はメルセデスの父である。

仕方がないのでメルセデスは授業が休みの日に学園を抜け出し、魔法で屋敷へと飛んで帰宅した。

「来たな。では私の知っている事を教えてやろう」

屋敷に戻ったメルセデスは父の私室へと通された。

ベルンハルトはドアに鍵をかけ、指を鳴らして何かしらの魔法を行使する。

風……いや、空気がこの部屋を中心に層を作ったのをメルセデスは感じ取った。恐らく防音の魔法か何かだろう。

「王家には噂がある」

ベルンハルトは静かに、しかしよく通る声で話し始めた。

これから話す事は周囲に漏らしていい事ではないのだろうが、彼の口調に緊張は全くない。

「今の国王一家は偽物だという噂だ」

「偽物、ですか」

「事の始まりは先王が男児に恵まれず、良家の男を婿として迎え入れた頃にまで遡る。十一年前、第一子として最初に我等の前にお披露目されたのはジークリンデ・アーベントロート王女であった」

ジークリンデ第一王女……。

偶然かもしれないが、名前はジークハルトに似ていない事もない。

とはいえ、メルセデスは特に何か言う事もなく父の言葉を待つ。

「その後、妃は突然の奇病で亡くなったと公表され、王は新たな妻を迎え入れた。つまりこの時点で、夫と妻の両方が王家と無関係の吸血鬼になってしまった事になる。その際だ。今まで公表していなかった、などと言いながらジークリンデ王女の五人の兄が突然公表された」

「……有り得ませんね」

「そうだ、有り得ない。跡取りになり得る男児……それも先王が男児に恵まれなかった事を思えば、朗報のはずだ。公表しない理由がない。そして、五人の兄の一番下がジークハルトという名だ」

「…………」

「更に不思議な事に、ジークリンデ王女五歳の誕生祭で姿を現した彼女は、以前とはまるで似つかぬ不出来な顔をしていた。ハッキリ言ってしまえば醜いのだ。成長で顔が変わる事はあるだろう。かつて見た王女は赤子だったのだから、そのくらいの変化はあるかもしれんと言う者もいる。だが私を始め、一部の者はそうは考えなかった。……お前はどう思う？」

メルセデスは話を振られ、少しばかり考える。

邪推の域を出ないが、自分の知る事実とこの話を照合すると、一つの答えがうっすらと見えてきた。

「……乗っ取り、ですね。妃が奇病というのは嘘で、恐らくは幽閉されたか、あるいは殺されたか……。王になった男と、新しく来た妃は最初からグルだったのでしょう。後から現れた兄五人も、王になる以前から作っていた子供です。そしてその実態は、男五人と女一人……ジークリンデ王女の名を我が子に与え、何も知らぬ本物のジークリンデ王女には別の名を与えて王家の影武者とした」

推察を口にしながらメルセデスは、もしこれが合っているならば迂闊だな、と考えた。

王になった男は、婿として迎えられる前から女と関係を持ち、子供を六人も作っていた事になる。

だが結果としてそれが不自然さを生み出してしまっているのだ。

ジークリンデとすり替わる為の女児だけを作っておけば話は違ったのだろう。

だが彼等は迂闊にも、男を五人も作ってしまっていた。

だから、存在しなかったはずの兄五人がいきなり現れる、などという不自然な事態が出来てしまったのだ。

……今のところ、全ては推測にすぎないが。

「うむ、私も同じ考えだ。何より、今の王家の連中は全員が不自然すぎる。一応銀髪ではあるが……まるで染めたかのような汚い銀色だ。お前が学園で見たという影武者はどうだった？」

「不自然さは感じませんでしたね。自然な銀髪でしたよ」

「ふむ……」

ベルンハルトは腕を組み、何かを考えるように沈黙した。

メルセデスはそれを急かすでもなく、黙って次の言葉を待つ。

やがてベルンハルトの中で結論が出たのか、彼は再び口を開いた。

「王家に恩を売る機会かもしれんな。そうでなくとも、偽りの愚物が王を気取って我等の上にいるのはいい気分ではない。メルセデスよ、しばらくその影武者の周囲に気を配れ。そして彼女を襲う輩を生け捕りにして情報を吐かせろ。もしもそいつが本物の王女ならば、それが王家の血を引く最後の一人かもしれん。王家の血を絶やす事はオルクスの戦力低下に繋がる……避けねばならん」

「戦力低下、ですか？」

それはおかしい、とメルセデスは考えた。

確かにジークハルトの剣技は見事だったが、それでも個人としては秀でているというだけだ。技量ではメルセデスの上を往くが、それでも直接戦えば基本スペックの差でメルセデスが勝つだろう。

ジークハルトの実力は、最初の頃のクロと互角程度でしかないのだ。

「お前もシーカーならば、ダンジョンは知っているな」

「それは、まあ」

「もしもあのダンジョンの力を一個人が所有出来るとしたら、どうする？」

ベルンハルトの話を聞き、メルセデスは無意識にポケットの中の鍵に触れていた。

やはり、真実を知っている者もいるようだ。

恐らく一般には知られていない極秘情報なのだろうが、それでもグリューネヴァルト家当主ともなれば、普通では手に入らない情報も入手出来るらしい。

「ダンジョンを真の意味で攻略した者には、ダンジョンそのものが与えられる。魔物を量産し、道具を量産し、一個人で一国の軍を保有するに等しい絶大な力……だがそれは困難を極め、歴史上でも成し遂げた者は僅かにしか存在しない」

「軍は……いや、軍ではどうにもなりませんか」

「うむ。過去には何度かそういう試みもあったと聞いている。だがダンジョンは基本的に集団で攻略するのに向いていない。決して広くない密閉空間にゾロゾロと入ってみろ。範囲攻撃を持つ魔物のいいカモだぞ。誰かが恐慌を起こせばそれは伝染し、味方が邪魔で満足に戦う事も出来んだろう。ダンジョン攻略に物量責めは通じん。必要なのは突出した個の力だ」

狭い場所で集団は不利になる。

これは戦闘における常識だ。

前世の地球でも、数で勝る軍が狭い場所に誘い込まれた事で少数の敵に敗れたという記録が多く残っているのだ。

小柄なメルセデスだからこそダンジョンの狭さを気にせず戦えるだけであって、大人ならばほんの四人が並んだ程度で道を塞いでしまう。

ダンジョンとはそんな密閉された空間だ。

「そして高い実力を持つ者は、比例して高い社会的地位と名誉を持っている場合が多い。わざわざそんな身の危険など冒す必要がないのだ。そしてダンジョンというのは都市の経済を支えている場合が多い。私ほどの地位にもなると、むしろ攻略する事で生じるデメリットの方が大きくなってしまう」

それは暗に自分ならばダンジョンを攻略出来ると言っているも同然であった。

凄まじい自信家である。

「ではシュタルクダンジョンは……」

「うむ、痛手だったな。だがアレは近年出現したダンジョンだ。この都市を支えているのは以前からあったプラクティスダンジョンの方だ。惜しい事は惜しいが、元々なかった物がなくなっただけと考えれば問題はない」

「もしもプラクティスダンジョンが攻略されてしまえば？」

「案ずるな、メルセデス。それは絶対にない」

メルセデスは父の言葉に違和感を感じた。

プラクティスダンジョンはメルセデスが攻略したシュタルクダンジョンよりも難易度の低いダンジョンである。

ならば攻略されてしまう可能性はシュタルクダンジョンよりむしろ高い。

なのに、それを攻略される事はないと言い切る理由が分からないのだ。

もしかして子飼いの兵士でも中に待機させていて、クリアしそうなシーカーを殺しているのだろうか？

この父なら、都市の経済を支える為にそのくらいやりそうだ。

「話を戻すぞ……ダンジョンを攻略するのは突出した個が必要だというところまで話したな。そして少数の実力者で攻略したならば、その時は誰がダンジョンを手にするかで揉めるだろうな。最悪、殺し合いも有り得る」

メルセデスは黙って頷き、改めて判明したダンジョンの悪質さに顔をしかめた。

集団での攻略を阻むように狭く、息も絶え絶えに最下層に行けばノーリスクで手に入るお宝との二択を迫られる。

つまり、最下層に来られるような実力者でもここで大半が振り落とされ、二度と真実への挑戦が出来なくなってしまうのだ。

そして扉の向こうには手強い守護者が待ち受け、これをクリアしても今度は内輪揉めが待っている。命をかけて、死ぬような思いをしてクリアしたのだ。誰だって自分がダンジョンを手に入れたい。

そもそも実力者ならば、わざわざダンジョンに潜るというリスクを負うまでもなく名誉を手に入れる事が出来る。

メルセデスは偶然にも、それらの条件を気付かぬうちに突破していただけだ。

名誉も何もあったものではない底辺スタートだった故に保身を考えず、味方は自ら捕獲した魔物のみ。

五年間の無茶な修行で基本スペックも上がり、重力という概念を知っていたという有利で他の吸血鬼を引き離した。

そんな彼女だから、ああまで容易くクリア出来てしまったのだ。

「話を戻そう。そのダンジョンを、初代オルクス王であるアーベントロート一世は剣の形にして保有していた。王のみが使える王剣は決して壊れる事のない不思議な金属で出来ており、揺るがぬ力と地位を彼に与えた。そして彼はその力で王となり、今のオルクスの基盤を作り上げたのだ。そして……ダンジョンは、達成者の血を継ぐ者に限り、継承する事が出来る。機能は幾分か制限されるようだがな……」

メルセデスは改めて、自分が今持っている物がとんでもない代物であると理解させられた。

第三十二話　マスターの特権

「継承……ですか」

メルセデスが父の言葉を反芻(はんすう)すると、ベルンハルトは静かに頷いた。

ダンジョンは攻略した者の所有物となるが、その血を継ぐ者にも使えるという。

そしてダンジョンを使える事こそがアーベントロートの正当な後継者である事の証明であり、これはオルクスで最大の軍事力でもある。

もしもこれを失えば、オルクスの戦力は半分以下になってしまう事だろう。

「そうだ。まだ国というものが無かった無法の時代……『最初の八人』と呼ばれる者達がダンジョンを攻略し、それぞれダンジョンの支配権を得たという。エルフェが二人、吸血鬼が二人、シメーレが二人、フォーゲラが二人……。彼等はそれぞれが国を造り、それは今でも尚大国として繁栄している。このオルクスもその一つだ。その後、八つの国はそれぞれがダンジョンという強大な軍事力を持つ事で互いを牽制し合い、それは今日まで続いている」

元の世界での核のようなものか、とメルセデスは考えた。

戦争は数で勝る方が勝つというのは常識で、無限の軍勢を得るに等しいダンジョンは脅威の一言に尽きる。

戦えばどちらも無事では済まない。勝とうが負けようが、国は魔物に蹂躙(じゅうりん)されてしまうだろう。だから互いが抑止力となり、氷上の睨み合いがかろうじて続いているのだ。

「それならば、王家はもっとダンジョン攻略に乗り気になってもよいのでは？」

「無論悲願ではあるだろう。しかしそれは新たな王の誕生を招き、自分達の権力を脅かす事に繋がりかねない。自分達で攻略出来るならばともかく、そんな都合よくいかんのが現実だ」

ダンジョンを持つ者は王だ。手に入れたその瞬間からダンジョンに住む数多の魔物と、これから量産される更に数多の魔物を無条件に従える事が出来る。

そんな力を持つ者が王家以外に現れてしまえば、自分達の権威が脅かされてしまう。

だから王家はダンジョンという力を欲しながらもその攻略を騎士などに任せる事が出来ず、真実を明かす事も出来ず、情報を伏せたままにしておくしかないのだ。

本音を言えばシーカーの立ち入り自体禁止してしまいたいのだろうが……それをやればダンジョンからは魔物が溢れて国が蹂躙される。

どうせシーカーでは真の意味でクリア出来ないという侮りもあるのかもしれない。

「機能が制限されると言いましたね」

「うむ。王家の者は魔物の量産と使役、アイテムの量産なども可能らしいが、それは全てダンジョンにあらかじめ登録してあるものだけだ。真の使い手ならば、新たに魔物を登録する事でダンジョンが生み出せる魔物の種類そのものを増やせるらしい……文献が正しければな」

初耳であった。

思えばメルセデスはダンジョンの持ち主なのに、その機能を全て把握しているわけではない。

これは一度、ツヴェルフに詳細を聞いておくべきかもしれないとメルセデスは考えた。

「どちらにせよ、王家の血を絶やす事は避けねばならぬ。メルセデスよ、影武者の命を狙っている輩から何としても情報を聞き出せ。何なら捕えて屋敷に連れてこい。私が直々に拷問にかけてくれる」

サラッと拷問という単語が飛び出す辺り、やはりこの男も普通ではない。

どちらが悪党なのか分からなくなるな、とメルセデスは軽く自嘲した。

「ツヴェルフ。ダンジョン攻略者本人と、子孫とで使える機能の違いを教えてくれ」

『イエス、マスター』

ベルンハルトとの話を終えたメルセデスは一度、学園に戻る前にシュタルクダンジョンの中へと自らを閉じ込めた。

マスターキーを扱うメルセデス本人がダンジョンを解凍しないまま中に入った場合、当然外にマスターキーが放置されてしまう。

この時、マスターキーは盗難防止の自己防衛機能としてダンジョン内の岩などを外に出し、その内側に自らを埋める事で外からは見えなくなる。

簡単に言えば『いしのなかにいる！』状態になる事で自らを隠すのだ。

メルセデスはダンジョン内に増設した屋敷の一室に主要メンバーを集め、ツヴェルフに説明を求めた。

今ここにいるのはメルセデス、ツヴェルフの他にベンケイ、クロ。

方向性を見失って迷走を続けるシュフに、先日捕獲したアシュタールの四人と一匹と一羽だ。

アシュタールにもそのうち名を与えるべきかもしれない。

ちなみにクライリアはグリューネヴァルト家でお留守番をしている。

『まずマスターもご存じのとおり、マスターキーに封じての持ち運び、解凍、圧縮といった基本機能は本人でなくとも血を継いでいれば使用出来ます。同様に魔物、アイテムの量産も使用可能です』

ここまではメルセデスも知っている。

そしてこれだけでも十分に危険だ。一個人の力で国を揺るがしてしまえる。

『更に攻略者本人はこれに加え、新規登録をする事が出来ます』

「それは例えば……ここにいるシュフとアシュタールを登録し、量産出来るという事か？」

『はい、可能です。登録しますか？』

「……しておこうか」

ベーゼデーモンもアシュタールも、どちらもシュタルクダンジョンにはいない魔物だ。

そしてどちらも高い戦闘力を持つので、増やせるならば増やしておいて損はない。

しかしシュフを量産すると変なことになる気しかしないので、量産はまだやらない。

「聞くが、ベンケイを登録し直して増やす、とかも出来るのか？」

『可能です。ただしベンケイは通常のアシュラオーガよりもコストが高くなってしまいます。また、この場合同一の魔物である前のアシュラオーガは削除されます』

「ふむ」

　これはとりあえず保留でいいか、とメルセデスは考えた。

　ベンケイを増やせるのは戦力的に魅力だが、自分にしか従わないベンケイを増やしても後世の吸血鬼が困るだけだろう。

『次に、形状の更新。マスターはいつでもマスターキーの形状を変える事が出来ますが、子孫にそれは出来ません』

　メルセデスは今、マスターキーの形状をハルバードにしている。

　これはいつでも変更出来るが、もしメルセデスの子孫なりがマスターキーを継承した場合はハルバードから変更出来ないらしい。

　地味に厳しい縛りだと言える。

『また、既にマスターが行っているダンジョンの増築や改装も攻略者本人だけに許された権利です』

「なるほど、随分差があるんだな」

『はい。そして私のようにダンジョンそのものが従い、こうして話すのも攻略者本人のみです』

　ツヴェルフはこのダンジョンの全てを知る頭脳だ。

　それまで制限がかかってしまうとなると、もし隠された機能があっても子孫にそれを知る術（すべ）はない。

実に攻略者本人以外には厳しいシステムであると言える。

『最後に守護者の使役。攻略者は守護者を召喚して使役する事が可能です』

「守護者というと……黒の扉の向こうにいたアレか。アレを私が使えるのか？」

『イエス。ただし、守護者が万一破壊された場合、ダンジョンの機能が二十四時間ほど停止してしまいます。呼び出す際にはご注意を』

かつてメルセデス達を苦しめたシュバルツ・ヒストリエは今でも一対一では勝てないだろう強敵だ。

それがリスク付きとはいえ、味方に出来るというのはかなり大きい。

『ところでマスター。マナが大分余っていますが、いかがしましょう？』

「どれほどだ？」

『分かりやすいように数値化します』

【ダンジョンポイント：600】

《魔物生産》

・ゴブリン　消費ポイント1
・ゴブリンゾルダート　消費ポイント2
・ゴブリンヘクサー　消費ポイント3
・ゴブリンフューラー　消費ポイント8
・ゴブリンゲネラール　消費ポイント30

・ゴブリンニート×３　消費ポイント１
・オーク　消費ポイント５
・ウスイホン・オーク　消費ポイント７
・キョセイズミ・オーク　消費ポイント３
・ラント・ドラッへ　消費ポイント８
・ゲリッペ・フェッター　消費ポイント５（武器込み７）
・ヴァラヴォルフ・ブラウ　消費ポイント２
・ヴァラヴォルフ・ロート　消費ポイント12
・ワルイ・ゼリー　消費ポイント９
・ワルクナイ・ゼリー　消費ポイント１
・トテモワルイ・ゼリー　消費ポイント11
・テガッツェ　消費ポイント55
・シュヴァルツ・ヴォルファング　消費ポイント80
・アシュタール　消費ポイント75
・アシュラオーガ　消費ポイント１５０
・ベーゼデーモン　消費ポイント１４５
・ベービドラッへ　消費ポイント１００

「魔物はもういい。後で見る」

『了解しました。それと表示も次回から簡略化します』

ズラリと魔物が表示されたが、全て見ているとキリがなさそうなので表示を中断させた。

とりあえず自分が今まで出会った印象深い魔物は大体見られたし、他のどうでもいいのは後でゆっくり調べるとしよう。

それより、今は他に何が出来るかだ。

《道具生成》
・魔物の餌（十食分）　１Ｐ
・鋼の剣　２Ｐ
・鋼の斧　２Ｐ
・鋼の槍　２Ｐ
・鋼の盾　２Ｐ
・鋼の弓矢　２Ｐ
・マスケット銃　３Ｐ
・魔法の杖（つえ）　２Ｐ
・火の魔石　３Ｐ
・陽の魔石　６Ｐ

・水の魔石　3P
・氷の魔石　6P
・地の魔石　3P
・鉄の魔石　6P
・風の魔石　3P
・雷の魔石　6P
・封石　12P

「アイテムも後で見る。ダンジョンの拡張などはどのくらいだ？」

『1Pを支払うごとに一マス増設出来ます。一マスは大体縦、横一メートルの空間と思ってください。建築物は物によりますが、何のオプションも付けなければ民家一軒を建てるのに10Pといったところです』

メルセデスは考える。

ダンジョンを攻略したのが自分だけだなどと、そんな楽観視は最初から抱いていない。

もしかしたら今後、同じくダンジョンを持つ者と戦う事があるかもしれない。

そうなった時の為にも、今から戦力は増強しておくべきだろう。

「ところで魔物の餌とあるが……与えないと死ぬのか？　今まで与えた覚えがないが」

『いえ、餌がなくてもダンジョン内で魔物が飢え死にする事はありません。しかし与える事で忠誠心が上がります』

とりあえずポイントを使うか、それとも貯めておくべきか……。

使い道はしっかり考える必要がありそうだ。

第三十三話　世界を構成するもの

とりあえずポイントは１００Ｐだけ使用し、後は貯めておく事にした。

まず、今まで二十四階層だった場所から障害物を全て撤去し、真っ平らな空間へと変える。

この際撤去した壁などはポイントへ戻せるようで、ここで50Ｐほど増やす事が出来た。

次にメルセデスは町でトレーニング器具を全種購入し、ダンジョンに登録。量産可能になったそれを70Ｐほど使用し、量産出来るだけ量産した。

ついでに上の階層にあった回復の泉もこちらに移動させた。

こうして二十四階層は丸ごとスポーツジムへと姿を変えてしまった。

魔物達には今後、ここで身体を鍛えてもらうつもりだ。

更に先程獲得した50Ｐのうち20Ｐを使用してゴブリンを二十体生産。

残る30Ｐでゴブリンゲネラールを一体だけ生産し、ゴブリン達の指導に当たらせる事にした。

これでゴブリンの質が上がれば、一番強いゴブリンを登録し直して次からは強化済みゴブリンを量産可能になるはずだ。

（それにしても……少ないな？）

出来る事が分かったのはいい事だが、それによって一つの疑問が新たに生じた。

それはポイントの数が明らかに少ない事だ。

一年で６００Ｐ……アシュラオーガを四体生産出来るポイントだ。

ゴブリンならば六百体。ゴブリンニートならば千八百体生産出来る。

一年でこれならば十分だと思うだろう。

たった十年も待てば大軍団を編成出来る。吸血鬼の寿命から見れば僅かな時間だ。

しかし、メルセデスはこれを少ないと感じていた。

何故なら、この程度の生産速度では自分がマスターになる前のダンジョンが機能しない。

毎日のようにシーカーが入り、毎日のように魔物を狩っていたのだ。

強い魔物はなかなか倒されないと仮定しても、それでもやはり生産速度よりも魔物が減る速度の方が圧倒的に速いはずだ。

つまり、あるはずなのだ。

時間経過による自然回復以外にも、ポイントを稼ぐ方法が。

（……マナを集める事で魔物やアイテムを量産出来る。即ちマナから物質を作れるという事……ならば逆に考えれば……）

メルセデスは若干顔をしかめた。

マナ――ツヴェルフ曰くナノマシンから物質を生み出せる。

ならばその逆をすれば、ポイントが増えるのは必然だ。

少し考えればおかしいと気付けることだ。何故ならダンジョン内では死者も頻繁に出ているはずで、魔物も頻繁に殺されているはずで、なのに……死体どころか骨すら見つからなかったのだから。

ダンジョンの中はあまりに綺麗すぎた。

「ツヴェルフ。マナを増やす方法はダンジョン内に生物や物質を取り込む事だな?」

『イエス、マスター。ダンジョン内に迷い込んだ野生動物や虫、シーカーなどがダンジョン内で死亡した時、彼等を構成しているナノマシンを頂いております。勿論完全に分解するまでは時間がかかりますので、マスターが連れ帰ったシーカーの遺体のように、死後すぐに運び出せば回収は可能です』

質の悪いタワーディフェンスゲームのようだと思った。

つまりダンジョンはメルセデスのように常に鍵にして持ち歩くより、開放しておいた方が多くのポイントを稼ぎ、多くの魔物を生み出せるのだ。

シーカーだって倒した全ての魔物を持ち帰るわけではなく、殆どは倒したまま放置するだろうし、目的の魔物であっても特定部位だけを手に入れて帰る事が殆どだろう。魔物は重いのだ。

ならば死んだ魔物はポイントに戻るだけで再利用され、そしてシーカーは次々と死んでいくからダンジョンの礎となる。

何とも嫌らしく出来ているものだ。

「なあツヴェルフ」

『はい』

「私達吸血鬼は……いや、この世界に生きる全ては、本当に生物なのか？」

ナノマシンで物質を作り出せる。

死んだ者はナノマシンに分解出来る。

つまり、自分達はナノマシンで出来ていると言っても過言ではないわけだ。

それは本当に生物なのか？　そういうのは、機械と……ロボットと呼ぶのではないか？　そうメルセデスは考えた。

『勿論生物です。呼吸をし、食事をし、生命活動を行い、血を流し、怪我をすれば病にもかかり、子を生し、老いて生きて死ぬ。紛れもない生命体であると断言出来ます』

「だがナノマシンで出来ている」

『マスターはナノマシンというものを誤解しておられるようです。確かにナノマシンは人が
……………』

話している最中、ツヴェルフの言葉が唐突に止まった。

それにメルセデスは若干の苛立ち(いら)を覚える。

何故止める？　今から話す事こそが、まさに一番重要で世界の根幹に関わるもののはずだ。

早く話せ、と思うもツヴェルフは何も言ってくれない。

「…………どうした？」

『……申し訳ありません。発言規制コードに引っかかりました。これ以上の説明を行うにはマスタ

ーはまだ権限が足りません。一つのダンジョン所有権だけで明かせる情報には限りがあります』

メルセデスは盛大に舌打ちをしたい衝動に駆られた。

まるでお預けをくらった気分だ。

こんな半端に説明されては、かえって気になってしまうではないか。

自分達は何なのか。この世界はそもそもどういう世界なのか。地球で一体何があって、人類はどうなってしまったのか。

だがその全てを知るはずのツヴェルフは話せないと言う。

これ以上を求めるならば、一つのダンジョン所有権では足らぬと、そう言うのだ。

だが思い出してみれば、最初に黒の扉の前に立った時、確かにツヴェルフは言った。

『試練に打ち勝てたならば貴女は世界の真実の一端に触れる事が出来る』と。

一つのダンジョンをクリアしただけで全てを明かすとは一度も言っていない。最初から一端しか教えないと明言されている。

つまり全てを知るには、全てのダンジョンをクリアしなければならない……というわけか。

(これは……考えるべきかもしれんな。全てのダンジョンの攻略……即ち、制覇する事を)

悔しくはあった。

だがそれと同時に、不思議と少しだけ満たされるものも感じていた。

この世に生まれてからずっと探していた生きる目的。辿り着くべきゴール。

それがぼんやりとだが、見えてきたような気がしたのだ。

◆

「今日の実地訓練はいよいよダンジョンに潜る事となる。正確には準ダンジョンだがな」

その日、教室はグスタフの発した言葉により賑わっていた。

この国で男児に生まれたならば誰もが一度は夢見る一攫千金、ダンジョンの制覇。

それは貴族である彼等がやるべき事ではないが、それでも強さや栄光への憧れがないわけではない。

ダンジョンを探索するシーカーは最も死亡率の高い職業だが、同時に最も勇気ある職業として尊敬されるのだ。

「先生、準ダンジョンとは何でしょう?」

「ダンジョンからはどういうわけか、際限なく魔物が湧き出てくることは知っているな。そうして湧いた魔物はダンジョンに収まりきらなくなると外に出てくる事も説明する必要はないだろう。それらの外に溢れた魔物は時に洞窟や砦の跡に住み着いてしまう事がある。そうしてダンジョンのようになってしまった場所を準ダンジョンと呼ぶのだ」

「では、本物のダンジョンではないと」

「ああ。本物と異なり、住んでいる魔物を殲滅すればそこは危険ではなくなる。奥から魔物が新たに湧いてくる事もない。今回授業に使うのは、捕獲した魔物を学園近くの洞窟に閉じ込める事で人為的に作り出した準ダンジョンだ。生息している魔物も全て、お前達の実力で十分対処出来る」

生徒からの質問にグスタフが淡々と答えるのを、メルセデスは感心しながら聞いていた。

なるほど、そういうダンジョンもあるのかと思わされる。

確かに入り組んだ洞窟や遺跡などに魔物が住み着いてしまえば、それは殆どダンジョンと変わらない。

違うのは、奥に財宝がないという事か。

「奥にまで行けば、そこにはシーカーがいる。今回の授業の為に雇ったチームで、人格は確かな連中だ。そいつらからクリアした証を受け取った後はまたここに戻ってこい。四人一組で順番に入ってもらう」

流石は貴族の子女（しじょ）ばかりが集う学園だ、とメルセデスは思った。

まさに至れり尽くせりではないか。

自分など最初は武器も防具もなく、単身突入したというのにこの過保護ぶりはどうだ。

いや、これでも命の危険がある事くらいはあるのだろう。

そのような事を考えていると親しい者同士でどんどんチームを作っていき、気付けばメルセデスは完全に出遅れていた。

とはいえ、誰と組んでもメルセデスにとっては足枷（あしかせ）だ。上手く行けばこのまま自分だけが余って一人で突入させてもらえるかもしれない。

などと考えていたが、誰かにがっしりと腕を掴まれてしまった。

「メルセデスさん、組む吸血鬼（ひと）いないの？　だったら私と組もうよ！」

ハンナであった。

人懐っこい彼女ならばメルセデスなど誘わなくてもいくらでも候補がいるだろう。

しかし彼女はそんなメルセデスの視線に気付いていないのか、腕を掴んだままキョロキョロと辺りを探す。

やがて、メルセデスとは別の意味で孤立していたジークハルトに目を付けた。

ジークハルトはメルセデスとは逆に、皆が組みたがるせいで誰とも組めていないパターンだ。

女生徒同士が牽制し合っている中にハンナは平然と踏み込み、周りに気付いていないようなKYぶりでジークハルトに声をかけた。

「ジークハルトさん、まだ誰とも組んでないの？　じゃあ私達と組もうよ！　うん、それがいいって！」

ハンナはそう言い、強引にジークハルトを連れてきてしまった。とんでもない空気の読めなさである。

最早わざとやっているとしか思えない。

女生徒達も最初はハンナを恨めしげに見ていたが、やがて諦めたように別々にチームを組み始めた。

小動物系のハンナならば、間違いは起こらないという安心もあるのだろう。

「ちょっと、ハンナ！　抜け駆けは……」

「あ、ドードさんも組む人いないの？　じゃあ組もうよ！」

「えっ」

女生徒のうちの一人がハンナの抜け駆けを糾弾(きゅうだん)しようとしたが、その腕をハンナに引かれて強引にチームに入れられてしまった。

責める立場から一転して、これで彼女も抜け駆けした側だ。

周囲の女生徒は『このアマ』という目でドードという生徒を睨んでいる。

かくしてここに四人、なし崩し的にパーティーが結成されてしまった。

「あ、あー……ゴホン。すまないね、強引で……」

「あ、いえ、そんな、ジークハルト様が謝る事じゃ！　そ、そうだ、自己紹介をしましょう。同じクラスだけど、あまり接点もないし」

ジークハルトは律儀なのか、強引なチーム結成をメルセデスとドードに詫びた。

しかしここで彼が謝る事は何もない。というか何故謝ったのだろう。

ドードもこれには慌てたようで、咄嗟に話題を逸らし始めた。

「私はドード・リオッテ。リオッテ家の長女ですわ。得意属性は風。近接戦闘よりは中距離戦闘を得意としております」

そう言い、彼女はオレンジ色のツインテールを揺らして薄い胸を張った。

いや、ツインテールではない。よく見たら後ろにもポニーテールがある。

ツインならぬ、トリプルテールだ。

毛先には黒いリボンを付け、服装も黒いブーナッド。首元にはオレンジ色の鳥の羽毛を巻いている。

手にしている武器は鞭のようだが、先端には鳥の嘴のような突起物が付いているのが少し気になる。

あれをどう使うのかは、戦闘で見せてもらうとしよう。

「メルセデス・グリューネヴァルト。家は公爵だが、四子なので家名は継承しない。普通に接してくれ。戦闘はどちらかといえば、近接戦闘の方が得意だ」

軽く自己紹介をし、ハルバード型にしたマスターキーを見せた。

ダンジョンの機能さえ使わなければただのハルバードである。

見た目も以前使っていた市販のハルバードと全く同じなのでこれをマスターキーだと思う吸血鬼はいないだろう。

「ハンナ・バーガーです。貴族じゃなくて商人の娘ですけど仲良くしてください。戦いは、魔法を少しだけ使えます」

どうやらハンナは商人の子だったらしい。

確かに言われてみれば貴族らしさがあまりない。

それでも少し前のメルセデスに比べたら豊かな生活を送っていただろう事は容易に想像出来る。

何と言うか、一見自由奔放だが所作の所々に確かな気品があるのだ。

「ジークハルト・アーベントロートだ。武器は剣で、近距離と遠距離のどちらも問題ない。王族ではなく、普通に生徒として接してくれると嬉しい」

自己紹介をするジークハルトの背景に一瞬、花が咲いた気がした。

勿論気のせいである。

しかし、そう錯覚するほどに絵になっており、気品に満ちている。

これで実は王族ではない影武者だとはとても信じられない。

ドードなど、見惚れたようにうっとりしてしまっている。

髪も相変わらず不自然さなど感じないし、やはり彼女は本当に王族なのでは、とメルセデスは疑いを深くした。

「どうやらそこもメンバーが決まったようだな。では次、そこの四人が行け」

「はい！」

グスタフに呼ばれ、ジークハルトが返事をした。

それから彼を先頭に、ダンジョンへと踏み込んでいく。

ジークハルトの歩みはしっかりしているが、若干緊張しているのか普段より歩みは遅い。

ドードは気丈に振るまっているが顔が引きつっており、やはり初のダンジョンという事で慎重になっているようだ。

メルセデスにとってダンジョンなど最早慣れ親しんだものなので、その歩みに迷いはない。

そしてハンナにもまた、緊張というものが見えなかった。

足取りは妙に軽く……しかしそれでいて、決して無警戒というわけではない。

足音を不必要に立てず、何より他と違うのは地に足を着ける一瞬――本当にそれはほんの一瞬の事だが、足の裏で床を確認している事だ。

これは驚嘆すべき事であった。

もしここに、床を踏む事で発動する罠があった場合、恐らくそれを回避出来るのはハンナだけだろう。

他の三人はメルセデスも含め、踏み抜いて罠を発動させてしまう。

〝そういう罠があるかもしれない〟という知識がなければ、まずやらない歩き方だ。

更に彼女はそれを自然体で呼吸するようにやってのけている。どう考えても商人に必要な技術ではない。

これは一体どういう事なのか……そう思いながら顔をあげると、そこにはメルセデスの事を凝視しているハンナの顔があった。

目が合うと、ハンナは照れくさそうに笑顔を浮かべる。

「あはは、こういうダンジョンってやっぱり足元怖いよね」

「……ああ、そうだな」

人懐っこい笑顔はいつも見ているもので、だからこそ先程見たものは錯覚だったのではないかと思ってしまう。

あまりにも落差がありすぎて、自分の目で見たものが現実だったと思えない。

メルセデスを見ていた時のハンナは――感情が抜け落ちた、能面のような顔をしていた。

第三十四話　白装束の目的

ダンジョンの中は、思った以上に歩きやすくなっていた。

恐らく授業に使うという事で、あらかじめ教師陣が整備しているのだろう。仮に罠などがあるにしても、まず致命傷を負わせるような危険な罠はないと思っていい。

本物のダンジョンと比べると広く、戦闘も大分楽そうだ。

しばらく歩くと、大型犬ほどの大きさのトカゲのような魔物が姿を現した。

目はクリクリとしており、無意味に可愛らしい。

一見すると害意がなさそうだ。

「ゲコグロースだな。こちらから攻撃しない限り基本的に襲ってくる事はない。害のある虫を食べてくれるから、あえて町中に放置して街の掃除に使う事もあるらしい」

ジークハルトの説明通り、襲いかかってくる気配は全くない。

まるでメルセデス達など眼中にないと言わんばかりに岩壁に張り付いて移動している。

来ないならば相手にする必要もなく、メルセデス達もゲコグロースを無視して先へと進んだ。

少し進むと、今度は緑色の人型生物が複数いる場所に出てしまった。

身長はメルセデスと同じくらいだろうか。目は赤く、腹が出ていて身体は引き締まっていない。

「あれはゴブリンニートだな。ゴブリン種の中では最も弱く、臆病だ。基本的にダンジョンから出てくる事はないが、時折他のゴブリンから追い出される事もある。ゴブリンの中では無害な部類だが、自らの住処に入り込む者に対しては攻撃的になるらしい」

「流石ジークハルト様。詳しいですのね」

「大した事ではない。調べれば誰でも分かる事だ。……どうやら、私達は敵と認識されたようだな。

来るぞ」

ゴブリンニートの数は四体。

それが奇声をあげ、メルセデス達を威嚇(いかく)している。

しかし声の大きさに反してへっぴり腰なので迫力はない。

ジークハルト達は各々の武器を構え、魔物を片付けるべく踏み出した。

「それ!」

まず最初に攻撃を仕掛けたのはドードだ。

彼女が鞭を振るうと、先端の嘴が高速回転しながらゴブリンニートの腹へと突き刺さった。

そのまま抉るように回転が続き、やがてゴブリンニートを貫通して背中から嘴が飛び出す。

ドードが腕を引くと嘴が引き抜かれ、彼女の手元へと戻ってきた。

なかなか面白い武器だ、とメルセデスは感心する。

投擲(とうてき)武器のようであり、鞭のようでもある。

前世の世界のどの武器とも一致しない、興味深い一品だ。

「えい!」

続いてハンナが手を突き出し、圧縮された水が発射された。

それがゴブリンニートのうちの一体に炸裂し、そのまま倒れさせる。

それと同時にジークハルトが踏み出し、ほんの一秒ほどでゴブリンニートとの距離を潰して剣を薙いだ。

一撃でゴブリンニートの首が飛び、恐慌にかられた最後のゴブリンニートがハンナを狙って飛びかかる。

だがその首をメルセデスが掴み、握力任せに首の骨を砕いた。武器を使うまでもない。

そのまま無造作に投げ捨て、周囲を見る。

とりあえず他に敵はいないようだ。

「ほーっほっほっほ！　まあざっとこんなものですわ！　どうですジークハルト様、私の活躍、御覧になって？」

「ああ、見事だった。他の二人も申し分ない」

ドードはジークハルトに褒められて顔を赤くしながらも得意そうに胸を張っている。

ジークハルトの本当の性別を知っているメルセデスは、少しドードが不憫に思えた。

まさか同性にアピールしているとは夢にも思うまい。

その後も特にこれといって苦労する事なく、無事に授業は終了した。

今回のところは、であるが……とりあえず、ジークハルトを狙う敵は行動を起こしていないようだ。

◆

朝方。

皆が寝静まっている時間帯に、メルセデスは学園内を散歩していた。

朝を知らせる小鳥の鳴き声は、吸血鬼にとっては一日の終わりを告げるものだ。

吸血鬼は別に、フィクションにあるように朝日を浴びたら死ぬというわけではない。

ただ本能的に、他の生物が暗い所よりも明るい所を好むのと同じように暗い所が好きなだけだ。

人間は暗所よりも明るい場所の方が安心する。夜の学校を一人で歩くのは怖いが、朝の学校ならば一人で歩いても恐怖はないだろう。

それと同じで、吸血鬼は夜の方が安心出来るのだ。

とはいえ、人間の建物が時にわざと暗くする事でそれをデザインの一つとするように、吸血鬼もあえて明るくする事で雰囲気を作る場合もある。

シーカーギルドなどがその一つだ。

要するに日光を浴びる事に特に問題はなく、あえて言うならば夜目が利く分強い光の中だと物があまり見えないくらいだろうか。

メルセデスも例外ではなく、朝日の中ではあまり視界がハッキリしない。

しかしそんな中で歩いている事にも理由があり……その理由が、メルセデスを取り囲むように近づいているのを肌で感じていた。

気付いていない振りをして人気(ひとけ)のない場所まで行くと、ここぞとばかりに気配の主が姿を現す。

白装束に身を包んだ、奇妙な連中だ。人数は四人で、メルセデスの逃げ場を塞ぐように立っている。

「貴様等、何者だ……と聞いても答えんのだろうな」

メルセデスの問いに返事をする者はなく、代わりに彼等は一斉に短刀を手に取った。

分かりやすい返答である。変に能書きを垂れるよりも余程早くて意図が伝わる。

四方から飛びかかってくる男達を前にメルセデスは表情を変えずに、あえてギリギリまで引き付けてからマスターキーをハルバードにし、薙ぎ払った。

突然武器が出てくるという事態に反応が遅れたのか、男達の下半身と上半身が生き別れになり、地面に転がる。

一人だけ素早く跳躍して逃れたが、これも逃がす気はない。

まるで吸い寄せられるような動きでメルセデスが男の前に跳び、一瞬で距離を詰めた。

そして男の頭を掴み、地面へ降下。加速を乗せて叩きつけ、頭部を破壊した。

それからハルバードを振るって更に二人の首を飛ばし、一人だけをあえて生かす。

情報を吐くのは一人でいいし、吸血鬼ならば上半身だけになってもすぐには死なない。

芋虫(いも)のように這いながら、男は唖然としてメルセデスを見上げる。

「き、貴様……やはり旧王派の回し者だったか……。年齢も、外見通りではないな……！　迂闊……貴様のような手練れが旧王派にいたとは……それも、ここまで存在を隠し通していたとは……」

「生憎だがその推理は的外れだ。私は旧王派とやらではないし、年齢も……まあ、見た目通りだよ」

転生前を含めれば年齢詐欺だが、メルセデスとして生きた年月を言えば見た目とそう差異はない。

とりあえずこの男から情報を聞き出す必要があるが、普通に聞いても答えはしないだろう。

さてどうしたものか、とツヴェルフに知恵を求める事にした。

「ツヴェルフ。こいつから情報を聞き出したいが、何かいい方法はないか？」

『ゴブリンヘクサーが催眠の魔法を使えます。それで聞き出せるかと』

「よし。では今すぐにゴブリンヘクサーを一体生産し、出してくれ」

『イエス、マスター』

話してから少し経つと、ハルバードの中から黒いフードを被ったゴブリンが出現した。

手には杖を持っており、いかにも魔法使いという出で立ちだ。

彼は杖を突き出し、白装束に何か魔法をかける。

すると、白装束の目から正気の光が失われ、トロンとした顔になった。

「よくやった」

ゴブリンヘクサーに労(ねぎら)いの言葉をかけると、彼はグッと親指を立ててサムズアップする。

見た目は陰気だが、案外気のいいゴブリンなのかもしれない。

メルセデスは男の髪を掴んで引き上げ、質問を発した。

「貴様等は何者だ？　何故ジークハルトを狙う」

「我々は……ベアトリクス帝国の……隠密部隊……。アーベントロートで唯一、初代王の血を引く正当な後継者であるジークリンデ王女がいなくなれば……アーベントロートに『王剣』を使いこなせる者はいなくなり……我が国は優位に立てる……その為に、我等は来た……」

やはりか、とメルセデスは顔をしかめた。

ジークハルトの正体はジークリンデ王女であり、正当な王家の後継者だ。

つまりこの隠密集団はジークハルト第五王子を狙ったわけではなく、影武者に騙(だま)されているわけでもなく、正体を知った上でジークリンデ王女を狙っているのだ。

つまり彼女の変装は何の意味もない事になる。

そしてゴブリンヘクサーは暇なのか、メルセデスの後ろで不思議な踊りを踊っていた。

「ジークハルト……いや、ジークリンデ王女の情報は誰から聞いたものだ？　何故貴様等が正体を知っている？」

「情報は……アーベントロートの新王派……が、邪魔なジークリンデ王女を亡き者にするために、我々に情報を、売った……」

メルセデスは溜息を吐きたくなった。

どうやら現アーベントロート王は正当な王家の血族であるジークリンデが邪魔で消そうとしているらしい。

それで他の国と手を組んで彼女を消し、自分の地位を盤石にするつもりなのだ。

ジークリンデはこの事を……いや、知らないのだろう。

きっと彼女は自分が本当に王族ではなく、それを守る使命を帯びた影武者だと思い込んでいるに違いない。

問題は、何故『今』なのかだが……。

そう考えていると、白装束は突然ハッとした顔になり、短刀を自らの首に突き刺した。

どうやら催眠が解けてしまったようだ。

ゴブリンヘクサーは盆踊りをして死者を供養している。

「王が国を売っている、か……笑えんな」

メルセデスは死体とゴブリンヘクサーをとりあえずダンジョンに収納し、立ち上がる。

それと同時に何者かが木の上から跳び、素早くどこかへと消えてしまった。

どうやら見られていたようだ。

しかし一瞬だが、後ろ姿は見えた。

あれは間違いなく……ハンナだ。

どうやら、今後は彼女の動向にも気を付けねばならないらしい。

第三十五話　白か黒か

「ジークハルト、少しいいか？」

一日の授業が終わり、皆が寮に帰るタイミングを計ってメルセデスはジークハルトに声をかけた。

現状、この学園のどこに敵がいるか分からない。

今『敵ではない』と言えるのは自分と、狙われている当人であるジークハルトだけだ。

あえて言うならば前回の授業で組んだドード・リオッテも白に近いだろうか。あれは謀(はかりごと)をするタイプには見えなかった。

それから兄であるフェリックスも、このような事態に加担するようには見えない。

とはいえ、万一もある。まだ自分とジークハルト以外に余計な情報を漏らすべきではないだろう。

「例の件で話したい事がある。来てくれないか」

「……ああ、分かった」

ジークハルトを連れ出し、メルセデスは適当に使われていない教室へと入った。

寮の自室は駄目だ。ハンナが黒に近くなった今、何を仕掛けられているか分からない。

この世界の科学水準で盗聴器などあるとは思えないが、何せ魔法がある世界だ。

自分が想像もしない都合のいい道具がある可能性はゼロではないのだ。

「それで……話というのは？」

「お前……いや、貴方を狙っている一派と先日交戦した」

「!? そ、それで……大丈夫だったのか？　怪我は？」

「問題ない。それより、そのうちの一人から有用な情報を聞き出す事が出来た。その内容だが……」

メルセデスは先日得た情報をジークハルトに語った。

ジークハルトを狙っている者の正体はベアトリクス帝国とやらの刺客である事。

情報を流したのは他ならぬ、この国の王自身である事。

そしてジークハルトこそが本当の王族である事も。

途中までは静かに聞いていたジークハルトだったが、自分の正体を語られた部分で目に見えて動揺を見せた。

「馬鹿な……私が本当に王族？　そんなはずはない。私は孤児で、王子の影になるべく育てられたと……ずっと、そう聞かされてきた……」

「その髪の色は何だと教えられたんだ？」

「髪は……影になるべく、赤子の頃に魔法で染めたと」

予想通りではあったが、やはり彼女は自分が本当に王族である事を知らなかったようだ。

王族の振りをした影武者……と思い込まされた王族。何とも複雑で面倒な事になったものである。

そして酷い父親もいたものだ。ベルンハルトも酷いが、彼女の父はそれ以上の外道だ。

何せ、現王は彼女の実父なのだ。

なのに、浮気相手とその子供達を優先して彼女を冷遇するとは……いや、それどころか孤児などという嘘を教え、我が子ではない事にまでしたのだ。

ベルンハルトだって、ここまで下衆ではない。

彼は子供を失敗作呼ばわりする鬼畜だが、それでも一応、孤児だなどという嘘を吐くまでには至らなかった。

「それを……信じろと言うのか……」

「信じられんのも無理はないが」

「いや、違う。違うのだ。信じていないわけではない。言われてみれば腑に落ちる部分がいくつもある……私とて、何の違和感も感じていなかったわけではない。だが……いきなり王族だったなどと言われても、すぐには呑み込めんのだ。何か……何でもいい。証拠のようなものはないのか？」

ジークハルトは頭を押さえ、苦しそうに言う。

彼女なりに現実と向き合い、正しい答えを見極めようとしているのだろう。

しかし何の根拠もなく受け入れるには現実はあまりに重く、信じるに足るものが欲しいといったところか。

十一歳という年齢を考えれば、ここで混乱して喚かないだけ大したものであった。

「王剣……ダンジョンのマスターキーを使えるのは初代王の血族だけだ。それを手にすれば真実は分かる」

「王剣の事まで知っているのか……」

「父から聞いた」

「そうか。だが王剣は城の宝物庫に厳重に保管されている。触らせてくれと言って、それで素直に聞いてくれる事はないだろう。確かめようと思ったら、それこそ、忍び込みでもしない限り……」

ジークハルト……いや、ジークリンデが王剣に触れる。

それは現王が最も避けるべき事態だろう。まず正面から頼んでも影武者如きが何をほざく、と一蹴されるに違いあるまい。

ならば方法は一つ。忍び込んで確かめる他ない。

しかしメルセデスにそれを強要する気はなかった。

結局のところ、当事者は彼女なのだ。部外者にすぎない自分がいくら言っても、本人にやる気がなければ何の意味もない。

だから、メルセデスはただ背中を押すだけだ。それ以上はしない。

「進むか止まるか。それを決めるのは貴方だ。ここで立ち止まるならばそれでいい。私もこの件から手を引くだけだ。だが真実を探して進むと言うならば……」

メルセデスはジークハルトの目を見る。

ここで目を逸らして逃げるならば、そこまでだ。

進む意思のない者に、道は切り開けない。

進み続けた先にしか道はないのだ。

「私が貴方を連れていってやる。如何(いか)なる障害が立ち塞がろうが、私が薙ぎ倒す」

「しかし！　君がそこまでする利点はない！　仮にそれが本当だとして、君がそこまで危険を冒す必要がどこにある！　何故、そこまでしてくれるんだ！」

「この国が荒れ、いつまでも学園に妙な連中がいるのは私にとって害だ。国が安定し、学園が平和になるならば私にとって利だ。下らない事はさっさと解決して学業に専念したいんだよ」

これは偽りのない本心であった。

結局のところ、メルセデスは己の利害を考えて行動している。

決して情だとか優しさで動くわけではない。

この事態を放置するのは害で、解決するのは利だ。だから動く……それだけだ。

それにもう一つ理由がある。

ジークハルトを狙っている誰かは、平原にアシュタールを出して彼女を狙わせた。

これの意味するところは一つ。敵は自由に魔物を出せるという事だ。

近くに待機させていたとは思わない。教師だって馬鹿ではないのだから実習前に付近を調べるくらいはするだろう。

つまり、今回の一件の裏にいるかもしれないのだ。

以前ボリスをそそのかした、ダンジョン攻略者が。

そしてそうならば、メルセデスにとって捨て置ける問題ではない。

現状、その脅威を正しく認識出来ているのはメルセデスだけなのだから。

「選ぶのは貴方だ、ジークハルト……いや、ジークリンデ王女。だが進むならば——私が守ってやる。何が来ようと、指一本触れさせはしない」

ジークハルトは驚いたように目を見開き、それから頬を若干赤らめた。

何だ、その反応は。何故そこで照れる。

「その……不思議だな。君と話していると、女の子と話している気がしない。凄く頼りになるというか……男らしいというか…………女の子、なんだよね？」

「少なくとも男装の麗人である貴方よりは女の子をしていると思うが……。というかそれは結構普通に傷つく。言われ慣れてはいるがな」

主に前世で。

最後の一言は言葉に出さず、メルセデスは小さく溜息を吐いた。

「あ、ああ、すまない。決して馬鹿にしたわけじゃないんだ」

「いいさ。この程度で怒ったりはせんよ」

肩をすくめ、おどけたように言ってみせる。

悪意がないのは分かっているし、それに子供の言う事だ。

こんな事でいちいち怒っていては社会でやっていけない。

「分かった……私も覚悟を決めよう。もしもその話が本当ならば、国の一大事だ。逃げるわけにはいかない」

ジークハルトは拳を握り、決意を固めたようにメルセデスを見た。

強い瞳だ、と素直に思わされる。

未だに目的らしい目的もなく、生きる目的を探す為に生きているメルセデスにはない、強い意志の光がそこにはあった。

「学園内には恐らく、貴方を見張っている者がいるはずだ。でなければああまでタイミングよく、一人になったところを狙ったりは出来ない。誰か、心当たりはないか？」

「……君の言うとおり現王家が私を排除したがっているならば、その息がかかっていると思われる者が一人いる」

メルセデスの予想では、ジークハルトを見張っている者はかなり身近にいるはずだ。

でなければ、あの野外授業でアシュタールが出たタイミングに説明がつかない。

はっきりと言ってしまえば、Aクラスの誰かが内通者だとメルセデスは考えていた。

「元々私がこの学園に来たのは、何者かが第五王子を狙っているから、それを誘き出して捕まえろという命を受けたからだ。そして囮役である私の他にもう一人、敵を捕まえる為にこの学園に潜入した者がいる」

ジークハルトはそこまで言い、少し言い難そうに口を噤(つぐ)んだ。

きっと信じていたのだろう。

いや、今でもまさか、という気持ちがあるのかもしれない。

「……だが君の言うとおりだとすれば、前提からひっくり返ってしまう。王家が私の敵だというのなら、王家の命を受けて学園に来た彼女も、敵という事になる……の、かもしれない」

「名前は？」

「その者は……名を、ハンナという。君と同室の、あの少女だ」

それは、メルセデスが現状最も疑わしく思っていた同居人であった。

第三十六話　第一王子の誕生祭

メルセデス達が住むこのレッド・プラネットにおいて、大半の国では一週間は八日とされている。曜日と呼ばれるものはないが、それに該当するものとして『火の日』や『水の日』といった、各属性にちなんだ呼び名が存在していた。

順序としては土の日から始まり、水、風、火、鉄、氷、雷を経て最後に陽で一周する。

前世での七曜に慣れていたメルセデスにとってこれは実に違和感のあるものだったが、それがこの国の文化なのだから受け入れるしかない。

陽の日はエルフェやフォーゲラの国では一週の始まりとされているが、陽光の出る朝は吸血鬼にとっては眠る時間だ。

なのでこのオルクスでは一週の始まりは土であり、陽は休む日と決められていた。

『地の日』ではなく『土の日』なのが少し気になったが……そういえばギルドで渡されたカードでも属性は『土』と表記されていた。

メルセデスが魔法の習得のために読んだ本では『地属性』となっていたが、どうもこの属性は呼び名が安定していないような気がする。

それだけ軽く見られているという事なのだろう。そんなんだから、誰も重力に気付けないのだ。

……話を戻そう。

学園でも陽の日は休みであり、それを利用してメルセデスは一度グリューネヴァルト邸へと帰還していた。

いつもの空中ダッシュで帰れれば楽だったのだが、今回はジークハルトもいるので、アシュタールに頑張ってもらった。

屋敷に到着したジークハルト達は客間に通され、メルセデスだけがベルンハルトの私室に呼ばれた。

「メルセデス。あれがそうなのだな？」

「はい」

あれ……とは、無論ジークハルトの事である。

正確にはジークハルトに扮したジークリンデだ。

ベルンハルトは厳つい顔を更に厳つく歪め、腕を組んだ。

「なるほど……確かに髪の色に不自然さがない」

「彼女を狙っていた輩からも情報を聞き出しました。やはり彼女こそが王家の正当な血筋で間違いないようです」

「その暗殺者は？」

「自害しました」

「それはいかんな。次からは自害出来ぬように手足を切断しておけ」

当たり前のように物騒な事を言いながらベルンハルトはメルセデスを叱咤した。

しかしそれほど強く言っているわけではないあたり、暗殺者の生死などどうでもいいのだろう。

仮に暗殺者を生かしても、その言葉を証言にする事など出来ない。

捨て駒として切り捨てられ、頭のおかしい犯罪者として処理されるのが落ちだ。

今の王家の罪を表に出すならば、もっと確実な証拠が必要となる。

「それで……やはり今の王家は偽りなのだな？」

「はい。新王派が邪魔になるジークリンデ王女の死を望み、情報を他国へ売ったようです。確か……ベアトリクス帝国、とか」

「我が国と並ぶ吸血鬼の大国だな。初代女帝ベアトリクスがダンジョンを制覇し、国を築いたと言われている。オルクスが弱体化すれば、やがてあの国に吸収される事だろう。それにしても自分達の地位の為に国を売る、か……これは早急に取り除かねばならんな。……王を名乗る売国奴どもめが」

ベルンハルトは心底侮蔑したような口調で新王を売国奴と言い切った。

他の貴族が聞けば耳を疑う発言だろう。

「しかし厄介だ……新王は王家の血筋ではないが、王である事そのものは偽りではない」

舌打ちをしながらベルンハルトは今回の事態の厄介さに唸った。

新王は王家を乗っ取った売国奴である。

だが、彼が王である事そのものは嘘ではないのだ。

先王は男児に恵まれず、今の王を婿として迎える事で国王にした。

故に、今の王は正真正銘の国王であり、正面から逆らってもただの反逆にしかならないし、他の貴族まで敵に回してしまう。

これを覆すにはやはり、彼等が王剣を使えない事を示した上でジークリンデに王剣を使わせるしかない。

そうする事でジークリンデを旗頭とした政変に乗り切る事が可能となる。

今のままでは、こちらに正当性がない。

「いや……待てよ？　いけるか？」

ベルンハルトは何か思いついたのか、顎に手を当てて考える。

貴族やら王族やらの事に関しては彼の方が圧倒的に詳しい。

メルセデスもそれを当てにしているからこそ、ここに来たのだ。

いずれ出ていくが、それまではベルンハルトとグリューネヴァルトの名は役に立つ。

「何か案が？」

「うむ。今度第一王子であるバルドゥルの誕生祭があるが、そこで奴等を揺さぶれるかもしれん」

「というと？」

「かつて王家は、王子や王女の誕生日には必ず王剣を披露し、それを貴族達の前で使わせた。……無論、それがダンジョンクリアの報酬である事は一部の貴族しか知らんがな。殆どの者は、王剣は魔物を召喚して操る力を持つとしか認識しておらん。王剣を観衆の前で使う事で王の血筋である事を見せつけ、同時に力の誇示にもなり、求心力を強めていた。だが今の王になってからは一度もそれを行っていない。それが原因で、貴族達も今の王を疑い始めている」

今の王と王妃が王家の血を引いていない事は周知の事実だ。

しかし王は、子供達を前の王妃との間に出来た子であり、正当な王族であると発表してしまっている。

だから彼等はまだ王座に居座る事が出来ているのだ。

しかしその子供達は一度も王剣を使っていない。

ベルンハルトは、ここに付け入る隙があると考えた。

「次の誕生祭……何人か馬鹿貴族を焚き付けてみるか。今の王に不満を感じている奴は多い。上手くすれば、そこで全て暴露させる事が出来るかもしれんな」

「上手くいかなければ？」

「その時は王家への不満が高まるだけだ。王剣を使って見せん限り、奴等への不信は払拭されん」

ベルンハルトはそう言い、ニィ、と口の端を吊り上げた。

いかにも悪党のような顔だが、実際悪い事を企んでいるのだろう。

もしかしたら、王家を引きずり下ろして自分が王になるくらいは考えているのかもしれない。

この男は現状、信用出来る味方だが信頼出来る善人ではないのだ。

とはいえ、自分に利用価値があるうちは敵に回らないだろうし、この男に利用価値がある間はメルセデスも敵対しようとは思わない。

◆

それから数日が経ち、第一王子の誕生祭がやってきた。

この日ばかりは学園も休日となり、盛大に誕生祭を祝う事を義務付けられる。休んでばかりな気がしないでもない。

メルセデス達はベルンハルトの付き添いという形で誕生祭に出席し、ジークハルトには簡単な変装をしてもらった。

ジークハルト自体が既に変装した姿なので、少しややこしい。

招待された吸血鬼達は皆が煌びやかな衣装やドレスを纏い、優雅に振るまっている。

吸血鬼の城だけあって場内は僅かなランプの輝きでライトアップされ、少し不気味だ。

もっともこんなのはどこも同じ事で、グリューネヴァルト家も基本的には暗い。

メルセデスは普段着馴れないドレスに若干の居心地悪さを感じながらも、壁の花となって時間が過ぎるのを待った。

見た目こそ愛らしい少女だが、メルセデスの放つ剣呑な雰囲気に呑まれて同年代は誰も近づけない。

グリューネヴァルトと親しくなる事は将来的に有利だ、と親に言い聞かされてダンスに誘いに来た十一歳の少年はメルセデスに一瞥されると、泣いて逃げてしまった。

一方ジークハルトは男装を止めてドレス姿になっており、幼いながらも可憐なその姿に何人かの男が頬を緩ませていた。

ロリコンとか言ってはいけない。吸血鬼の世界では十五歳で結婚可能とされ、戦争に出る事も珍しくない。

義務教育が整った日本とは違うのだ。二十を過ぎても親元で遊んで暮らせるほど恵まれておらず、早期に大人となる事を求められる。

つまり十一歳に欲情する彼等は、この世界の常識で見てもちょっとおかしかった。

訂正しよう。やはり彼等はロリコンだ。

料理は……相変わらず悲惨だ。

血液入りのワインに血のジャムを塗ったパン。ブラッドソーセージ、茹でただけのジャガイモ。

何の魔物なのかよく分からない焼いただけの肉には、やはり血がソースのようにかけられている。

そしてサラダはない。『栄養バランス？　何それ？　血さえ飲んどきゃいいじゃん』な吸血鬼はバランスなど考えない。好きな物しか食べないのだ。

他にはトライヌ商会提供と思われるチョコレートやチョコクランチがあるが、こちらは凄まじい速度で減っている。

「バルドゥル第一王子のご入場！」

会場に声が響き、階段の上から豚が歩いてきた。

……いや、豚ではない。豚のように肥えた王子が歩いてきた。

デブな吸血鬼とかイメージ壊れるなあ、とメルセデスは内心で僅かな失望を感じる。

しかし失望してばかりはいられない。しっかりと観察しなければ。

まるでペンキでも塗ったかのような不自然な銀髪に、豚のような顔。

服はパンパンで今にも破れそうだ。

赤いマントを羽織っているが、それがかえって滑稽で仕方ない。

やはり豚か……。

腰にはやたら装飾された赤い剣を帯びており、嫌でも目立つ。

「ジークハルト、あれか？」

「ああ。あれこそ王家に伝わる王剣だ。王家の紋章にもなっているから間違いない……と思う」

言いながらジークハルトはポケットから紋章を出し、メルセデスに見せた。

一応影武者なので、こういうのも持たされているのだろう。

その紋章に描かれた剣は、確かにあの第一王子が持っている剣と同じだった。

だから、あれがマスターキーなのだろうと考えたが……。

『いいえ、あれはマスターキーではありません』

ツヴェルフの一言で、否定された。

ならば、とメルセデスは考える。

バルドゥルが差している剣をジークハルトは王剣だと言い、ツヴェルフはマスターキーではないと言い切った。

王剣＝マスターキーのはずなので、つまりどちらかが間違えている事になり、この手の情報の精度においてはツヴェルフに勝る者は現状いない。

つまりあれは王剣を模したレプリカか、よく似ているだけの別の剣だろうとメルセデスは考えた。

実際、マスターキーと通常の武器は見ただけでは判別出来ない。

メルセデス自身もマスターキーを市販の『ハルバード・ウルツァイト』と同じにしており、専門職が手に取って確認でもしない限り区別は不可能だ。

ならば十分に有り得る。本物の王剣を持たず、この場に現れる事も。

そして、好都合だ。本来ならば王剣の力を示すはずのこの場に偽物を持ってきた事自体が既に、自分達は使えないと言っているも同然であった。

（ツヴェルフ。お前達はマスターキーとそうでないものを見分けられるのか？）

『イエス、マスター。ただし注視すれば、という条件が付きます。目の前を一瞬横切った程度では恐らく気付けません』

ツヴェルフがマスターキーを見分けられるというのは大きな利点だ。

同時に、この件の裏にいるダンジョンマスターにツヴェルフのようなガイドが付いていた場合、こちらが見破られる可能性がある。

とはいえ、『あれはマスターキーかもしれない』という疑いを持たなければ注視する事もない為、すれ違った程度ではまず気付かないと言う。

メルセデスは過去を振り返り、恐らく自分がダンジョンマスターである事に気付いている者はいない、と考えた。

外に出る時は常に待機モードでポケットの中に入れているので、仮にすれ違った中にダンジョンマスターがいたとしても判別されるはずがない。

壇上では国王らしき肥満の吸血鬼が国がどうやら国の将来がどうやら貴族の誇りがどうやらと語り、貴族達が表面上聞き入っているような態度を取っている。

やがて話が終わったところで、一人の貴族が声をあげた。

「王よ。何故貴方は十一年前から王剣を我々の前では使ってくださらない。我が国、オルクスの変わらぬ権威と力の象徴を何故お見せくださらぬのか。我々はずっと、初代アーベントロート王の偉業を敬愛し、世代を経ても変わらぬ忠誠を捧げてきました。今一度、王の威光を我らに示していただきたい」

あれがベルンハルトの焚き付けた馬鹿貴族とやらだろう。

彼に同調するように他の貴族も「そうだそうだ」と便乗している。

以前述べたように吸血鬼にとって強さこそが何にも勝るステータスだ。

それを十一年に亘って示さなければ、王だろうが何だろうがこういう態度を取られてしまう。

要するに舐められてしまえば、権力があろうと軽視されてしまうのだ。

ここで力を示す事が出来なければ、最悪反乱まで有り得る。

おかしい話ではあるが、それが吸血鬼だ。人間とは価値観が違う。

王剣という替えの利かない絶対の力があるからこそ貴族達は王を認めている。

ならばそれがなければ……クーデターが発生してもおかしくはない。

「よろしい。ならば王家の威光を皆に示そうではないか」

これに国王は意外にも、余裕をもって対応した。

あの王剣は偽物である。だからてっきり慌てるとばかり思っていたのだが、あの余裕はどういうわけだ。

批判していた貴族達にとっても意外な事だったのだろう。

声は小さくなり、気圧されたように全員が顔を見合わせた。

「皆も知ってのとおり私は王家の血筋ではない。しかし我が子達は皆、今は亡き前の妻……エルフリーデの血を受け継いでいる。それを疑う声もあったが……今こそ見せよう、我が子達が真に王家に連なる者であるという証を。そしてそれをもって、我が疑いを晴らしたい」

王が大仰な手振りを加えながら演説し、バルドゥルが剣を抜いた。

偽物で一体何をする気なのか……。

そう思いつつも観察していたメルセデスだったが、壇上に溢れた強い光に思わず目を閉じてしまった。

吸血鬼は僅かな月明りでも周りが見えるほどに夜目が利く。

逆に言えば物を見るのに強い光は必要なく、あまりに光が強いとむしろ視界の妨げとなってしまう。

吸血鬼が昼を苦手とするのもこの為だ。

吸血鬼にとって真昼というのは、人にとっての真夜中と同じくらいに物が見えない。

強い光を急に浴びるのは、人で例えればいきなり停電するようなものだ。

やがて光が収まり、メルセデスが目を開くと壇上には驚くべき光景があった。

狼男にミイラ男、ゴブリン、オーク、骸骨……いずれも下級ではあるが、先程までいなかった多くの魔物が並び、そしてバルドゥルに従うように跪いていたのだ。

(飼いならした魔物をどこかに待機させていた……？　いや、あれだけの数が隠れる場所はない。外に待機……いや、いくら光で目が眩んでいてもあれだけの魔物が乗り込んできたら流石に音で気付く。どういう事だ……)

マスターキーによる魔物の解凍ではない。それだけは確かだ。

あの王剣は偽物だし、第一マスターキーで魔物を出しても視界を晦ませるほどの強い光など発さない。

何かあるのだ、カラクリが。

例えば……そう、例えば、封石を大量に隠していたとかはどうだ？

封石ならば隠せるだろうし、光を発したのは封石から出るのを見られない為と思えば説明がつく。

しかしその証拠がない以上、ここで何を言っても無駄だろう。

だが大勢が見ているこの機会を逃せば、奴等を追及するのが難しくなる。

例えば本物の王剣をジークリンデが使い、バルドゥルの剣が偽物だと証明しても、それを誰も見ていなければ王の権限でどうとでも言いつくろえるし、こちらを嘘つきに仕立てる事も出来る。

それを許さない為にも、この国の有権者達という目撃者は不可欠なのだ。

『提案します、マスター』

(何だ?)

『マスターキーは破壊不可能な金属で出来ております。王剣も同様に壊れる事のない金属であると伝わっており、この場で剣が壊れればそれは矛盾を発生させ、貴族達の疑念を呼ぶ事でしょう』

(なるほど)

メルセデスは全員の目が壇上に向いているのを確認してから、魔法を発動した。

バルドゥルの持っている剣に重圧をかけ、破壊を試みたのだ。

この世界に重力という概念はなく、概念がないのだから誰もそれがどういう力なのか分からない。

見えないのだから魔法の出所も分からず、そもそも魔法が行使された事にすら気付けない。

かろうじて、近くにいたベルンハルトだけが娘が何かしたと勘づいただけだ。

「え……な、何だ……剣が、重く……」

バルドゥルの腕が下がり、床に剣が叩きつけられた。

傍から見ればバルドゥルが突然剣を叩きつけたようにしか見えない。

そして偽りの王剣は罅割れ、更に重圧を加える事で砕け散ってしまった。

「王剣が砕けたぞ！」

「馬鹿な……王剣とは決して壊れぬ金属で出来ているはずでは……」

「これは一体……」

まさかの事態に貴族達がざわめき、疑念が強まる。

バルドゥルと国王は顔を青ざめさせながらも、このお披露目を台無しにした狼藉者を探すべく声を張り上げようとした。

だがそれより先に動いた男がいる。

「王よ！　これはどういう事か！　王剣とは壊れぬ剣であったはずが、何故砕ける！　そして、その魔物達は何故跪いたままなのだ!?　王剣が魔物を制御するならば、それを失った今、魔物達は何故暴走しない！」

ベルンハルトであった。

彼はここを好機と見なし、一気呵成に攻撃に出たのだ。

無論危険な賭けではあるだろう。

一歩間違えれば無礼者として捕らえられてしまうし、何よりこれは不敬だ。

だがベルンハルトの中に王への敬意や忠誠などあるはずもなく、ここが責め時だと判断したから動いたにすぎない。

「王よ、お聞かせ願いたい。その魔物……本当に王剣より呼び出したものか？　捕獲した魔物を何らかの手段で隠していただけではないのか⁉」

ベルンハルトは確信したのだ。

自分の考えはやはり正しかったのだと。

あの王族は偽物で、王家の血など引いていないと確信した。

そうでなければ、わざわざ偽の王剣など用意するはずがない。

「き、貴様、ベルンハルト卿！　無礼だぞ！　貴様は我々を……王である私を疑うのか！」

「ふ……疑ってはいない。確信しただけだ。やはり私の疑念は正しかった……いや、ここにいる大勢も本当は思っていたはずだ。今の王族は本物なのかとな！」

「き、貴様……」

「王は婿養子。妃はどこからか連れてきた馬の骨。ジークリンデ王女以外は前の妃の死後に突然出てきた、明らかに不自然な者達ばかり。そのジークリンデ王女すら明らかにすり替えられた偽物。十一年に亘り示される事のなかった王家の威光に、極めつけは偽の王剣」

ベルンハルトは王を睨み、指を突きつける。

それと同時に会場に武装した兵士が雪崩込み、武器を構える。

恐らく、ベルンハルトが待機させていた彼の私兵だ。

「告発する！　貴様は王家の正当な血筋を穢(けが)し、王家に成り代わった大罪人だ！　今我等の前にいるのは偉大なるアーベントロートの名を騙(かた)る不届き者よ！　出合え！　出合ええい！」

それは、紛れもなく――クーデターと呼ばれる行いであった。

第三十七話　命乞い

第一王子の誕生日を祝う会場は今や喧噪に包まれていた。

オルクス国の中でも最も力を持つ貴族であるベルンハルトのまさかの暴挙に国王は追い詰められ、貴族達は事態についていけず茫然としていた。

しかし全員が棒立ちをしていたわけではない。何人かは迅速に動き、ベルンハルト側と国王側に分かれて争いを開始した。

ここでベルンハルトに味方する貴族が多く出てしまうあたり、今の王がいかに不満を持たれていたかが分かる。

戦いは一方的であった。王が突然の事態に対応出来なかったが故の数の差もあるが、それ以上にグリューネヴァルト親子が頭抜けている。

メルセデスがハルバードを薙ぐだけで兵士が紙のように飛び、近づく事さえ出来ない。

ベルンハルトはポケットに手を入れたまま魔法を行使し、床からは次々と鋼の槍が生えて王側の兵士を串刺しにした。

護衛の兵士も決して無能というわけではないのだ。

仮にも国王の身の安全を守る大任に就いている以上、相応の実力を備えている。

特に国王の側に控えていた近衛隊長は、かつてAランクのシーカーだったという折り紙付きの経歴の持ち主だ。

他の近衛騎士も選りすぐりの精鋭だけを選んだエリート集団である。

だがそれが、まるで相手になっていないのだ。

片腕を犠牲にメルセデスに近づいた騎士は頭を床に叩きつけられて失神し、仲間を踏み越えてベルンハルトに近づこうとした騎士は彼を一歩も動かす事なく槍に貫かれた。

（凄まじい精度だな……）

ベルンハルトが行使しているのは鉄属性の魔法だろう。

メルセデスは未だ土属性の先に行けず、鉄属性を使えない。

それを父は軽々と使いこなし、驚くべき精度で敵を蹴散らしているのだ。

大口を叩くだけの事はある。メルセデスはベルンハルトへの評価を上方修正し、改めて厄介な男だと再認識した。

今は暫定で味方だが、いつか敵として戦う相手だ。

やはり最初に会った時点で敵対しなかったのは正解だった。

ダンジョンを使えばあの時の自分でも負けはしなかっただろうが、戦えばベンケイやクロを失っていただろう。

いや、未だベルンハルトがその全力を見せていない事を思えば、負けていた可能性すらある。

認めるしかない。ベルンハルトはダンジョンを攻略出来る実力がある、と。

一方、ハルバードを軽々と振り回して敵を蹴散らすメルセデスを見ながらベルンハルトは思った。

やはり学園に入れて正解だった、と。

身体の動きや武器の使い方が随分と様になっている。

元々粗削りながらセンスはあったが、正当な教育機関に入れた事で技を手に入れ、研ぎ澄まされている。

元々Aランクシーカー以上の力はありながら、その成長は止まるところを知らない。

それが嬉しくもあり、同時に厄介でもあった。

今は大人しくしているが、我が子はいつか牙を剥く。

そうとも、このベルンハルトの血を引く子なのだ。大人しいままで終わるわけがない。

仮に自分が二人いれば、必ず殺し合いになるという確信がある。

それと同じ事。

メルセデスは喜ばしい事に、ベルンハルトの血を色濃く受け継いでいる。

だからこそ必ず反逆する。

今ならばまだ、メルセデスに隠している力でもない限りは自分が勝つという自負がある。

だがこの先どうなるか分からない。

今ここにいる兵士や偽の王などベルンハルトにとっては敵でも何でもない。

真に警戒すべきは、いずれ牙を剥く我が子である。

メルセデスとベルンハルトは共闘しつつも互いを観察していた。

今戦っている兵士など眼中にない。視界には映っていても敵と見做していない。

二人の目は共に、そう遠くない未来に待っている父と娘の戦いへと向いているのだ。

「い、いけない！　私も……」

あまりの事態の変化の早さに思わず呆然としていたジークハルト——いや、ジークリンデだが、ここで正気に戻ったように前に踏み出そうとした。

今回の出来事は彼女こそが当事者で中心だ。

なのに他人事のように呆けていて、戦いを友人とその父に任せっきりはあまりに情けない。

そう思い、自らも加わろうとしたのだが、その肩を何者かが掴んで止めた。

「お待ちください、王女様。戦いは貴女の役目ではありません。それより、今のうちに着替えておきましょう……出番は、すぐに来ますから。そのドレスも素敵ですが、今のままでは誰も貴女と気付けないかもしれません」

「き、君は……」

◆

「ひ、ひいい！」

そして現国王——イザーク・アーベントロートは腰を抜かして情けない声をあげていた。

全ては上手く行っていたはずであった。

男児に恵まれなかった王家に婿として迎え入れられ、王の地位を手に入れた。

妻は幽閉し、王になる以前から付き合っていた今の妻と息子達を新たに妃として迎え入れた。

赤子だったジークリンデからは名を奪って娘に与え、代わりにジークリンデには影武者として育てていたと嘘を教えた。

無論問題はあった。王家の血を追放して乗っ取ってしまった以上、誰も王剣を使えない。

ここでジークリンデを我が子として育て、王剣を使わせるだけの度量があればまだ違ったのかもしれない。

しかし彼は恐れたのだ。ジークリンデの反逆を。

何より、前の妻の子など今の妻が許さない。

だがその問題も、ベアトリクス帝国と手を組むことで解消された。

魔物を閉じ込める封石を大量に提供され、偽の王剣を使う事で皆を欺けばいいと教えられたのだ。

強い光を放つ魔法石と併用する事で、封石から魔物を出す瞬間を隠す方法を教えてくれたのもベアトリクス帝国だ。

更に唯一王家の血を受け継ぐジークリンデは学園に影武者として放り込めば、後はベアトリクス帝国の者が始末してくれると言ってくれた。

そうなれば表面的には、『影武者が役目を果たして死んだ』としか見えない。

誰も『本物の王女が死んだ』などと思わないだろう。

全ては上手く行っていた……そのはずだったのだ。

だが彼はこの国の貴族を舐めすぎた。

自らも吸血鬼でありながら、吸血鬼の上に立つという事の意味を理解出来ていなかった。

弱い王など必要とされない。それが吸血鬼という種族だ。

以前からも一部の過激派から疑われていた事は知っていたし、過激派筆頭であるベルンハルト卿の事は特に恐れていた。

ベルンハルト・フォン・ブルート・グリューネヴァルト……国内最強にして最悪の吸血鬼。

その性格は残忍にして冷酷。

八十年前の戦争では英雄グスタフと並んで多くの獣人を始末し、『串刺し卿』の異名で恐れられた男だ。

その功績を認められて公爵に昇格し、今では王を凌ぐ発言力と権力を持つにまで至っている。

通常、権力を持てば誰でも腐るものだ。吸血鬼といえど安寧(あんねい)を得てしまえば研磨を忘れ、弱くなっていく。

だがベルンハルトだけは違う。彼は権力を得た今でも『串刺し卿』のままだ。

堕落をよしとせず、己を律し続けてきた。

ベルンハルトは残酷な男である。冷酷な悪党である。

他者を軽んじ、良心は欠け、自分以外は誰も信じない。

他者の人生を狂わせても罪悪感の一つも抱かず、殺めても何かを感じる事はない。

だが悪には悪なりの美学がある。矜持(きょうじ)がある。

それは『力』だ。

強い者こそが貴く、強者にこそ価値がある。否、強者にしか価値はない。

それ以外など全て餌だ。血を吸われ、搾取(さくしゅ)される為の食料にすぎない。

そこに例外などない。妻だろうが我が子だろうが——王だろうが。

力を示せなければそれは無価値な存在だ。王剣を使えないならば、それはもう王ではない。

故に殺める事に何ら躊躇(ちゅうちょ)はない。

最も吸血鬼らしい吸血鬼。

心の欠けた情無き男。

強さこそが貴さであり、それを最も体現している大悪党。

それがベルンハルト・フォン・ブルート・グリューネヴァルトであった。

(ベルンハルトが強いのは分かる……分かるが……どうなっている⁉)

ベルンハルトが強い。そのくらいは分かっていた。

だが問題は、もう一人の方だ。

ベルンハルトとまるで似ておらず、しかし彼の面影を確かに感じさせる少女が兵を次々に蹴散らしているのは一体どういう事だ。

悪夢でしかなかった。まるでベルンハルトが二人に増えたような錯覚すら感じられた。

やがて青髪の悪魔二人は、屍(しかばね)の山を踏み越えながらイザークへと近づいてきた。

恐怖で滲(にじ)んだ視界のせいで表情は分からない。

だが、黄金の瞳だけがこちらを見据えているのだけは分かった。

まるで塵でも見るような冷たい四つの眼が、イザークの恐怖を駆り立てる。

先程『まるで似ていない』と思ったが……まるでモノを見るような、その瞳だけはそっくりだった。

「どうした？　何を恐れている？　立て、王よ。貴様は王なればこそ、立たねばならぬ」

歩みながらベルンハルトが言う。

立てと。立って戦えと。

戦って死ねと告げる。

「国を売ってまで得た地位だろう？　ならばせめてしがみついてみろ。下衆ならば下衆なりの矜持を示せ。意地の一つくらい通してみせろ」

メルセデスが王の前に立ち、最後の抵抗をしろと命じた。

この王が小物なのはもう分かっている。だがこんな塵にも劣る小物に人生をいいようにされたジークリンデが哀れだ。

だからせめて少しくらいはマシな姿を見せろと思った。

ただ震えて止まっているだけの塵ではなく、それなりの意地を持った悪党ならば、まだ少しは慰めになるだろうから。

「……た、たすけ……お願……します。何でも……何でも言う事を聞きますから……妻も子もさしあげます……。だから……だからどうか、わしの命だけは……」

だが口から出たのは望んだ言葉ではなく、どこまでも失望させてくれる薄汚い命乞いであった。

メルセデスとベルンハルトは同時に舌打ちをし、その瞳が侮蔑に染まった。

こんなものなのか。本当にこの程度の三下――いや、三下未満の塵なのか。

こんなモノが今まで国の頂点だったのか。

こんなモノに国は脅かされたのか。

ならばこれはもう害でしかない。こいつを生かす事による利が何も見えない。

「意地すら張れん小物か。何ともつまらん」

ベルンハルトが呆れたように言い、槍を作り出して手に取った。

「耳障りな鳴き声だ。豚の方がまだ気品がある」

メルセデスが武器を握る。

――もういい。お前は死ね。

同時に吐き捨て、メルセデスとベルンハルトは同時に武器を振り下ろした。

第三十八話　ハンナの正体

メルセデスとベルンハルトの振り下ろした武器は、王に届く前に一振りの剣によって受け止められていた。

二人の攻撃は決して生半可なものではない。

仮に鋼鉄の盾で防御したとしても、盾ごと両断してみせただろう。

しかし二人の攻撃を防いだ真紅の剣は傷一つなく、美しく輝いている。

そして驚くべき事に、その剣は先程砕け散った偽りの王剣と全く同じデザインであった。

「お前は……」

だがメルセデスにとって驚きだったのは、剣よりも攻撃を防いだ人物の方だ。

水色の髪に、普段とは違って鋭くこちらを見据える瞳。

それは、学園生活で毎日顔を合わせていた同室の、ハンナ・バーガーであった。

驚きに動きを止めたのは一瞬の事。すぐにメルセデスは武器を薙いでハンナを弾き飛ばした。

「っ！　待って、メルセデスさん！」

ハンナが体勢を崩しながらも何かを言うが、問答をする気がない。

自分の予想は正しかった……ただ、それだけの事だ。

ハンナは王がジークリンデの護衛に就けた敵側の吸血鬼で、そして今になってノコノコと出てきた。要するにそういう事なのだろう。

襲撃のタイミングを隠密兵達に伝えていたのも彼女だったわけだ。

ならば遠慮は不要。斬り捨てるのみ。

「待てい、メルセデス！」

しかしそれを止めたのはベルンハルトであった。

何故この男が止める？　そう思うも、止めるという事は何かを知っているという事だ。

メルセデスは武器を下げ、ハンナから距離を空けた。

それと入れ替わるようにベルンハルトが前に進み、ハンナと向き合う。

「……小賢しい鼠が王家の周囲をウロチョロしている事は知っていたが、貴様だったか」

「あら。姉に向かって鼠はないんじゃない？　ベルンハルト」

ハンナは牙を見せて、ベルンハルトをからかうように笑う。

学園では決して見せなかった顔だが、こちらが素顔なのだろうか。

それにしても、姉とは一体どういう事だ。

そうメルセデスが訝しんでいると、ベルンハルトがどうでもよさそうに言う。

「メルセデス。こいつの名はハンナ・バーガー……結婚前の名はハンナ・グリューネヴァルト。私の姉であり、つまりお前の伯母だ」

「……は？」

「外見年齢はお前と変わらんが、実年齢は百を超えているし子供も産んでいる」

その説明を聞いてメルセデスは思わず顔をしかめてしまった。

つまりあれか。自分は実年齢百オーバーの相手を同年代と思い、ずっと気付かずに過ごしてきたのか。

吸血鬼は外見からは年齢が分からないとは知っていたが、それにしても年齢詐欺にも程があるだろうと思った。

「ふふん、気付かなかったでしょ？　私もまだまだイケるわね」

「ほざけ、年増が」

「あら、ひどい」

カラカラと笑う姿は毒気を抜かれそうで、本当に顔見知りなのだと思わされる。

しかしだからこそ解せない。

ベルンハルトの姉が何故、このタイミングで邪魔に入る？

「聞かせてもらおうか。何故旧王派であるお前がそいつを庇う？」

「ここで貴方達にこの豚を処分されたら私の苦労が水の泡だからよ。何の為にわざわざ王剣を盗み出してきたと思ってるの」

「なるほど、わざわざ偽の王剣など用意して何のつもりだと思ったが、お前のせいだったか」

王子が偽の王剣などを持っていた理由。それは実に単純な話で、盗み出されていたからであった。

彼等が持っていた剣は、ハンナがすり替えた偽物だったのだ。

そして王達はその事に気付いていてすらいなかったのだろう。だからああまで堂々と偽物を持ってきてしまったのだ。

ハンナはベルンハルトを横切り、へたり込んでいる国王一家の前へと向かった。

そこで一度剣をバルドゥルへ渡し、笑顔を浮かべる。

「さ、どうぞ王子様。王家の威光を示してください」

「き、貴様……ハンナ……貴様最初から……」

国王は震える声でハンナを罵倒しようとするが、絶望で声が出ない。

バルドゥルも震える手で剣を取り、必死に願うように握るが、無論剣が応えるはずもない。

今ここで、貴族達の前で王剣を使えないという証拠を彼は見せてしまったのだ。

更にハンナは順に、王子達に剣を渡していく。

使えるものなら使ってみろ。そう言っているのだ。

拒否は出来ない。この場の貴族全員が見ているのだから。

王子達に出来るのは、ただ王剣が応えてくれる可能性に賭けて剣を握るしかない。

だがゼロパーセントをいくら願おうとゼロパーセントのままだ。奇跡など起こらない。

彼等全員……偽のジークリンデ王女に至るまで剣を握らせ、全員が使えない事を示してからハンナは乱暴に剣を取り上げた。

そして次にその足が向かうのは、事態に付いていけず茫然としていたジークリンデの下だ。

「逆賊を裁き、物語の幕を下ろすのは正当なる王女の役目。さあ、ジークリンデ王女……貴女の剣です。お受け取りください」

ジークリンデの前に跪き、ハンナは王剣を差し出した。

流転し続ける状況に理解が追いつかないのか、ジークリンデは助けを求めるようにメルセデスを見る。

怪しいと思っていたハンナが突然登場して、剣を差し出してきたのだ。混乱するに決まっている。

しかしメルセデスは、黙って頷く事で剣を取るように促した。

状況はメルセデスにも分からない……が、どうやらハンナは味方らしい。

「待て！　やめろ！　誰か……誰か止めろ！」

王が喚くが、皮肉にも彼が騒ぐほどにこれから何が起こるかを皆に予感させてしまった。

気付けば戦闘はすっかり止み、ベルンハルト側の兵も王側の兵も黙って事の成り行きを見守っている。

ジークリンデは震える手で王剣を掴み、そのまま迷いを断つように剣を振り上げた。

すると王剣は魔力を発し、ジークリンデの周囲に数多の魔物が姿を現す。

それは小型の……といっても全長三メートルはあるだろう、ドラゴンの群れだ。

どうやらあのダンジョンはドラゴン系中心らしいな、とメルセデスは場違いな感想を抱いた。

そのドラゴン達は暴れる様子もなく、ジークリンデの傍に控え、まるで命令を待ち望むかのように前を見た。

それを見て全員が理解した。

今こそ、真の王の血脈の手に王剣が握られたのだと。

「お、おい！　何をしている、お前達！　影武者の分際で王剣に触れたあの反逆者を捕えろ！」

王は兵士達に命令を下すが、誰一人として動かない。

それはそうだ。ジークリンデは王剣の力を発揮したのだから、正当な王家の血に連なる者である事は最早議論するまでもなく明らかである。

むしろそれを『影武者にしていた』などと言ってしまったのは墓穴以外の何物でもない。

兵士達は全員が王を侮蔑したように見下ろし、近衛騎士のうちの一人は無言で王の顔を蹴り飛ばした。

それに触発されたように今まで王側だった兵士、騎士が一斉に怒りの表情で剣を抜き、国王一家に詰め寄る。

吸血鬼は力の信奉者だ。そして強い吸血鬼ほど己の力に誇りを持っている。

その誇るべきものを、今の今まで王でも何でもないどこの馬の骨とも分からぬ者の為に使わされていたのだ。

この馬鹿共を守る為に命を落とした同僚すらいる。

故に怒りを抱くのは当然であり、国王一家は震えて寄り添った。

「止めよ！」

ジークリンデが声を発すると、鶴（つる）の一声で全ての兵士が動きを止めた。

そのまま皆が見守る前でジークリンデが国王一家の前へと歩み出る。

「な……な、何よ！　何の真似よ、か、影武者の分際で！　卑（いや）しい身分の吸血鬼が何で王剣を使ってるのよ！　私を誰だと思ってるの！　私は、私はジークリンデ王女なのよ！」

ヒステリックに叫んでいるのは、ソバカス顔の吸血鬼だった。

ジークリンデの名を父から与えられ、成り代わっていたジークリンデではない誰かであった。

彼女はきっと本当に知らないのだろう。

父の罪も母の所業も、きっと知らない。

心の底から自分は王族で、ジークリンデという名なのだと思い込んで生きてきたのだ。

ジークリンデもそれが分かっているのか、自分と同じ名の偽りの王女を、ただ哀れみを込めた視線で見下ろしていた。

「……捕らえよ」

ジークリンデの号令に従い、召喚されたドラゴン達が国王一家に襲いかかった。

もう誰も彼等を守ろうとはしない。

偽りの国王一家は容易く無力化され、こうして波乱まみれの誕生祭は幕を閉じた。

「それで、どういう事なのか話してもらえるのだろうな？」

兵士に引きずられていく国王一家から興味を失ったように視線を外し、ベルンハルトはハンナへと話しかけた。

それはメルセデスとしても聞いておきたいところだ。

何せ、今までずっと敵の可能性が高いと考えてマークしていたのに、蓋(ふた)を開けてみればこちら側だ。

事情を聞かない事にはすっきりしない。

「私が旧王派っていう事はベルンハルトも知ってるよね。十一年前に王が新しい妃を迎えて、突然王子が増えたでしょ。その時点で私ら、『あ、これ王家乗っ取られたな』って思って潜入調査を開始してたのよ」

「ふむ。流石に行動が早いな」

「で、私も城に潜り込んで、とにかく奴らに気に入られるよう振舞ったわ。ま、何せ相手は小物だからね。ちょっと自尊心を満たしてやりつつ心証を操作すれば取り入るのは簡単だったわ。五年目には信頼して、色々な裏情報までペラペラ話してくれたわよ。どうやって先代の王の信頼を勝ち取っただとか、騙されたと知った時の妃の顔は傑作だったとか」

ハンナの話を聞き、メルセデスの中で先代王への評価が一気に落ちた。

顔を見た事もないが、人を見る目がないのはよく分かった。

あんな小物を信頼するなど、どうかしている。

恐らくは家の格だとか、表面上の態度でしか判別していなかったのだろう。

他人など迂闊に信じるからこうなるのだ。

相手の思考や行動基準を考えて信用するのはいい。

だが信頼は駄目だ。

メルセデスの中で信用と信頼は違う。

本来の意味はさておき、メルセデスにとって信用とは『信』じて、『用』いる事である。

信頼とは『信』じて『頼』る事である。

用いるのはいい。仮に裏切られても切り捨てれば被害は少なくて済む。

だが頼るのは駄目だ。裏切られた時に背を向けていれば無防備で刺されてしまう。

「愚者だな、先王もあの小物も。他人など信じるからそうなる」

と思っていたらベルンハルトが同じ事を言った。

どこまでも思考が被っていて嫌になる。

「……相変わらずだね、ベルンハルトは」

ハンナは呆れたように言い、わざとらしく溜息を吐いた。

「ま、後は簡単なものよ。ジークリンデ王女の護衛として学園に送ってもらえたから、後は手引きしているように振る舞いながら王女を守るだけ。王剣も偽物とすり替えて、機会を見て王女の手に渡すだけよ。そういう意味では、この誕生祭はよかったわ。有力な貴族全員に見せる事が出来たしね」

どこまでも迂闊な男だったのだな、とメルセデスは心底呆れた。

あの小物は、ハンナを味方と思い込んで獅子身中の虫をジークリンデにつけたつもりだった。

そしてハンナは実際に獅子身中の虫だったわけだが、それはジークリンデではなくあの王に対してであったのだ。

恐らくメルセデスの知らないところでハンナに始末された暗殺者も何人かいたのだろう。

「ハンナ……伯母さん。聞きたいことがある」

「今までどおりハンナでいいよ、メルセデスちゃん。その方がおばさん、若返った気になれるし」

「伯母さんは学園で私の動きを見張っていたな。あれは何故だ?」

「何で名前の方だけ取っちゃうかなあ!?」

年増が何か喚いているがメルセデスはそれをスルーした。

実際伯母さんなのだから、そう呼んでも何も間違いはない。

「あー……まあ、メルセデスちゃんはね……ごめん、ちょっと疑ってた。だって十一歳とは思えないくらい落ち着いてて、おかしいくらい強いんだもん。特殊な訓練を受けた工作員かと思っちゃったのよ。おまけに……」

そこまで言い、ハンナはベルンハルトを見た。

それは言っていいかどうか、迷っているという感じだ。

そういえば……彼女はメルセデスが魔物を出す瞬間を目撃している。

恐らくそれで、ベアトリクス帝国のダンジョン所有者ではないかと疑念を持たれてしまったのだろう。

「おまけに……ベルンハルトの子供っていえばフェリックス君と、放置されてた側室の子達だけでしょ？　まさかベルンハルトがフェリックス君以外を学園に通わせるなんて思ってなかったから、さ。だからグリューネヴァルト家を名乗る工作員かなって……。でも、メルセデスちゃんって顔はベルンハルトと似てないけど、雰囲気とかそういうのがそっくりで、それで余計に混乱したっていうか……」

「ふ。私の娘だからな、似ているのは当然だ」

「うわこんな嬉しそうなベルンハルト初めて見た」

ハンナは結局、魔物の話題は避けて別の話題に切り替えた。

それにしても……嬉しそう？

メルセデスの目には、ベルンハルトの顔はいつもどおりの仏頂面にしか見えない。

多分ハンナの勘違いだろう、とメルセデスは結論を出した。

「授業の時に私とジークリンデをあえて引き合わせたのは、私がボロを出さないか観察する為か」

「うん。もしも刺客だったらあの場で狙わないにしても、何かリアクションくらいあるかなと思ってさ」

「リオッテ嬢は？」

「あの子は調査でシロって判明してたから入れただけよ」

なるほど、色々と考えているものだ。

あの時ハンナは、メルセデスが本当にグリューネヴァルト家の子なのか、それとも敵なのかが分からずに見極めようとしていたのだ。

大したものだと素直に思う。

ただし、自分が疑われていなければ、だが。

「ごめんね、疑いかけちゃって。でもメルセデスちゃんも私の事疑ってたみたいだし、そこはオアイコってことで。ね？」

そう言ってハンナはニコリと笑った。

ベルンハルトの姉だけあって、何とも癖の強い人物である。

第三十九話　迷走、ハンナ

ハンナ・バーガーは国に忠誠を捧げた隠密部隊の隊長である。

元々彼女の実家であるグリューネヴァルト家は弱小貴族であり、男爵家であった。

それを一代で変えたのが弟のベルンハルトである。

八十年前の獣人との戦争で多大な戦果を挙げたベルンハルトは、その功績により公爵を名乗る事を認められてベルンハルト・フォン・ブルート・グリューネヴァルトというやたら偉そうな名前に変わった。

『フォン』とはオルクスにおいて、侯爵以上の貴族の当主のみが付ける事を許される前置詞であり、その下に統治している中で最も大きな都市の中を冠する事を許される。

この習慣は、かつてアーベントロート一世がダンジョンから持ち帰った僅かな資料を基に神々の文明を模倣したものらしいが、全てを解き明かしたわけではないので完全に真似たわけではない。

そして長ったらしいので基本的に皆はベルンハルト・グリューネヴァルトと呼ぶ。

ベルンハルトは出所もよく分からない多大な資産と物資を元手にブルートを発展させ、僅か八十年でブルートをオルクスで一番の大都市にまで成長させた。

無限とも思える彼の資金が一体どこから湧いているのかはハンナにも教えてくれない。

ベルンハルトはダンジョンで拾う以外に入手方法がないと言われていた魔石の製造方法を解き明かし、それをオルクスに浸透させる事でシーカーの死亡率を下げ、質を上げ、それによって生き残ったシーカーはダンジョンから多くの魔物の素材を持ち帰ることで都市を豊かにした。

かつてはいい加減だったシーカーへの報酬や依頼の難易度を決定付ける事をギルドに義務付け、相互協力を強制する事で効率の上昇を図った。

更にシーカーの功績と実力で格付けする事を決め、実力が足りず働かないシーカーからは容赦なく資格を剥奪した。

当初は反対されていたこの試みは、今や世界中で真似されている。

弟がそうして表の世界で無双している間、ハンナは裏の世界で頭角を現していた。

戦争では弟のような派手な活躍こそしなかったが、私兵を率いて裏で奮戦し、敵側の間諜や工作員、密偵などを次々に捕縛してみせた。

逆に敵側には工作を仕掛け、同士討ちを誘ったりもした。

その働きが評価され、彼女とその私兵は有事の際に自らの判断で動く事を許される独立隠密部隊としての地位を獲得するに至った。

また、グリューネヴァルト家当主の座に弟が就くと同時にハンナは家を出て、バーガー家に嫁いだ。

バーガー家は表向きは商人だが、裏では物流の流れや市勢を観察する役割を持った、言わば裏の幹部だ。

言ってしまえば政略結婚だ。弟は表から、姉は裏からこの国での影響力を強める為にバーガー家に嫁いだのだ。

しかし夫は顔立ちは並な上にロリコンだが、任務以外では優しい男だったので割と当たりだったとハンナは思っている。

そんなハンナの今回の仕事は、王家の血を守る事だ。

事の始まりはイザークという男が王家に婿入りし、王となった事から始まった。

最初は仲睦まじい夫婦に思えたし、問題もないように見えた。

待望の第一子(ジークリンデ)が女の子だった事には少々皆がガッカリしたが、それでもいつか男児が生まれるだろうと思っていた。

しかし十一年前、王妃が突然死んだと発表され、更に実はジークリンデは第一子ではなく、発表してなかっただけで他にも子供がいたのだと公表された。

(あ、これ王家乗っ取られたわ)

ハンナはこの時点で既に事態を察し、早くイザーク王を排除しないと国がやばいと考えた。

先代の王が男児に恵まれなかった背景があって、だから婿を王にするなんて手段を取るしかなかった。

そんな背景がありながら、折角生まれた王子を発表し忘れてたなんて事があるわけないだろう。はい黒。百パーセント黒。ジークリンデ王女以外は全員王家の血なんて引いてません。どこかの馬の骨の子供です。そう確信した。

その馬の骨はハンナが調べるまでもなく見つかった。

イザーク王の阿呆が、何とその馬の骨を新王妃として連れてきたのだ。馬鹿かこいつ。あ、馬鹿だったか。

更に次にジークリンデ王女がお披露目された時、明らかに顔が違った。

ハンナはもう、イザークを殴りたくなった。

この糞野郎、ジークリンデ王女(本物)をどっかにやって、馬の骨との間に作った娘にジークリンデの名を与えやがった。

ともかく、事は一刻を争う。

しかし相手は腐っても国。そして性質の悪い事にイザークは婿入りして王族に加わった男ではあるし正当な血も引いていないが、それでも国王である事は確かなのだ。

正面から突撃してもただのクーデターになってしまうし、万一勝てても国が疲弊する。

今は我慢するべきだ。

幸いにしてイザークはすぐにジークリンデ王女（本物）を殺そうとはしなかった。

小物であるこの男は、自らの手で娘を殺す覚悟すらなかったのだ。

決して優しさや情ではない。ただ、王剣を使える者を殺すことで万一他国に攻め込まれた時に対抗手段がなくなるのを恐れただけだ。

だから彼はジークリンデには嘘を教えて影武者として育成し、その母は幽閉するだけに留めた。

ハンナはそこに突破口があると考え、まずイザークに媚を売って気に入られる事からスタートした。

私は貴方の味方です。正体を知っても裏切りません。貴方の敵は全て排除します。

そうアピールし、彼を支え、助け、時には命を狙ってきた暗殺者から身を挺して守りもした。

——無論、マッチポンプである。暗殺者の正体はハンナの部下だ。

彼の悩みを聞き、親身になり、時には甘えさせた。

紛れ込んだ殺し屋が仕込んだ毒入りジュースをイザークが飲みそうになった時は、それを取り上げて代わりに飲んで倒れた事もあった。

するとイザークはハンナを心から信じ、疑う事すらなくなった。

——無論、マッチポンプである。毒は死なない程度に計算して入れている。

でもちょっと、割とガチで死にかけた。

そうして王を信頼という名の鎖で捕らえたハンナは彼を誘導し、操る事でジークリンデとその母を守った。

何度かイザークが殺そうとした事もあったが、考え直させるのはそう難しくはなかった。

この男は要するに自分で決断する能力が欠けているのだ。

つまりは指示待ち人間だ。王になれる器ではない。

問題は何故そんな輩がここまでの事をやらかしたかだが……もしかしたら、まだ裏に黒幕がいるのかもしれない。

とにかく、そうしてジークリンデ王女の成長を待つ事十一年。

イザークは誰かの後押しを受けたのか、遂にジークリンデの抹殺を決意してしまった。

その方法とは、第五王子のジークハルトの命が何者かに狙われているという嘘情報を流し、その影武者としてジークリンデ王女をエーデルロート学園に送り込み、ベアトリクス帝国の者に始末してもらうというセコイものだ。

（うわあこの男、遂に他国と手を結んだよ……）

ハンナはもう、イザークをボコボコに殴りたい気分であった。

どう考えてもこんなのは罠だろう。要するにベアトリクス側はジークリンデを亡き者にする事でこの国の戦力を落そうとしているのだ。そのくらい分かれと叫びたかった。

ともかく、これを放置するわけにはいかない。

ハンナはイザークに頼み込み、自分も学園に潜入する事にした。

表向きは護衛を装いつつ、ベアトリクス側の隠密兵と協力してジークリンデを始末する為だが、実際の目的はジークリンデの護衛である。

護衛に見せかけた暗殺者と思わせておいて、やっぱり護衛である。ちょっとややこしい。

◆

「メルセデス・グリューネヴァルトだ。よろしく頼む」

(うわあああ何かいきなり怪しさ全開のがいるよおおおう⁉)

ハンナは王女とは別ルートで学園に入り、生徒として通う事になった。

これは先回りして自分の部下を学園内に忍ばせる為である。

そうしていざ護衛として潜り込んだハンナと相部屋になった女生徒は何と言うか、怪しさの塊(かたまり)であった。

名をメルセデス・グリューネヴァルト。

グリューネヴァルトという家名はこの国に一つしかないので、まあ間違いなく自分の実家だろう。

年齢からして自分かベルンハルトの子供以外に有り得ないが、勿論自分はこんな子を産んだ覚えがない。

そしてベルンハルトの子供といえばフェリックスだ。

現在はこの学園で五年生になっている彼の事は勿論知っている。

他には何人か女をヤリ捨てして子供を作っている事も知っていたが、流石に側室の子がこんな学園にいるとは考えにくい。

このエーデルロート学園は裕福層しか入れないエリート学園だ。費用だって結構かかる。

入学の際には試験もあり、つまりロクな教育も受けず放置されていた側室の子などが入れるはずもないし、入れてやるほどベルンハルトは優しくない。

ましてやメルセデスの入学試験の成績は堂々のトップ。

入学の挨拶こそジークリンデと一緒に行ったが、実際は彼女すら突き放してのぶっちぎりだ。

特に実技が化け物染みている。どう低く見積もってもAランクシーカーと互角以上の実力はあるだろう。

教育も受けず放置されていた側室の子がこんな学力を得るか？　こんな実力を得るか？

否、断じて否。有り得るわけがない。

（明らかにおかしい……学生の水準を遥かに超えている……。それに何でグリューネヴァルト？何で、そんな調べれば一発で偽名と分かるものを……。一応後で部下に調べさせるけど、意味はないだろうね……）

間違いなく、彼女はグリューネヴァルト家ではない。あるはずがない。

フェリックスより優れた側室の子？　馬鹿を言うな。

何をどうしたら、そんな子供が出来上がる。無理もいいところだ。

フェリックスは幼い頃から英才教育を受けてきたエリートだ。その実力は学生のレベルとしてはトップクラスである。

それを放置されていた側室の子が上回るなど、有り得ない。

だから彼女は偽物だ。疑いの余地もない。

だが疑問なのは、何故そんなバレる偽名を名乗るかだ。

そこまで馬鹿だとは思えないし、何か意味があるはずだが……。

「！」

そこまで考え、ハンナは一つの答えに行き着いた。

そして同時に迂闊だったと思った。

(――しまった！　観察されている

ッ！　この子は、あえて有名な名を名乗る事で私の反応を見ているんだ！)

この少女は囮だ！

ハンナはそう気付き、咄嗟に十一歳相応の笑顔を張り付けた。

分かってみれば簡単な事。こちらが敵の隠密を警戒するのと同じように、向こうもこちらを探しているのだ。

だからこんな、バレバレな偽名を名乗り、隠す気もなく能力を見せつけている。

言わば餌……自分という魚を釣り上げる為の……っ！

「グリューネヴァルト？　それって結構大貴族じゃ……」

「生憎と私は四子だ。家を継ぐ事はない」

試しに探りを入れてみたが、その返答に迷いはない。

だがこれも嘘だ。

四子といえば、確かリューディアの子のはず。

側室の中でも特に冷遇されている部類だ。

こんな子供がそこから出てくるわけがない。

「それにしてもメルセデスさんって髪サラサラだよね。肌もスベスベだし。羨ましいなあ」

「ハンナだって十分可愛いだろう」

加えて、髪と肌のハリがよすぎる。

放置されていた四子には絶対に有り得ないレベルだ。

これもさりげなく聞いてみたが、やはり流されてしまった。

なるほど、答えたくないわけか。

その後もメルセデスは、自分の能力を全く隠さなかった。

こんな十一歳がいるかというレベルで他を引き離し、それは子供の中に教育を終えたはずの大人が紛れ込んでいるようであった。

やはり、見た目通りの年齢ではない。

更に驚くべき事に、彼女は実習において獰猛(どうもう)な鳥の魔物であるアシュタールまでも手懐けてしまった。

　この時、ハンナは兎にも手こずる間抜けを演じながらメルセデスを観察していたが、その実力は驚嘆の一言に尽きる。

（やりすぎだよ、メルセデスさん。アシュタールはね、十一歳の子供が手懐けられるような魔物じゃない。これで分かった。あの魔物を放ったのはメルセデスさんだ。自分の魔物なんだから、そりゃあ手懐けられるよね。今回の行動はジークリンデ王女の信頼を得る為のものか）

　更にメルセデスは、手紙を使って外と連絡を取り合っているらしい。

　本人は父への報告と言っていたが、こんなのは嘘だと誰でも分かる。

　ベルンハルトは、子供からの報告などいちいち受けるような男ではない。

　今日はこんな授業があって、とても楽しかったですとでも書くのか？

　そもそも……手紙を書いて、一体誰にそれを運ばせるのだ？　召使いすらいないというのに。

　この学園で――いや、この国で手紙を送るならばまず、手紙を伝令と呼ばれる職業の吸血鬼に渡すのが一般的だ。

　この伝令は一定期間ごとに決まったルートを通り、街などに到着した際はラッパを吹いて自らの存在を皆に示す。

　この伝令に手紙を渡す事で、彼等は別の町へ向かって手紙を配るのだ。

　そしてこの学園には一応、万一火急の事態が発生した時の為に伝令が控えているが、勿論親への報告なんてもので動きはしない。

つまりは不可能……手紙など……！

しかしメルセデスは、それを成功させてしまった。

朝方にこっそりと手紙を持って抜け出し、猫の魔物に持たせて手紙を運ばせたのだ。

メルセデスは『黒』だ。

ハンナは既にその事を九割確信していた。

しかし不思議なのは、何故行動を起こさないかだ。

普段はグスタフや他の生徒の目があるからだろうか？

（なら、行動しやすい状況をあえて作れば……必ず尻尾を出すはず）

ハンナが仕掛けたのは、それから数日後の準ダンジョン攻略の実習の日であった。

そこでハンナはあえてジークリンデとメルセデスを組ませ、ついでに数合わせの生徒も入れてダンジョンへと入った。

中にはハンナが待機させた数人の部下がおり、メルセデスがおかしな行動を見せたらすぐにハンナの合図で動く手筈になっている。

（向こうから見れば、標的の王女の他にはただの学生が二人……場所は密閉された準ダンジョン……襲撃するには絶好の機会。おかしな動きを見せればすぐにでも……）

——しかし、この授業で結局メルセデスが動く事はなかった。

いつ彼女が動いてもいいようにと、ずっと神経を尖らせていた自分が馬鹿みたいだ。

後になってハンナは露骨に疑いすぎた、と反省した。

きっとあれで警戒されて、メルセデスが行動するのをやめてしまったのだ。

その後、遂にメルセデスが決定的な尻尾を出した。

何と彼女は、どこからかゴブリンヘクサーを出して使役してみせたのだ。

魔物を出すというのはダンジョン所有者か、あるいは所有者から封石を譲られるかのどちらかしか可能性はない。

恐らく封石を持っていたのだろうが、これで完全に彼女が敵である事が判明してしまった。

だが一つ疑問がある。

それは何故、彼女が白装束に襲撃されていたかだ。

（どういう事？　仲間割れ？　それとも私にあえて見せる事で疑いを晴らそうと？　いや、それなら魔物を出す意味がない。何をしたいのか全然読めない……）

不気味であった。

状況も、彼女が名乗っている名前も、魔物を使役する能力も、全てがメルセデスを敵だと決定付けている。

なのに、その確定黒のはずの彼女がベアトリクス帝国の者と戦い、殺し、情報を聞き出しているのだ。

意味が分からなかった。

（まさか……第三国……!?　この国とベアトリクス帝国のどちらでもない、別の国の間者！）

素早くその場を離れ、ハンナは混乱する思考を必死に纏める。

ベアトリクス帝国だけでも厄介なのに、更に新手が出るなど冗談ではない。

ともかく早急に対策が必要だ。

メルセデスという存在は放っておくには危険すぎる。目的も分からない。

彼女が一体何者なのか、ハッキリとさせなければ……！

◆

「え？　本当にグリューネヴァルト家の子供？」

「はい。マジでグリューネヴァルト家でした」

「……あれで十一歳？」

「はい。あれで十一歳ッス」

「……放置されてた側室の子なのに成績トップなの？」

「放置されてた側室の子なのに成績トップなの」

「つまり何？　メルセデスさんは本当にただの、十一歳らしくない十一歳で、ロクに教育も受けてないのに学園トップの成績を取れるフェリックス君涙目の凄い子で、訓練も受けてないのにAランクシーカーより強くて、魔物を手懐ける事が出来て、肌や髪の艶が有り得ないほどいいだけの、どう考えても無理がありすぎるけど、それでも本当に何の裏もないだけの子供だってこと？」

「そうなるッスね」

ハンナは部下の報告を受けて天を仰いだ。

有り得ない。どう考えても有り得ない。

こんな事が本当にあるのだろうか。

正直、まだ訓練を積んだどこかの精鋭隠密部隊員とかの方が納得出来た。

だがこの報告が正しいならば、自分はただの生徒をずっと怪しんで空回りしていた事になる。

ハンナは喉にこみ上げる理不尽や怒りを全て集め、言葉にして吐き出した。

「こんなの分かるわけないでしょぉおおお!? だっておかしかったんだもん! 明らかに怪しかったんだもん! 私悪くない! 悪くないもん! うわあああああん!」

「言い訳は見苦しいッスよ」

腹いせにとりあえず部下を叩いておいた。

とりあえず、ちゃんと連絡してこないベルンハルトが全部悪い。

第四十話　慈悲なき男

国を揺るがした誕生祭から一朝が暮れた。

普通こういう時は一夜が明けた、と言うべきなのだろうが、ここは吸血鬼の国だ。

夜が一日の始まりであり、朝は一日の終わりである。

故に吸血鬼達は一日の終わりを『一朝が暮れる』と表現している。

翌日になってメルセデス達は、城の一室へと通された。

そこは何人もの吸血鬼がおり、そして奥のベッドには一人の痩せた女性が腰かけていた。

メルセデス達の入室を認めると、吸血鬼達は揃って部屋の外へと出ていく。

「あの、今のは？」

「城に仕える治癒師のチームです、王女様。彼等には席をはずしていただきました」

ジークリンデの質問にハンナが答える。

治癒師とはこの国における、言うならば医者に取って代わる存在である。

吸血鬼の国では医療技術は嘆かわしいほど発展していない。四大ファルシュ中最低と言っていいだろう。

この国の文明が中世レベルで、効果があるかも分からない迷信だけの薬が中心なのもあるが、それ以上に吸血鬼という種族自体の自己治癒力が高い為だ。

通常の医者もいるにはいるのだが、ハッキリ言って日陰者だ。

軽傷ならば適当に効果の無い薬を処方して終わり。重傷ならば患部を切断して再生するのを待つ。

これで医者という職が尊敬を勝ち取れるはずもなく、医者とは魔法の適性がない者が舌先三寸で金を得る一種の詐欺師、という扱いであった。

しかし吸血鬼といえど不死身とは程遠く、再生前に死んでしまう事も往々にしてある。

そんな時の為にいるのが治癒魔法を会得し、それを生業とする治癒師という職業だ。

とはいえ彼等に出来るのは怪我の治療くらいで、病気などは治せない。

毒を消す魔法もエルフェの国には存在しているらしいが、この国に使い手はいない。

つまり現状、この国でもし死に至る病にかかってしまえば死を待つ以外にないというのが実情であった。

「おお……リンデ。リンデ、また生きて会える日をどれほど望んだか……」

ベッドの上の女性はジークリンデを見ると破顔し、目に涙を溜めて身を乗り出した。

それを咄嗟にハンナが支え、ベッドにそっと戻す。

「そ、その方は……?」

「この方こそは正当なる王家の血を引く、エルフリーデ・アーベントロート様……貴女様のお母さまにございます。幽閉されていたのを先日我々の手で救い出しましたが、衰弱が酷く、こうして話せるようになるにも時間を必要としました」

母親、と聞いてジークリンデはフラフラと前へ歩み出る。

母と娘の再会……しかし赤子の時に引き離された二人は実質初対面に近い。

だが、そんなものは関係ないのだろう。

娘は母を、母は娘を求めるように引き合い、やがて無言の抱擁を交わした。

二人は涙を流して再会を喜び合っているが、メルセデスの心には妙な悔しさがあった。

——分からないのだ。

ジークリンデが涙を流してああまで喜ぶ理由が、エルフリーデが感涙してまで娘を抱き締める気持ちが、全く分からない。

だって初対面みたいなものだろう？　今日初めて会ったようなものだろう？

それで何故泣くほど喜べるのかが理解出来ない。

きっとこれが愛というものなのだろう。二人は固い親子の愛で結ばれていたから、実質初対面でもああまで喜べるのだ。

しかしメルセデスはそうではなかった。

初めて父と対面した時も喜びなど全くなく、『ああ、あれが父か』程度にしか思わなかった。

ジークリンデと母の対面は、己の心の欠陥を見せつけられているようで不快だ。

いくら満月の眩さを見せつけられ、どうだ眩しいだろうと言われても……欠けた月が感じるのは不快感だけだ。

ベルンハルトも、まるで三文芝居を見るような冷めた眼をしており、それがまた嫌だった。

前世からそうだった。

皆が感動したという映画や小説を見ても全く面白くなかった。感情移入出来なかった。

むしろ皆が駄作と言い切る、主人公に主体性がなく何をしたいか分からないような話に感情移入していた。

自分で自分が嫌になる。

今世でもこうなのか……馬鹿は死なねば直らないとは言うが、自分は死んでもこのままか。

いや、むしろ前世より悪化しているような気さえする。主にベルンハルトの血のせいで。

「最初は弱りすぎて食べるにも苦労しておりましたが、ブルートの方に評判の調理師がいると聞き、助けを求める事で大分改善されました」

ん？　とメルセデスは思った。

この時点で何か嫌な予感がする。

ブルートとはベルンハルトが治めている都市の名前であり、リューディアやマルギットが暮らしている場所だ。

そして、そこで一番の調理師といえば、思い出すのは一人しかいない。

「……ひょっとしてその調理師の名はシュフではないか？」

「うん、そうだよ。そういえば、シュフ君ってグリューネヴァルト家の料理長って言ってたね」

またあいつか。そう思い、メルセデスとベルンハルトは同時に顔を手で覆った。

あの悪魔は本当にどこに向かっているのだ。

というか仮にも種族名が悪の悪魔（ベーゼデーモン）なのに、全然名前に相応しい事をやっていない。

もうお前、種族名をオカンデーモンに変えろとメルセデスは心底思った。

後お前、いつの間に料理長に昇格してたんだ。

「まあ、いい。奴は後で引き取るとして、それよりもやるべき事がある」

「……国王一家の処分だね？」

「ああ。奴等は王家を舐めた。つまりそれは、王家に仕える我々全てを侮辱したに等しい。ただ処刑するだけでは生温い。奴らの罪は奴等自身の身で贖（あがな）ってもらおう」

ベルンハルトは冷たく言い、部屋を出る。

その横顔は冷徹な凶相に歪んでいた。

◆

「お、おお、よくぞ来た我が娘よ！」

牢に行くと同時に王……いや、もう王ではないので名前で呼ぶべきだろう。

イザーク・アーベントロートはまるで我が子を迎えるような声でジークリンデを出迎えた。

その事に同行していたベルンハルトとメルセデスは呆れ顔となる。

「お前は私を恨んでいるだろう。仕方のない事だ。だが娘よ、全ては試練だったのだ。お前が真に王になれるかどうか……それを見極める為に私はあえてお前に厳しく接した。だがお前はそれを乗り越えてくれた。父は嬉しいぞ」

イザークは白々しい事を話しながら鉄格子にしがみつく。

メルセデスはその姿に嫌悪しか感じなかった。

心底薄汚いとさえ思った。

この男は妃を裏切って国民を裏切り、王家を乗っ取ったばかりか、今度はそうまでして招いた今の妻と子供達さえ裏切ろうとしているのだ。

「まずは誤解を解こうではないか！　今こそ、お前の為に心を鬼にして過ごした苦悶の十一年間をお前に語……」

メルセデスは無言でイザークの顔に蹴りを叩き込んだ。

「へぶっ!?」

鼻が折れ、歯が折れ、血しぶきと共に砕けた歯が宙を舞う。

イザークの肥えた身体は一撃で壁際まで吹き飛んで叩きつけられ、壁には蜘蛛(くも)の巣状の罅が入った。

「メルセデス」

「耳障りなので黙らせました。何か問題でも？」

「ああ」

ベルンハルトはメルセデスを咎(とが)めるように言い——次の瞬間、魔法で生み出された鉄の槍がイザークの頬に突き刺さって口から飛び出した。

イザークは槍によって宙に持ち上げられる形となり、あまりの激痛に泣きながらもがいている。

「手緩い。黙らせるならばこれくらいはやれ」

「なるほど」

その光景を見ていてジークリンデは顔を青くし、ハンナは苦笑いを浮かべた。

大罪を犯しはしたが、それでも牢の中のあの男は一応、本当に王だったのだ。

それをこうまで躊躇なく攻撃するか、と冷や汗が出るのは仕方のない事だ。

「何というか……本当に親子だね、二人共」

ハンナは素直に思った事を口にした。

その言葉にベルンハルトは一見無表情ながら、笑みを堪え切れないように口の端が歪む。

一方メルセデスは露骨に嫌そうな顔をした。

「イザーク・アーベントロート。貴様の犯した罪はこの国全てを売り渡すに等しい許されざる行為だ。よって裁判の後、貴様等一家は国内引き回しの末、火炙りの刑に処す」

まるでそれは、結果が分かっているかのような言い方であった。

おかしな話だ。裁判にかけると言いながら、しかしその後の処刑方法まで既に決まってしまっている。

だがここは中世で文明が止まった吸血鬼の国だ。

かつて地球の中世でもろくな裁判もせず罪人を裁いたのと同じように、形だけの裁判で罪を裁くなど決して珍しい光景ではない。

ましてや今、この国は王が罪人となりその一家が牢に入れられ、真の王族である妃は床に就き、王女であるジークリンデは僅か十一歳。

となれば王に匹敵する権威を誇る公爵であるベルンハルトが権力を掌握するのは難しい事ではなく、既に根回しまで終わっていると考えるべきだろう。

裁判官との打ち合わせすらもとっくに終わっているはずだ。

中世文明故の社会の闇がそこにはあった。

「それは情報を全て吐かせてから、ね。今回の一件、主犯はこの男だけど一人で出来るような事じゃない。この男以外にもベアトリクス帝国に踊らされて手を貸した馬鹿貴族が何人もいるはずよ。国の腐敗を芋づる式に引き抜く好機なんだから、情報を吐かせる前に殺されちゃたまらないわ」

甘い蜜には虫が寄る。

イザークは自分の正体が露見する事を恐れていた。

まっとうな者ならば彼の正体を知れば嫌悪し、王座から落とそうとするからだ。

だがまっとうでない者……目先の欲しか見えない愚者ならば、知っていてあえて擦り寄るだろう。

他ならぬハンナ自身も、そんな愚者を演じてイザークに取り入ったのだからよく分かる。

だからイザークの周囲は、そんな目先の蜜に釣られた蠅だらけなのだ。

しかしそんな蠅に限って自己保身という一点のみにおいては悪知恵が働き、真っ当な貴族達の中に紛れ込んでしまう。

それらを一網打尽にし、国の腐敗を取り除くためにもまだイザークには死んでもらっては困るのだ。

「この男が大罪人になった事で、ようやく堂々と尋問出来るんだよ。処刑はそれまで待ってくれないかしら」

「ならば私が尋問しよう」

「駄目よ。ベルンハルト、そういうの苦手でしょ。貴方に任せたら『殺してください』しか言わない肉人形になっちゃうじゃない」

さらっと恐ろしい会話をしている二人に、牢の中のイザークは顔を蒼白にしている。

いくら見た目が愛らしい少女でも中身は百年以上を生き、裏社会で修羅場を潜ってきた女だ。

拷問や裏取引など当たり前。今更手段の善悪など問わない。

メルセデスも特に思うところはなく、まあ中世ならばこんなものだろうとあっさり割り切ってしまった。

割り切れていないのはジークリンデだけだ。

「ま、待ってくれ、ベルンハルト卿。彼の子供達は……何も知らなかったかもしれないし、そこまでしなくても……」

「………………」

ベルンハルトはジークリンデを見下ろす。

その内心では彼女の甘さに呆れているのだろうが、しかしそれを口にはしなかった。

むしろどういう発言が彼女の信を勝ち得るのかを計算高く考えている。

ここで変にジークリンデの不興を買えば今後動きにくくなるのは目に見えている。

ならばここは、多少歩み寄る姿勢を見せた方が最終的には利となるだろう。

「なるほど、流石は王女様。自らの暮らしを奪った者達へのその慈悲深さ、感服いたしました。ならばこうしましょう。イザークの子供達は辺境に追放し、奴隷労働に従事させます」

「ど、奴隷か……」

「そこで罪を悔い改め、真面目に働く姿勢を見せれば社会への復帰も検討に入れます。いかがでしょう。無論、反乱を考えぬように見張りの兵はつけますがね」

「う、む……そうだな。復帰の可能性が残されているなら、まだいい方か……。分かった……そうしてくれ」

これは、彼らのやった事を思えば破格とも思える温情であった。

現代の基準から見れば、本人達に罪がないのに重すぎると思うかもしれない。

だがこの国において、王の名を穢した罪は万死に値する。知っているか知らないかの問題ではない。

しかし本来死刑になるところを奴隷労働だけで済ませ、更に社会復帰まで検討に入れるならばそれは温すぎるくらいの対応だ。

ベルンハルトの意外な優しさにジークリンデはほっと胸を撫でおろし、彼への信頼を高めた。

故に彼女は知らない。

この後、ベルンハルトが見張りと称して派遣した兵士に伝えられた命令を彼女は知らない。

——全員、事故や病気に見せかけて殺せ。

それがベルンハルトが兵に伝えた命令である。

ベルンハルトに慈悲などない。

第四十一話　帝国の思惑

ベルンハルトは私室で一通の契約書を見ていた。

それはイザークの私室の金庫から出てきた物で、今後の国の行方を左右するほどの内容が記されている。

ベルンハルトは一つ疑問に思っていたことがある。

それは、『何故今だったのか』だ。

ジークリンデを殺すタイミングなど、今までにも幾度となくあったはずだ。赤子の頃に殺す事だって出来ただろう。

しかしイザークはそれをしなかった。

その理由は血だ。王剣を扱えるのは王家の血筋のみであり、ジークリンデとその母をおいて他はない。

イザークはジークリンデ親子を飼い殺しにし、定期的に血を採取していた事が調べによって判明している。

そしてその血を我が子に与えていた事もまた、ハンナが王城勤めの料理人から聞き出した。

……余談だが、その料理人は情報を吐かせるだけ吐かせた後にハンナの手によって処刑されている。

代わりにハンナが外から雇い入れた料理人が、グリューネヴァルト家の料理長であるシュフだったので、これにはベルンハルトも驚いたものだ。

とにかく話を戻そう。

あの愚かな男は、ジークリンデの血を我が子に与え続ける事でいつか王剣を使えるようになる可能性に縋っていたのだ。

勿論そんな方法でダンジョンの所有権が移るはずなどない。

だが結果的にはその愚かさがジークリンデ親子の命を繋いでいた。

それが何故、今になって殺そうという考えに至ったのか。

それもただ殺すだけではない。わざわざベアトリクス帝国の暗殺者に殺させるという回りくどい方法を選んだのか。

殺すだけならば秘密裏に始末してしまえばそれで済んだはずだ。

そこまで考えた時、ベルンハルトはイザークとベアトリクス帝国の間に何らかの裏取引が交わされたのだろうと察した。

彼はすぐさまイザークの私室を徹底的に調べさせ、結果、地下室へと続く隠し通路を発見した。

そこにあった金庫に隠されていたのが、この契約書だ。

『血の契約』の証である血判が押されており、これを裏切る真似をすれば吸血鬼社会の鼻つまみ者になるだろう。

「……愚者めが。いいように騙されおって」

その内容は、要約すれば『ジークリンデ王女を王子の影武者として学園に送り、これをベアトリクス帝国の者が始末して死体も回収する。その代わりベアトリクス女王十七世は神に誓って、オルクス王国に手を出さず、これを支え、守る事を誓う。また、イザーク王が民に認められるように魔物も貸し出す』といった内容だ。

問題なのは、手を出さないと誓っているのはベアトリクス女王十七世であって、ベアトリクス帝国ではないという点にある。

契約書は無駄に専門用語を並べ立て、回りくどい言い回しを多用して文を引き延ばし、余計な補足や蛇足を交えて目を疲れさせるようにして、肝要な点に気付きにくくされている。

だがそれでもだ。それでも、こんな子供騙しにかかる阿呆がいるか、と呪いたくなった。

（……目的は暗殺ではない。それならばイザークに殺させればいいだけだ。何か、自分達の手で仕留める理由があったのだ……）

ベルンハルトは考える。

思い出せ。どこかに見落としがあるはずだ。

メルセデスから聞き出した話を記憶から掘り出し、事の発端に至るまでの説明を何度もリピートする。

メルセデスは言った。学園に向かう最中にジークリンデを狙う白装束達の言葉が聞こえたのが始まりだったと。

その時の言葉は確か…………。

――間違いない、オルクスの第五王子だ！　何としても捕まえろ！

（……読めたわ！　ベアトリクス帝国の真の狙いはジークリンデ王女の暗殺ではない。確保だ！　学園で王女を襲ったアシュタールも、恐らく狙いは殺す事ではなく連れ去る事……！　そう考えればこの遠まわしな手段も得心がいく！）

そう、殺すだけなら容易かったはずだ。

食事に毒を混ぜればいい。遠くからマスケット銃で撃てばいい。

だがそれをしなかったのは、なるべく傷つけずに連れ帰りたかったから。

だから奴等は過激な手段を取らなかったのだ。実際……ジークリンデ王女は何度か襲撃されているものの、傷一つ負ってはいない。

（傷を負わせなかった理由は何だ？　連れ去るだけならば手荒でもいい。……なるべく悪感情を持たれたくなかった、とすればどうだ？　考えろ……今まで自分の正体も知らず影武者として育てられた王女……しかも十一歳の小娘が連れ去られ、攫（さら）われた国で真実を知らされたらどうだ？　王家を恨むのは間違いないだろう）

ベルンハルトは情を持たない。

だからこそ、冷静に客観的に、あらゆる視点から考える事が出来る。

（そして自分を〝救い出してくれた〟ベアトリクス女王に恩を感じ、信を寄せるのではないか？　契約書にあった『ベアトリクス女王十七世は神に誓って、オルクス王国に手を出さない』という一文……これは後で、ジークリンデが手を出すという意味ではないか？）

ベアトリクス帝国の目的が読めた。

奴らの目的は、王剣とそれを扱える血筋の確保。

ジークリンデを救い出すことで味方とし、自分達の国に二本の王剣を保有する事こそが狙いだったのだ。

イザークなど、その為に用意された悪役にすぎない。

全てはジークリンデを主人公としたシンデレラストーリー。

高貴な生まれの王女は身分に気付かず暮らし、そこに現れた救世主に救われて王女に返り咲き、悪者を倒してベアトリクス帝国と仲良くする……子供が好みそうな二流脚本だ。

そしてその実、ヒロインの少女の末路は傀儡（かいらい）。ベアトリクス帝国の言いなりになる、『信頼』という名の鎖で縛られた忠実な手駒となるだろう。

（ククク……見える見える……そのまま同盟からの属国化まで一直線というわけか。まさに戦わずして勝つ……上手いやり方を考えたものよ。こう考えると、イザークは最初から奴らの選んだ駒だったと考えた方が自然だな。つまり十一年前から既に始まっていたわけだ。……フェリックスの誕生祭での一件は、邪魔になるだろう私の権威と影響を墜とす為のもの……いや、あれだけでは不足だな。あの一件は私自身よりも、フェリックスを焦らせる為のものと見るべきだろう。となると、奴らが次に唆（そそのか）す相手はフェリックスである可能性が高い。……これで本当に踊らされる愚か者ならば、手切れ金を渡して追放してしまうか）

危ないところだった、とベルンハルトは敵の手腕を称えたくなった。

あわや、戦いすらせずに負けるところだった。

流石に自分でも王剣二本は相手に出来ない。

それがたとえ、本来から大幅に機能を制限されたものであろうとも。

（だが脚本は寸前で書き替えられた。王女を救い出す救世主はメルセデスにすり替わり、王女の信頼も娘が勝ち取った。更に素晴らしい事に、メルセデスは私と同じで情に流される事はない。信頼を得ても、相手を信頼する事は決してない。そして――）

ベルンハルトは笑みを抑えきれなかった。

彼の中には既にパズルのパーツが出揃っている。

十歳にして既に財を築き、上質な衣装に身を包んでいたメルセデス。

あの他を寄せ付けぬ力。執事が一度見たという鎧の魔物と黒い狼。

消えたシュタルクダンジョン。

全てが、理想以上の状態で一致する。符号がピタリと噛み合う。

「いい……いいぞ……実にいい……！　流れが来ている……時代の流れだ……。このままいけば、三・つ・のダンジョンを一勢力としてまとめる事が出来るやもしれん」

メルセデスは知らない事がある。

それはダンジョンの所有者が後継者のいない状態で死んだらどうなるか、だ。

その場合ダンジョンは未攻略の状態となり、どこかに復活する。

だがダンジョン所有者がダンジョン所有者を殺した時に限り、ダンジョンは強奪する事が可能なのだ。

更にもう一つ。攻略者の血縁者にすぎない者を下位権限、攻略者本人を上位権限と呼び、下位権限のマスターは同意の下で上位権限のマスターにダンジョンを譲渡する事が可能である。

ベルンハルトはその事を知っていた。

とはいえ、無論娘を殺す気はない。あれほどの逸材を死なせる程ベルンハルトは愚かではないのだ。

王女も今のまま行けば、勝手にメルセデスに協力するだろうから、やはり必要ない。

そんな事をせずとも、これに対抗出来る力など皆無だ。

それに上手く誘導すれば、メルセデスにダンジョンの権限を譲渡させる事すら出来るかもしれない。

「クハハ……見えるぞ。ベアトリクス帝国が……否、フォーゲラもエルフェもシメーレも、その全てが平伏す光景が。史上かつて誰にもなし得なかった世界統一の未来が」

ベルンハルトの顔が喜色に染まる。

三つのダンジョンの力を束ねれば抗える敵はいない。瞬く間に全ての国を蹂躙し、支配出来る。世界から戦争はなくなり、高貴なる者が全てを支配し管理する理想郷が待っているのだ。

最初は無論反発もあるだろうし、混乱もあるだろう。

だが、ベルンハルトにはあえて王にならず領地経営を続けた事で培ったノウハウがある。村を、都市を、国を富ませる自信がある。それをブルートという大都市で既に実践もしている。

彼の治める都市のブルートは世界全体で見ても有数の豊かな都市だ。これは全てとまでは言わないが、ベルンハルトの手腕によるものである。

そして民というのは現金なもので、富みさえすれば手の平を返して支持するものだ。

「王になるのが私か、あるいはメルセデスかは分からぬが……見えてきたぞ、理想の未来が。いつまでも前進せぬこの世界を。この私が……あるいは我が血を最も色濃く受け継ぐ者が終わらせ、そして変えるのだ！」

ベルンハルトは野心を燃やし、一人笑い続ける。

今はまだ静かに。

だがやがて、その狂える野心の炎は世界全てを巻き込むだろう。

その時は――そう、遠くない。

第四十二話　魔物バトル

王剣を巡る騒動は終わり、メルセデスは学園生活へと戻った。

しかし、まだ完全に学業の邪魔になる連中を排除出来たわけではない。

暗殺者連中に襲撃のタイミングを知らせていた内通者は未だ誰だか判明しておらず、不安の種が学園内に残ってしまっている。

これを見つけだして始末しない限り、本当の平穏は戻ってこないだろう。

ジークリンデはこのまま城で暮らすかと思っていたが、何と彼女は己の性別と境遇を皆に明かした上で学園に留まってしまった。

これには彼女のファンだった女生徒全員が驚き、ドードに至っては失神までした。

しかし一部から『キマシタワー！』というやたらハイテンションな声があがったのが気になる。

モニカの同類だろうか？

また、ジークリンデの正体判明と同時に学園の警備が強化され、常に学園内を兵士が巡回するようになった。

無論全員、ベルンハルトの息がかかった兵士だ。

メルセデスとしては、内通者がまだ残っている上にいつ暗殺者が出るか分からない学園よりも城でジークリンデを守るべきだろうと思うのだが、これに対しベルンハルトはこう答えた。

「城にはまだ、イザークに付いて甘い汁を吸っていたカス共が紛れている。他国の間者も何人かいるだろう。全て洗い出し、粛清するまでは王女を置くのはかえって危険だ。まだ学園の方がマシだろう」

要約すると、粛清の嵐を吹かして邪魔な貴族を一掃し、自分が今以上の権力を握るのに王女が邪魔だからしばらく学園に隔離したいという事だ。

この男が誰かを守るなんて目的で骨を折るものか。

その事を指摘してやると、ベルンハルトは満足そうにニヤリと笑った。

駄目だこの外道……早く何とかしないと……。

季節は巡り、夏が訪れる。

王剣を巡る騒動で暴れたのが原因なのか、最近ではやたら他の生徒が媚を売ってくるのが鬱陶しい。

メルセデス自身にその気が無かろうと、彼女はいまや王女を救い、偽の王家を打倒した英雄だ。

当然生徒達の興味と好奇の視線を勝ち取ってしまい、親の命令なのかそれとも本人の判断なのかは知らないが、やたら擦り寄ってくる連中が増えてしまった。

「ねえメルちゃん、メルちゃんは狩猟祭出る？」

「まあ、一応参加してみますが……それより何故、貴方がまだ学園にいるかが気になります、伯母様」

「もー！　敬語固いって！　前までと同じでハンナちゃんって呼んでくれていいんだよ」

「そうか。なら敬語は外そう、おばさん」

「おばさん呼びはやめて⁉」

夏には狩猟祭というイベントがある。

それに参加するかどうかを聞いてくるのは、何故かまだ学園に留まっているハンナ・バーガー（百七歳。子持ち）だ。

「で、何故まだいるんだ？」

「んー……メルちゃんも言ってたでしょ？　まだ内通者がいるって。それを捕まえるのが今の私の仕事なのよ。それと王女様の護衛の指揮も私がとってるしね」

「……生徒に変装する必要は？」

「生徒として潜入する方が近くにいられるし、色々と見えるものもあるのよ。それに似合ってるでしょ？」

そう言い、ハンナはきゃるんとポーズを取った。

「無理するなおばさん」

「!?」

しかしこの塩対応である。

ハンナは少し泣いた。

「はあー……メルちゃんって見た目は可愛らしいのに、中身は女の子版ベルンハルトって感じだよねえ。気に入られるのも分かるわ」

「いくら気に入られようが、用が済んだら当主の座などフェリックスに押し付けてさっさと出ていくがな」

「フェリックス君ねえ……まあ、真面目な子だし頑張ってはいるんだけどね」

今はここにいないフェリックスの事を思い浮かべ、ハンナは顔をしかめた。

通常、貴族の家督は長男が継ぐものだ。それがこの国の常識である。

しかしそこは常識など踏み越えるのが当然のベルンハルト。しきたりになど縛られない。

彼は彼自身の判断こそを最上と考えるが故に、周囲の反対も常識も無視してメルセデスを跡目につかせる気でいる。

ハンナはそれが分かっているからこそ、フェリックスを不憫に思ったのだ。

「何か、ベルンハルトを認めさせるような手柄でも挙げれば話は違うんだけどね」

「手柄、か……」

メルセデスとしてもフェリックスがぞんざいに扱われている現状はあまりいいものではない。

可哀想だとかそういう感情は抱かないし、割とどうでもいいのだがフェリックスが評価されないと本当にこちらに跡継ぎが押し付けられてしまう。

無論逃げるつもりではあるが、一番丸く収まるのはやはりフェリックスに押し付けていく事だ。

そういう点で言えばフェリックスがある程度ベルンハルトに認められている方がいい。

しかしだからといって狩猟祭の優勝を譲ってやっても意味はないだろうし、そんな事をしても普通にベルンハルトにバレる。

それにたかが学園のイベントで一位を取ったくらいであの男が評価を変えるとも考えにくい。

もっと大きな、無視出来ない手柄をあげさせれば楽なのだが……。

「考えておこう」

今は特にこれといって思いつかない。

メルセデスは話を打ち切り、机の上に羊皮紙を広げて自習にとりかかった。

狩猟祭の前にイベントはもう一つある。

それは先日の授業で捕獲した魔物同士で行う模擬戦だ。

しかしこれに関しては始める前からメルセデスの圧勝が目に見えていた。

何せメルセデスが授業で捕獲したアシュタールは本来あの平原に生息していない、ジークリンデ襲撃の為に送り込まれた凶悪モンスターである。

学生が捕獲出来るような魔物で太刀打ち出来るような怪物ではなく、Aランクのシーカーですら不覚を取りかねないような相手だ。

問題はこんな魔物を使いこなせるかどうかだが、そこはベンケイやクロを従えるメルセデスだ。

何ら問題はなく、アシュタールはメルセデスの腕に止まる事で己の忠実さを示していた。

ちなみにアシュタールの重さは三百キログラムを上回る。

「ではまず、メルセデスとトム。前に出ろ」

早速指名され、メルセデスは前へと歩み出る。

それに遅れて哀れな男子生徒が出てきたが、その顔は強張っていた。

彼の隣を歩くのは小型犬ほどのサイズのリスであった。とても可愛いらしいが、戦えるようには見えない。

種族名をフルヒトザーム・アイヒヘルンヒェンという。名前だけはかっこいい。

基本的に臆病で無害に近く、ファルシュにもよく懐く事から魔物を飼った事のない初心者にもよく勧められる一匹だ。

肉は柔らかく、アシュタールの大好物でもあった。

大好物であった！

（無理……いや、ていうかこれ無理……不可能……っ！　サイズが違いすぎるし、どう見ても捕食者と餌の関係……っ！　戦う前から垂らしている……涎……垂涎……っ！）

アシュタールがフルヒトザーム・アイヒヘルンヒェンを見る視線は完全に餌を見るハンターの目だ。

敵を見る目ではない。対戦相手の魔物の飼い主であるトムは一目でそう理解した。

そう、これは既にアシュタールにとって戦いではない。

御馳走を前に差し出された……ただそれだけの事！

「食うなよピーコ。あれは餌ではない」

「ピィー……」

（ピーコ⁉）

メルセデスが口にしたあまりに似合わぬ名前に全員が内心で突っ込みを入れる。

似合わない。死ぬほど似合わない。

確かにピーと鳴いているが、あの図体でピーコはないだろう。

ピーコと名付けられたアシュタールは、おあずけをされた事で悲しそうに鳴いた。

「それでは開……」

「棄権します！」

「……仕方ない。認める」

トムの棄権をグスタフは受け入れた。

仕方のない事だ。始める前から戦いが成立していない。

百回やっても百回ピーコが勝つ戦いでは、模擬戦にすらならない。

この戦いでもし違いが出るとすれば、それはピーコが我慢出来ずに相手を食べてしまうか否かくらいだろう。

「では次は……ハンナ・バーガー、前へ」

続いてハンナと、彼女の魔物である兎が出てきた。

兎は葉巻をくわえているが、煙はふかしていない。未成年者がいる場所なので配慮しているらしい。

「ちょ、ウサちゃん！　何でやる気になってるの⁉」

兎はどうやらやる気らしく、恐れる事なくアシュタールの前に立った。

言葉は発さないが、代わりに鼻をヒクヒクさせて何かを伝えようとしている。

言葉にするならばさしずめ『少しは骨がありそうだ』といったところか。何となく、そんな事を言っていそうな貫禄だ。

「棄権！　棄権します！」

しかしハンナはウサちゃんを後ろから抱き上げると、そのまま退却してしまった。

残念ながら当然の判断である。

あんな平原で出てくる兎の魔物が強いわけがない。

その後もメルセデスの模擬戦相手は全員が棄権し、結局戦う事なく一位を飾ってしまった。

クラスメイトの魔物達を見るピーコの、御馳走を取り上げられたような悲しげな眼が印象的であった。

第四十三話　派閥争い

夏の中旬に差しかかり、エーデルロート学園はピリピリとした空気に包まれていた。

この時期に開催される狩猟祭は決してただのイベントではない。

各都市の貴族や商人、ギルド関係者に高名なシーカー、その他諸々、さまざまな職業や組織の長や幹部、果ては軍関係者までが見学に訪れるのだ。

その理由は勿論品定めである。今のうちから見所のありそうな生徒を探し、他の組織に目を付けられる前に唾を付けたい。その為に彼等はやってくる。

そしてこれは、生徒達にとっても数少ない好機だ。

家督を継ぐ事が決まっている貴族の長男などはともかく、そうでない者などは大半が自力で仕事を見つけて生きていかなければならない。

そうなった時に内定が決まっていれば有利だ。路頭に迷う事を心配せずに済む。

言わばこのイベントは国中の有力者に向けた生徒達のお披露目会であり、そして有力者達による若者の争奪戦である。

狩猟祭とはよく言ったもの。

このイベントでハントされるのは魔物だけではない。

むしろ本命は生徒の方……有力者達による若者の勧誘(ハント)こそがこの狩猟祭の目玉なのだ。

そうした理由もあり、学園にいる生徒は全員がライバル同士だ。

しかし例外もある。

当たり前だが、一人で魔物と戦うよりも複数で魔物と戦う方が効率はいいし、勝率も上がる。

短時間で倒せるのは言うまでもないし、複数の方が圧倒的に有利だ。

狩猟祭のルールは単純で、時間制限内にどれだけの魔物を倒せたかで得点が計算される。

そしてその得点とは倒した魔物の特定部位を持ち帰ることで計算される仕組みであり、倒すと同時にリアルタイムで加点されるわけではない。

それはそうだ。教師も魔物に乗って空を巡回するが、生徒全ての動きを把握するのは不可能に等しいし、巡回の目的は行動不能になった生徒がいた時に速やかに救出する事である。

ならばこのシステムを衝いたチームプレイは決して不可能ではなく、例えばAが倒した魔物を同意の上でBの手柄とする事が出来るし、数人で弱らせて倒した魔物の得点を全てAに集約させる事も出来る。

勿論その場合評価されるのはAだけであり、他の協力者はゼロ点として扱われてしまう。

しかしAが評価される事で仕事に就き、地位を得た後に協力者達を優遇する事は出来る。

これは決して珍しい事ではない。

家柄のいい生徒が『自分はいつか高い地位に就くから今のうちに協力しておけば名前を覚えておいてやるぞ』と仲間を集うのは毎年恒例の事だし、自力でポイントを稼ぐ自信のない生徒が自分から売り込むのも毎年見る光景だ。

特に一年生はまだ技量も経験も足りず、まともに参加したところで上級生には敵わないのだから、それならば目をかけてくれそうな上級生を探して面倒を見てもらう方が賢いとすら言える。

これは教師達も黙認している暗黙の了解であり、いつしか上級生は何人見所のある下級生を取り込めるか……そして下級生はいかに将来性のある上級生に自分を売り込めるかが勝敗の分かれ目と化していた。

だがいい事ばかりではない。

こんな事をしていれば当然、力のある生徒のところに下級生が集中してしまう。

偏って集まればそれは勢力となり、複数の勢力が生まれれば対立関係が生まれる。

そして、これこそ学園がピリピリとした空気に包まれている最大の理由であった。

狩猟祭はこれから始まるのではない。もう始まっているのだ。

上級生による下級生の勧誘というハントは既にあちこちで開始されていた。

◆

その日の授業が終わり、メルセデスが寮へと続く道を歩いていると前方から数人の吸血鬼が近づいてきた。

時刻は既に遅く、メルセデスは遅くまで残ってノートを纏めていたのでこの時間は殆ど生徒がいない。

つまり彼等は、メルセデスが出てくるまで待っていた事になる。

外見年齢にばらつきはあるものの、恐らく上級生だろう。

彼等はメルセデスの道を阻むつもりはないのだろうが、数が多いせいで通行の邪魔だ。

やがて接触まで後二歩という距離まで近づいたところで足を止めて声をかけてきた。

「メルセデス・グリューネヴァルトさんだね」

声を発したのは先頭に立っている、黒髪の青年だ。

吸血鬼の中で黒髪は割と珍しい部類に入る。

髪型は短髪で、顔立ちはそこそこ整っていて背は百七十センチほどある。

一見すると爽やかな好青年、といったイメージを受ける。

「貴方は？」

「俺はゲッツ・ヘルダーリン。六年生で、『雷鳴（らいめい）』の派閥の……まあ、幹部みたいなもんをやっている。単刀直入に言うが、お嬢さん、俺等の派閥に入ってみないかい？」

「……派閥？」

「あ、そっからか。ＯＫＯＫ、お兄さんが説明してやるぜ」

ゲッツ・ヘルダーリンと名乗った男は気さくに笑い、メルセデスの疑問に答える姿勢を見せた。

今のところは友好的だが、笑顔で近づいてくる者ほど信用ならない。

ともかく、今はありがたく説明だけ聞いておこうか、とメルセデスは考えた。

「二週間後に開催される狩猟祭だが、実は学生の間でいくつかの派閥に分かれている。中心にいるのは、まあ全員が侯爵家以上だ。それが四人いて別々の派閥を形成してる事から、四大派閥と呼ばれている」

侯爵家となれば、その名前が持つ影響力は計り知れない。

それより上の公爵ともなれば尚の事だ。

メルセデスのような女で四子でもない限り、周囲にはお零れに預かろうと取り巻きが群がるだろう。

そしてそれが複数いれば、対立するのはある意味必然と言えた。

「大きく分けて派閥は四つ。『濃霧』派、『螺旋』派、『雷鳴』派、そして『鮮血』派。この派閥の名前はそれぞれの家が治めている都市の名前から取っている」

「……『鮮血』派の中心人物は？」

「お察しのとおり、お前さんの兄貴のフェリックスだよ。やっぱ兄貴の派閥に入りたいんだろうが……そこはやめといた方がいいぞ」

先に言うとメルセデスはどこの派閥にも入る気はない。

しかし普通に考えれば兄弟のいるところに行くのが普通だろう。

ゲッツもそう思ったのだろうが、しかし彼はフェリックス派に入る事に反対した。

「あそこは……なんつーか、もう負けが見えている。去年まではトップ勢力だったんだが、誕生日にやらかしたらしくてな……。妹のお前さんなら知ってるかもしれないが、誕生日に魔物が暴れたらしいんだ。それで招いた貴族のお偉いさん達まで危険に晒したってんで信頼ガタ落ちで次々に離反者が出ちまってる」

その事は勿論メルセデスも知っている。

当事者であるし、それに誕生日に暴れた魔物は今やメルセデスの配下で、そして今頃は妃の料理を作っている事だろう。

しかしやはりというか、あの一件は貴族社会におけるフェリックスの立場を著しく揺らがせていたらしい。

どこまでも運に恵まれない兄だ。メルセデスは少しだけ彼が不憫に思えた。

「お前さんは一年ではジークハル……ああ、いや、ジークリンデ王女だったな……。ともかく、お姫様と並んで成績トップだし、それに王家の危機を救った経歴持ちだ。四年……いや、三年になる頃にはきっと、お前さんを中心にした派閥が出来るだろう。だからこそ、こんなところで躓く(つまず)のは勿体ねえ。お前さんはもっと上に行くべき吸血鬼だ。俺達ならばお前さんに経験を積ませた上で、派閥の管理の仕方やらを教えてやる事も出来る。どうだい？　俺達と手を組まねえか？」

ゲッツの誘いにメルセデスはしばし考える。

話だけを聞けばそう悪いものではないような印象を受ける。

自分などを中心に派閥など出来るとは思わないが、経験を積むのは悪い事ではないだろう。

とはいえ、まだ他の派閥が見えない以上決定を下す事は出来ない。

……というか、派閥に属する気そのものがないのでどのみちメルセデスがＯＫと言う事はない。

「折角の誘いはありがたいのですが、今はまだ派閥とやらに入る気はないので……」

「そうか。そりゃあ残念だな」

ゲッツは残念そうに頬をかき、爽やかに笑った。

しかしメルセデスが去ろうとしたところで別の男が道を塞ぐように立ち、通してくれない。

「おい……拒否権があると思うのか。こっちが優しくしてるうちに素直になれや、嬢ちゃん」

なるほど、こういう手段に出るか、とメルセデスは溜息を吐いた。

だが分かりやすい。これならばこちらも取り繕わなくて済む。

邪魔をするならばこの場で排除するだけだ。

「あんまお高くとまってるんじゃねーぞ。公爵家っつっても所詮……」

「おい、やめろ」

「しかしゲッツさん。こいつはゲッツさんの好意を……」

「――やめろ」

「……ッ。す、すみません。出過ぎた真似を……」

しかしメルセデスが手を出す前に、仲間の暴走を止めたのはゲッツであった。

果たしてこれは事故なのか、それとも『俺は暴走した舎弟を止める優しい男だ』という演出なのか……。

どちらにせよ、メルセデスの中の評価は上がらない。

彼女は顔に出さず、『雷鳴』派への評価を三段階くらい下げた。

「すまない！　うちのモンが本当に失礼をした！　次からはこんな事しねえよう、よく言い聞かせる！」

ゲッツはそう言い、頭を深く下げる。

謝りながら何を考えているかは分からないが、ともかくもう話す事はない。

先程の男はまだメルセデスを睨んでおり、それが不愉快だった。

「……いえ、別にいいですよ。それでは私はこれで」

「あ、ああ。お前等、道開けろ！」

道を開けてくれたのでメルセデスは振り返る事なく通り、そのまま寮への帰り道を歩いていった。

「ゲッツさん、本当によかったんですか？　あんなガキ、無理矢理にでも……」

先程メルセデスに脅しをかけた男がゲッツへと声をかける。

だがその言葉は最後まで続かない。

話している最中に、ゲッツの裏拳が彼の顔面にめり込んだからだ。

「――――がッ……」

「好感度マイナスだ」

ゲッツは、先程の好青年染みた顔から一転し、凶悪な形相へと変貌していた。牙を剥きだしにし、額には血管が浮き出ている。目は三白眼となり、声も先程の優しげなものから一変して不機嫌極まりないものとなっていた。

「本当によかったんですかだと？　いいわけねえだろ、最悪だ。テメェのせいでな。俺がわざわざ自分で出向いて勧誘しようとした意味もわかんねえかなあ……何で不興買う真似するかなァ……。お姫様の恩人で公爵家で成績トップで……そんな人材にマイナスの感情持たれてどうすんだよ。何？　お前ひょっとして他の派閥の回しモンだったりすんの？　俺の邪魔してえの？」

鼻を押さえて蹲る男の髪を掴み上げ、更にゲッツは彼の顔に膝を叩き込む。

「お、俺はただ、ゲッツさんの力になりたくて……」

「ああ？」

ゲッツは露骨に舌打ちし、男を床に叩きつけた。

「なあ、テメェの小さな脳みそじゃ分からねえかもしれねえけどよォ……学園を卒業した後も人生って続くんだぜ？　あの嬢ちゃんはいずれ大物になる可能性がある……だから今のうちにコネ作って恩売っときゃ後で便宜図ってもらえたかもしれねえだろうが。たかが学園の派閥ごっこで幹部になったからって偉くなった気になってんじゃねえぞ、子爵の六男坊如きがよォ……。分かるか？　あっちが上で、こっちが下なんだよ。俺等はただ、上級生ってだけであって、将来的にゃあの嬢ちゃんに頭下げる側になるんだよ。だからこそ、今のうちにポイント稼ぐべきだったんだよ」

言いながら、ゲッツは男の頭を踏みつけた。

「なあ分かるかな？　テメェみたいなゴミの代わりなんざいくらでもいるが、あの嬢ちゃんの代わりはいねえって事くらいよォ」

踏みつける。

「あーあー……折角、特上の物件見つけたと思ったのになァ。ガキのうちから親切に接して、色々教えてやって、そんで『頼りになる優しい先輩』を卒業まで演じ通せば、嬢ちゃんが偉くなった時に色々融通利いたろうになァ」

踏みつける。

「なぁ分かるか木偶の坊。貴族社会ってのはな、要するに世渡りと媚売りだ。上によく思われてる奴が出世すんだよ。出世しそうな奴を探し出して取り入った奴が成功すんだよ。たかが数年先に産まれたってだけのクソみてェなプライドを優先させる馬鹿は後で報復受けて落ちぶれるんだよ」

踏みつける。

「どうしてくれんだよ……あれ絶対マイナス印象持たれたじゃねえか。これがお姫様まで伝わってみろ。俺等、国の恩人脅した大馬鹿野郎だぞ。最悪、将来の出世にも響く」

ゲッツは溜息をわざとらしく吐き、血まみれの男の頭を掴んだ。

そして、砕けた床へと思い切り叩きつけた。

「お前！」

もう一度叩きつける。

「一人の！」

もう一度。

「せいでよォ!!」

更にもう一度――。

「ゲッツさん！　それ以上は死んじゃいます！」

「……………ちっ」

ここにきて、ようやく仲間のうちの一人がゲッツを止めた事で彼の手も止まる。

それからゴミを捨てるように男を床に投げ捨て、倒れているその顔に唾を吐いた。

「お前等、これ平原に捨ててこい。魔物にでもやられた事にしとけ」

「は、はい！」

仲間に男の処理を任せ、ゲッツは窓の外を見た。

それから憂鬱そうに呟く。

「とりあえずイメージ回復から始めて、マイナスをゼロに戻さねえとな……ああ、畜生。あんな馬鹿連れてくんじゃなかった……」

◆

「やはりロクな輩ではなかったな」

ゲッツが立ち去った後。

帰ると見せかけて隠れて盗み聞きをしていたメルセデスは心底呆れたように吐き捨てた。

多少現実は見えているようだが、ボリスと同レベルの小物だ。

まあ、長いものには巻かれるタイプだろうから、こちらから挑発しなければ敵対はしないだろう。

それにしてもドロドロとしているものだ。

取り入るのに必死すぎて見ていられない。

しかもあのロクでもない男が取り入る先として選んだのが自分なのだ。全く嫌になる。

正直に言って、馬鹿らしすぎて関わりたくない。

まあ、笑顔で近づいてくる他人などこんなものだ。やはり他者など信じるべきではない。

究極的には、信じていいのは自分だけだ。

とりあえず、ああいう馬鹿が寄ってこないように何か手を考えておいた方がいいだろう。

全く、下らない派閥ごっこなど自分達だけでやっていてほしいものだ。

そう思いながらメルセデスは今度こそ寮へと帰った。

第四十四話　魔法の仕組み

狩猟祭を間近に控え、メルセデスに接触してきたのは『雷鳴』派だけではなかった。

次に接触を試みてきたのは『螺旋』派だ。

彼等はメルセデスが食堂で夜食を取っている時に、突如として乗り込んできた。

それはまあいい。いや、全然よくはないのだがこの際大目に見よう。

だが問題はその登場の仕方と、何よりも珍妙な恰好にあった。

「フハハハハハハハハハハ!!」

入口から馬鹿のような高笑いが響き、そこから現れたのは何と馬であった。

馬の上には直立する長身の男が立っており、食堂にいた生徒達の何事だという視線を一身に浴びている。

身体は鍛えられており筋肉質だ。

それでいて決して過剰に筋肉を付けているわけではなく、適度に引き締まっている。

上下黒のノースリーブの変な衣装を着ており、上からは真紅のマントを羽織っているがとてもダサい。

頭には茶色い、グルグルと螺旋した変な髪型……？　を模した兜(かぶと)を付けている。

端的に言えば、それはまるで茶色のソフトクリームのようであった。

何で頭にウ……ソフトクリームを乗っけているのだろうか、あの男は。

顔立ちは悪くないが、ハンサムというわけでもない。

彫りの深い男前な顔をしている。しかし奇抜な恰好が折角の素材を台無しにしていた。

男を乗せた馬はやがて茫然としているメルセデスの前で停止し、男を振り落とした。

落とされた男は潰れた蛙(かえる)のようなポーズで床に倒れたが、しかしすぐに立ち上がってメルセデスを見下ろす。

「小娘。貴様がメルセデス・グリューネヴァルトだな？　俺はジクストゥス・シェーンベルク。シェーンベルク侯爵家の長男にして、いずれシェーンベルク領を継ぐ男よ。年齢は今年で二十！　素行の悪さが原因で留年する事二回！」

また変なのが来たなあ……。

そう思いながらメルセデスは、冷めた眼で男を観察する。

「喜べ小娘。貴様は我が『螺旋』派に加わる事を許された」

「お断りします」

「…………」

即答で断り、こんなのが派閥のトップなのか、と内心で呆れた。

まあ『雷鳴』と違って、派閥のトップ自らが出てきたのは好印象か。

だが折角のトップがこれでは逆効果としか言いようがない。

「喜べ小娘。貴様は我が『螺旋』派に加わる事を許された！」

「言い直してもお断りします」

「……今なら、俺とお揃いのユニフォームもあるぞ？」

「いりません」

「兜も付けるぞ？」

「いりません」

塩対応で勧誘をことごとく切り捨てる。

するとジクストゥスは目に見えて落ち込み、食堂の隅まで行くとその場で体育座りをしてしまった。

豪胆な男かと思いきや、一転してウジウジして鬱陶しい。

すると取り巻きが慌てたように言う。

「ああっ、ジクストゥスさんがまた落ち込んだ！」

「何て事をするんだ！　あの吸血鬼（ひと）、馬鹿だけど打たれ弱いんだぞ！」

「そうだ！　馬鹿だけど！」

「センスださいけど繊細なんだ！」

「頭にウ〇コ乗っけてるけど傷つきやすいんだぞ！」

「えぇぇ……」

本当に何であんなのが派閥のトップをしているのだろう、とメルセデスは心底呆れた。

やはり侯爵家長男の名はそれだけ絶大だという事か。

ともかく、あんなのと仲間と思われたくないし今後万一どこかの派閥に入る事があっても、あそこだけは避けようと心に誓った。

何よりユニフォームがダサい。

「ジクストゥスさん、やっぱその兜がいけないんスよ。もう捨てましょうよそれ」

「何を言う！　これは古文書から発見された由緒正しき神の髪型だぞ！　ペガサス昇天盛りというのだ！」

「髪のボリューム足りないからって兜作ってまでそれにする必要あります？　てゆーか色変えましょうよ」

取り巻きと漫才染みたやりとりをするジクストゥスを無視して食事を平らげ、食器を食堂のおばちゃんに渡す。

おばちゃんとは言うが、見た目は二十代の若々しい女性にしか見えない。

吸血鬼には不老期があるので、おばちゃんらしいおばちゃんというのは希少種だ。

ただしおっさんは妙に多いので、男女で不老期に差が出やすいのかもしれない。

ともかく、あんな馬鹿に付き合ってやる義理もないので、まだ言い争いをしているジクストゥスを放置してメルセデスは食堂を後にした。

◆

「今日の授業は魔法だ。今までは座学だけだったが、次からはいよいよ実践に移る。お前達もこのクラスにいる以上、ある程度の魔法は既に使えるだろうが、基礎が分からずして先に進む事は出来ない。そこで今日は最後に簡単な小テストを行う。これで七十点より下の点数を取った者がいれば、そいつは補習だ。覚悟しておけ」

授業開始と同時にグスタフが口にした言葉に生徒達が緊張を見せた。

テストというのは嫌なものだ。学生にとっては悪魔の言葉と言っていい。

そんな生徒達の反応を気にせず、グスタフは淡々と今までのおさらいを始める。

テスト前にこうして教えてくれるのは彼のいいところだ。

「魔法とは、大気中に存在している『マナ』に働きかけてさまざまな事象を起こす力だ。このマナへ与える影響力が大きければ大きいほどに魔法も強くなる。これを我々は『魔力』と呼んでいる」

生徒達はグスタフの言葉を聞き逃すまいと必死に耳を傾け、羊皮紙に書き写している。

流石に成績上位が集うAクラスだけあって大半は真面目なものだ。

だが僅かにではあるが、あまり真面目に聞いていない生徒もいる。

きっと自分の学力に慢心しているのだろうが、彼等は来年にはこのクラスから消えている事だろう。

「この魔力が何なのかはハッキリしていない。だが使えば減るものであり、使いすぎれば命を落とす事もある。魔法を使い続けた者の体重を測ったところ、僅かだが減っていたという研究結果もある事から、身体の中の『何か』を使っているのは間違いないだろう」

「先生、それ大丈夫なんですか……？」

「問題はない。過剰に使えば命に関わるが、普通に使っていれば健康を損なう事はないし、寿命にも影響しない事が判明している。減った体重も普通に過ごしていればすぐに元に戻る」

メルセデスには、グスタフの言う『何か』の正体が分かっていた。

間違いなくナノマシンを使っているのだろう。

この世界の物はナノマシンで出来ている。魔物も、道具も、吸血鬼さえも。

恐らくだがナノマシンとは人工の原子のようなものなのだ。

自分の中のナノマシンを介して外のナノマシンに働きかけ、その配列を変えたり反応を変える事でさまざまな事象を起こし、火や水に変える事も出来る……のではないだろうか？

もっとも、それだけでは重力といったものを操れる理由にならないので、まだ何かあるのだろうが。

あるいは人工の原子だからこそ、重力という力であろうと使えてしまうのかもしれない。

……全ては推測の域を出ていないが。

「魔法とは『イメージを現実にする力』だ。マナはイメージに応え、思い描いたものを実現する。魔法に必要なものは想像力だ。想像出来ないものは魔法でも出来ないし、想像しやすければ魔法の成功率も上がる。しかし最初のうちから想像だけで魔法を創作するのは困難だ。だからこそ誰もが想像しやすい、既存の魔法というものがある。例えば火属性の初級魔法である『フランメ』などは有名であるが故にイメージも容易だ」

説明しながらグスタフは指先に炎を灯した。

どうやら彼は火属性持ちらしい。

「固定観念を作りすぎるのはいい事ではないが、魔法の場合はそれが力になる事もある。『フランメはこういうものだ』とハッキリ完成形を思い描ける者と、『よく分からんが火さえ出せばいいのだろう』という漠然としたイメージしか持てない者では、魔法の完成度に差が生じてしまう」

グスタフの説明が正しいならば、つまり『知っている魔法』であるほど明確にイメージ出来て強いという事になる。

本当は誰でも想像力を働かせることでオリジナルの魔法を生み出せるが、それでは想像力の乏しい者が置いていかれてしまう。

だから『この魔法はこういう名前でこういう効果でこういう見た目でこういうものだ』という型にはめた既存の魔法が役に立つのだ。

そしてこの点で言えばメルセデスは圧倒的に有利だ。

知っている魔法の数が違う。

前世で見た創作物に出た数々の魔法やら特殊能力は、言うまでもなく妄想の産物だ。

しかし絵や映像という形で分かりやすく見せられたそれは、『完成されたイメージ』である。

創作物というのは言わば、それを作りだした作者の想像力の具現化だ。

仮にこの世界に魔法バトルを行う漫画本でもあれば、それは魔法使いの聖典になってもおかしくない。

何せストーリーという形でその魔法の威力や見た目、規模、速度、果ては受けた敵の反応やダメージまで描かれているのだ。

堅苦しく解説されるより、遥かにすんなりと頭に入ってくる。

惜しむらくは、メルセデスはマイナーな『駄作』ばかり読んでいたという事か。

勿論国民的に有名な漫画にもなれば目を通していたが……完成されたイメージがそこまで多いわけではない。

ともかく、自分が何故容易にオリジナルで魔法を開発出来たかが分かった。

そういう意味では有意義な授業であった。

第四十五話　勧誘

メルセデスへの勧誘は続いた。
『雷鳴』、『螺旋』に続き接触を図ってきたのは『濃霧』派閥だ。
授業の合間の休憩時間に復習をしていると上級生から呼び出しを受けたのだ。
非常に鬱陶しいし、邪魔しないでほしいのだが無視すると更に鬱陶しくなるだろう。
なので断る為にメルセデスは一度だけ誘いに応じる事にした。
呼び出された場所は、この時間は誰も使っていない空き教室だ。
中に入ると、まず目についたのは大柄な二人の男だ。
二人は共に青いコートを羽織り、サングラスで素顔を隠している。
そしてその中央にいるのは、メルセデスとそう変わらない年齢に見える少年であった。
桜色の髪は艶があり、顔立ちも一見すると少女と勘違いしてしまいそうなものだ。
身体つきも華奢で、本当に女のような男だ。
……というか、本当に女の子なのかもしれない。正直見分けが全くつかないのだ。
「よく来たね、メルセデス・グリューネヴァルト」
あ、男だ。

少年の声を聞いた事でメルセデスは彼の性別を確信した。

見た目に反して声が低いのだ。

彼の服装はこの学園指定の制服であり、これを着られるのは一部の成績上位者のみである。

つまりこの時点で、彼の学力はある程度保証されていた。

まあ、学力だけが高い馬鹿の可能性もあるわけだが。

「僕はハルトマン・ハルトマン。『濃霧』派閥の長にして、西方の大都市ネーベルバンクをいずれ統治する者だ」

名前と家名が同じとは、覚えやすいなとメルセデスは場違いな感想を抱いた。

それにしてもネーベルバンクという名前はどこかで聞き覚えがある気がする。

はて、どこで聞いた名前だったか。

「両脇にいるこいつ等は僕の護衛だ。王家に古くから仕える裏の重鎮とも言える一族がいてね。この二人はその当主の血を引く者達さ。更に彼等の母は王家直属の隠密部隊の隊長でもあり、僕の家庭教師でもある。ああ、脅しているわけではないよ。ただ事実を教えているだけさ」

随分とお喋りかつ、自慢したがりな性格らしい。

この時点で既に三下感が漂っているが、メルセデスはあえて指摘せず言葉を聞いていた。

本人の能力はさておき、とりあえずコネという点ではかなり優れているらしい。

「単刀直入に言おう。僕らの派閥に加わるがいい。君にはその資格がある」

「断る」

誘われたので、とりあえず断っておいた。

下らない派閥ごっこなど彼等だけでやっていればいい。

そんな事よりメルセデスは学業に打ち込み、知識と技術を磨きたいのだ。

メルセデスの敵は彼等ではない。

家を出ていく際にいずれ立ち塞がるだろう父、ベルンハルトだ。

そしてこの世界の真実を探す上で必ず衝突するいくつものダンジョンや、ダンジョン所有者こそがメルセデスの見据える仮想敵である。

派閥だの何だの、そんな小さなものは最初から眼中にないのである。

「ふ……どうやら君は勘違いしているようだ。これはお願いではない。ハルトマン家次期当主たる僕が命令しているんだよ」

ハルトマンがそう言うと、護衛の木偶の坊二人が前に出た。

やはりこうなったか、と内心うんざりしながらも無言で拳を握る。

来ると言うなら仕方ない。骨の十本や二十本は覚悟してもらおう。

しかしまさに両者がぶつかる寸前で、突然何者かがドアを開けて乱入してきた。

「はい、そこまで！」

飛び込んできたのはハンナであった。

隣には彼女のペットであるウサちゃんもおり、手には銃剣を構えている。

待て、その銃はどこから持ってきた。

「は？　一体誰だい、僕の邪魔を………」

ハルトマンは鬱陶しそうに乱入者へ目を向けたが、言葉が終わる前に顔を青ざめさせてしまった。

ダラダラと冷や汗をかいており、その顔には『何故？』という疑問がありありと浮かんでいる。

護衛の二人もそれは同様で、ガクガクと震えてすらいた。

「……ハ、ハンナ……先生……？」

「はーい。貴方の家庭教師のハンナでーす」

「………あの、何故学園に？　り、臨時教師ですか？」

「王女様の護衛よ。生徒として潜入してるの」

「あの……貴女、生徒って年齢じゃ……」

「んー？　聞こえないなあ？」

どうやらハルトマンの言っていた家庭教師とはハンナの事だったらしい。

王家直属の隠密部隊の隊長というのも彼女の事であり、更にハンナの夫が王家直属の裏幹部である事までこれで判明してしまった。

ハンナ自身は商人の子とか言っていたが……恐らく、バーガー家の表の立場が商人なのだろう。

「……マ、ママン……」

「ど、どうしてママがここに……」

更に驚くべき単語が護衛二人の口から飛び出した。

ママってお前。その図体でママって。

いやそれより、つまりはあれだ。このデカブツ二人はどうもハンナの息子だったらしい。

正直全然似ていないし、子供にしか見えないハンナからどうやってこんなデカいのが産まれたのか全然分からないが、彼等の反応を見る限り嘘はなさそうだ。

……養子とかならばまだ納得は出来なくもない。

「さて。話は聞かせてもらいました。貴方達は一体いつから、他人を脅すような悪い子になっちゃったんですか？　私はとても悲しいです」

「あ、いや、その、それは、えっと、言葉のあやというか……ほ、本当にやる気なんてなかったというか……なあ？」

ハルトマンが護衛二人に慌てて話を振ると、二人は勢いよく首を縦に振った。

どうやらかなり恐れられているようだ。

しかしハンナは笑顔を浮かべつつも、発する気配は剣呑さを増している。

「実行の有無に関係なく、そうして圧力をかけて従わせようとする行為を脅迫と言います。私達貴族は大きな権力を持つからこそ、その力の使いどころを考えなくてはなりません。自らの為だけに他者を従わせるのでは暴君と変わりません」

余談だが、自らの為だけに他者を従わせて子供まで孕(はら)ませた男がメルセデスの父である。

「どうやら貴方達には再教育が必要なようね」

「ひいいっ!?　勘弁を！」

「貴方の父上からは、『学園でもし馬鹿をやっていたら躾(しつ)け直してくれ』と頼まれています。覚悟はいいですね？」

「ヘルプ！」

「そして貴方達も。こんな事、お母さん許しませんよ？」

「…………終わった」

「…………ああ、終わったな」

ハンナは笑顔のままデカブツ二人の首根っこを掴み、ウサちゃんはハルトマンの足を掴んでズルズルと引きずった。

そして、涙を流して命乞いをする三人を連れて教室の外へと歩いていく。

「あ、ごめんねメルちゃん、迷惑かけちゃって。この子達にはよく言い聞かせておくから。それと後でちょっと話したい事があるから時間空けておいてね」

その言葉を最後にハンナが退室し、ズルズルという引きずる音が遠のいていった。

「ごめんなさい」

「もうしません」

「許してください」

——数時間後。

頭に漫画のようなタンコブをこさえた三人がメルセデスの下へ謝罪に訪れ、二度とちょっかいをかけない事を誓った。

◆

フェリックスが派閥を結成したのは彼が三学年の時の事であった。

当時十三歳だったフェリックスは少しでも父の関心を惹くべく、狩猟祭で優勝しなければならないと思い、グリューネヴァルトの名で仲間を集めてチームを作り、そして派閥を作り上げた。

弱者の寄せ集め。一人では優勝出来ない者の集い。狩猟祭本来の趣旨からは外れたせせこましい手段。

そんな事は誰に言われずとも分かっている。

だが、そうしなければ勝てないのだ。

誰が最初に始めたのかは分からないが、狩猟祭は既にチーム戦が当たり前になってしまっている。

これは当然の流れである。

有力な貴族の子息ともなれば取り巻きを引き連れているものであり、取り巻きのポイントを自分のものとする。

取り巻きの方も、僅かなポイントを稼いだところで注目など浴びない事が分かっているので、それならばと恩を売る方を優先してしまう。

言わば最初から自らの優勝を捨てた弱者の世渡りだ。

だが世の中というのは多くの弱者によって構成されており、人数が揃えば必ず少数の強者と大勢の弱者とに分かれる。

強い者に擦り寄り、利益を与える代わりに庇護を得る。

それは決して卑怯な行いではない。生物として当然の『群れ』を作ろうとする本能だ。

野生に生きる動物だってリーダーを決め、それに従う事で守られている。

数が揃えば必ず『群れ』が出来るのだ。

『群れ』は集まる事で、より大きな『村』となり、『村』が集まる事で『国』となる。

この学園で行われている派閥競争は、その縮小版にすぎない。

数が揃えば派閥が生まれて対立する。これは必然の事だ。

何故ならその方が絶対的に有利で、生き残れるからである。

学園側が黙認しているのも、リーダーとしての資質を見極める為だろう。

有力な貴族の子息ともなれば、必ず社会に出た後に他者の上に立つ事になる。

この派閥競争はその練習として丁度いいのだ。

言ってしまえば学園は、わざと生徒達に『戦争』をやらせる事で、いずれ貴族社会に出た時の為の予行演習をさせているのである。

そして、その予行演習の戦争で崖っぷちに追い詰められているのがフェリックスであった。

三年生の時から少しずつ味方を増やし、同級生を纏めて誰にも無視出来ない勢力となった。

最初は優勝出来なかったものの好成績を残し、四年生の時は準優勝まで行った。

そして必勝を期した今年度……だが去年の狩猟祭の後に起こった騒動が原因でフェリックスの地位は揺らいだ。

名声を高め、他の兄弟との差を見せつけて父に認めさせるはずだった自らの誕生日。

そこで彼は、自分を遥かに超える怪物（妹）を表舞台に引きずり出し……父からの関心を完全に失った。

招いた貴族達を危険に晒したあの事件は瞬く間に広がり、周囲の失望を買ってしまった。

その影響は学園にまで届き、彼を中心とした派閥は今や去年の半数以下にまで規模を落としてしまっている。

他人というのは現金なものだ。

甘い蜜を吸えなくなると知るや、次々とフェリックスの下から離れていった。

残っている者の大半は、弱ったフェリックスにあえて従う事で強く恩に着せようとしている狡猾な者達である。

だがその者達も、グリューネヴァルト家の実情を知らないだけだ。

『こんな状況になっても自分は見限らないので、自分の事を優遇してくれ』と言っているのだ。

ベルンハルトの関心がとっくに妹の方に移っていると知れば、彼等はこぞってフェリックスを捨ててメルセデスに擦り寄るだろう。

これもまた、卑怯な行いではない。

群れを維持するならばリーダーは強くなければならない。

弱いリーダーなど誰もいらない。

自然においても、弱いリーダーが群れの獣に殺されてその座を奪われる事は多々ある事だ。

授業が終わり、寮へと続く廊下をフェリックスは一人で歩く。

取り巻きは一人もいない。

今、彼はこの上なく孤独で惨めであった。

だからだろう。そこに付け込もうとする者が現れるのは。

「フェリックス・グリューネヴァルト様ですね？　貴方に、いいお話があります」

そう言って突如話しかけてきたのは、白い装束に身を包んだ男で——手には、封石が握られていた。

生徒の仮装か、それとも他の派閥の回し者か……どちらにせよ、警戒すべき相手である事に違いはない。

何より気になるのが、相手がこれみよがしに持っている石だ。

フェリックスはそれに見覚えがある。あの忌まわしき誕生日でボリスが使った物と同じだ。

となると、当然あの中には魔物が封じ込められているのだろう。

そこに入っている魔物がどのレベルなのかは知らないが、以前出たベーゼデーモン級の魔物ならばフェリックスの手に負えないだろう。

「いい話、だと？」

「はい。こちらの石にはフェリックス様も見覚えがあるでしょう。これは封石といい、魔物を封じて持ち運べる品でございます」

「……ボリスが使った石も、君が用意した物なのか？」

「はい。そのとおりです」

フェリックスの問いに白装束はあっさりと白状した。

隠す必要はないという事なのだろう。

あるいは隠すほどの相手ではないと思われているのかもしれない。

どちらにせよ、舐められている事だけは間違いなさそうだ。

「この中にはベーゼデーモンと同レベルの強力な魔物が封じてあります。これを貴方に差し上げましょう」

「……それで僕が受け取るとでも？　僕はそこまで愚かだと思われているのか？」

受け取るわけがない。

そんなのは誰でも分かる事だ。考えるまでもない。

相手の正体も目的も不明で、しかもフェリックスの立場が危うくなった原因はそもそもこの男がボリスに渡した封石にこそあるのだ。

それで今度は貴方にあげますよと言われて、どうして受け取ると思う。

しかし白装束はその返答を予期していたように笑う。

「しかし愚か者にならなければ、貴方は家を継げない」

「…………」

「貴方の立場は非常に危ういものだ。その上優秀すぎる妹までいる。何より決定的なのは……貴方は、ベルンハルト卿の本当の息子ではないという点だ」

「貴様！」

「おっと失礼。しかし薄々感じてはいたのでは？　貴方の金髪は母君と父君、そのどちらのものででもない。ならばその髪は一体どこから遺伝したのでしょうね？」

フェリックスはすぐに言い返せなかった。

母の不貞を疑うわけではない。

だが現実として自分の髪の色は母とも父とも異なるのだ。

加えて、何よりも……似てないのだ。

父と自分は絶望的なまでに似ていない。

髪も、顔立ちも、気性も、好みも、何もかもがまるで違う。

だからこそ、妹を妬んでしまう。

一目見て分かるほどに父の血を濃く継いでいる、それでいてグリューネヴァルトの名にも家にも、さしたる執着を見せていないあの妹がこの上なく羨ましく、自分でも醜いと分かっていても妬ましく思うのだ。

何という皮肉だろう。誰よりも父に認められたくて、家を継ぎたいと思っている自分が父に似ていないのに……父に認められようという気持ちなど全くなく、単に利用価値がある程度にしか考えていない妹の方が父に似ていて、誰よりもグリューネヴァルトの名を継ぐに相応しいのだ。

「貴方はこのままでは認められない。家名も継げない。これは、そんな不憫な貴方の力になるものです」

「……そういうのをマッチポンプと言うのだ」

「然り然り。されど、貴方にはこれに手を伸ばすに足る理由がある。少なくとも周囲は貴方の暴走と思うでしょうな」

白装束の奥で男が笑う。

この言葉で確信した。この男は最初からフェリックスの同意など求めていない。

要は周囲がどう思うかが肝要なのだ。

フェリックスには暴走するに十分な理由があって、邪魔に思う妹がいて、自らの意思で愚かな真似をしてもおかしくない。

「なるほど、読めてきたよ。君達にとって僕の意思などどうでもいい。僕がこの石を然るべきタイミングで使うという事実こそが必要なんだ。この石の中の魔物……僕の言う事など聞かないんだろう？　恐らく、以前のベーゼデーモンと同じように……あるいはそれ以上に暴れまわり、被害を増やすんじゃないのか？　それで貴族の子息に死者でも出れば最悪だ。僕のみならず、その責は父にまで及ぶ。そして世間は思うだろう。『グリューネヴァルトの息子が妹への嫉妬で暴走し、周囲にまで被害を出した』と」

「ほうほう。興味深い考察ですな」

「そうなれば父の権威にも翳りが出る。初めから狙いはそれだ。ボリスを使って僕を焦らせ……あるいは焦って暴走しても不自然ではない状況を作り、僕を使って父の名を落とす。それが君らの目的と見た」

彼等の狙い。それは最初から『状況を作る事』だったとフェリックスは読んだ。

こちらの同意を求めていない事から、恐らく相手を操る催眠か何らかの魔法を使えるのだろう。

雷属性の魔法にそういうものがあるのだ。

禁呪とされ、使用する事がそのまま極刑に繋がるという禁じられた魔法。

相手の脳に干渉する事で認識や考えまで変えてしまうような危険な魔法が確かに存在している事をフェリックスは知っていた。

ただし極めて難易度が高く、相手が無抵抗でもなければまず成功しないので戦闘での実用性は低い。

だがその魔法でフェリックスをいきなり操って暴走させても、それではベルンハルトの名は落ちない。

あまりに不自然な暴走は周囲に『何かがあったのだ』と思わせてしまうからだ。

だからまずはボリスという馬鹿を使ってフェリックスの立場を危うくし、暴走してもおかしくない状況を作った。

そして狩猟祭という最高のタイミングでフェリックスに封石を使わせる事でベルンハルトの影響力を落とすのだ。

この作戦は逆に言えば、それだけ彼等がベルンハルトを恐れている事の証明でもあった。

「ほぼ正解、とだけ言っておきましょう。そしてそれだけ察しがいいのならば、私が十二分の勝算を持ってここにいる事も分かるでしょうな」

「ああ。先程から不自然なまでに生徒がいない。そしてこうして僕の前に立っている君も、僕を容易に無力化出来るだけの技量を持つのだろう」

「無力を悟るのは哀しい事ですな」

白装束は嘲(あざけ)るように言う。

目的がバレたところで彼に痛手などない。

既に策は成っているのだから。後はフェリックスを操り人形とすればそれで事足りる。

だがそんな彼を、フェリックスは哀(あわ)れむように見ていた。

「分かってないな」

「……？」

「君はベルンハルトという男を全く分かっていないと言ったんだ」

フェリックスはこの男に勝てないだろう。

だがベルンハルトへの理解という一点においてのみ、勝る自信があった。

認められたくて、ずっと見ていたのだから。

「その程度の策を見抜けない男じゃない。一代で公爵家にまで成り上がり、貴族社会を暴力と策謀で踏み越えてきたベルンハルト卿だぞ。君達の企ても、次に接触する相手が僕である事も、とうに見抜いて手を打っているだろう」

「……ハッタリですな。ベルンハルトは貴方に一切接触していない。手紙でのやりとりも、注意喚起すらも。何一つ告げずに我が子を囮として利用するなど……」

「やるんだよ。あの吸血鬼(ひと)はそういう事を、躊躇なくやってしまえるんだ」

フェリックスの言葉が終わるや否や、白装束の背筋を悪寒が駆け抜けた。

やばい。

何がやばいのかは分からないが、長年裏で生き続けてきた彼の直感がここに留まる事を危険だと感じていた。

それに従い跳躍すると同時に、寸前まで彼のいた場所を刃が通り抜ける。

刃の持ち主は――ハンナだ。いつの間にか近づいてきていた彼女が、短刀を薙いでいた。

「……いつの間に……」

「ん、外したか。反応いいね……けど」

初撃は回避した。

だがそれすら囮だ。

次の瞬間、廊下の窓ガラスが一斉に砕け散り、それと同時に白装束の顔面に蹴りがめり込んでいた。

何の事はない。廊下の先に待機していたメルセデスが音速で突っ込んできただけだ。

白装束は勢いよく吹っ飛び、ついでに衝撃波でフェリックスまで転倒した。

反動で跳んだメルセデスは空中で回転し、天井を蹴って床に着地を決める。

白装束が吹き飛んだ先もまだ終わりではない。

そこにはマスケット銃を構えたウサちゃんがおり、飛んでくる白装束の足を正確に撃ち抜いた。

そして射線上から飛び退いて、飛んでいく白装束を見送りながら次弾を素早く装填。

未だ飛び続ける白装束の残った片足を正確に狙撃し、機動力を奪い取った。

「ハンナ。何故あの兎は銃を持っているんだ」

「何か欲しがってたからあげたらね、凄い腕がよかったの……」

『現地識別名〝メルダーハーゼ〟。武器の扱いに長けた兎型の魔物です。素手での戦闘能力は雑魚ですが、刃物、鈍器、弓、銃器に至るまであらゆる武器を使いこなし、ナイフ一本握っただけでランクが大きく変動する珍しい種です。同じ兎型で弱小種である〝デアライエハーゼ〟が多くの戦いを生き延びる事のみで突発的に進化するため、時折ダンジョンの浅い層や弱い魔物しかいない平原に出現して油断したシーカーなどを全滅させる事もあります。また、密閉された空間を嫌って進化と同時にダンジョンの外に出てしまうのでダンジョンへの登録は極めて困難とされています。所有する武器によって強さが変動しますが、銃を持たせた際の危険度はアシュタールを上回ります』

ツヴェルフが説明している間もウサちゃんの動きは止まらない。

ウサちゃんは次弾を装填して、倒れている白装束へ狙いをつけて発砲した。

足の次は腕だ。瞬く間に四肢を撃ち抜いて無力化し、勝利の後の一服としてハンナに火を求めた。

「ウサちゃん、葉巻は外でって言ってるでしょ」

葉巻に火を付けてほしいらしい。

「………………」

しかし世間は喫煙家に厳しい。

ウサちゃんの耳が感情を表すように、少し垂れた。

第四十六話　一件落着？

フェリックス襲撃より一朝が暮れた夜。

メルセデス、ジークリンデ、ハンナ、フェリックスの四人はメルセデスの部屋に集まり、件の事で話し合っていた。

あの白装束は無力化した後にハンナの部下達が引き取り、尋問にかけたらしい。

また、他にも周囲を張っていた数人の白装束を捕縛しており、ハンナが確認した限りではもう学園に敵はいないという。

全てを捕縛したわけではない。

少数を残して敵が撤退してしまったのだ。

ハンナ達が捕まえたのは、その残された少数の隠密兵だけである。

「それで伯母さん、奴からは何か聞き出せたか？」

「一応情報は搾（しぼ）り取ったけど、既に知っている以上の情報は持ってなかったよ。あえて言うなら隠密隊の目的はジークリンデ王女の暗殺ではなく捕獲だったって事くらいだけど、それももう過去の事だしね。今回の事も本当に、ベルンハルトの影響力を落とす為のものだっていう情報以外は与えられてないみたい」

メルセデスの問いにハンナは困ったように言う。

今回捕らえた白装束は敵の隠密兵の中では小隊長クラスで、そこらの雑魚とはレベルが違う。

ほぼ不意打ちだった上に多対一だったから楽に勝てたものの、ハンナの初撃を回避するだけの技量はあったのだ。

だから重要な情報を持っていると思ったし、ベルンハルトもそれを期待してフェリックスを囮にした。

だが結果は振るわず、出てきたのは古い情報ばかりだった。

「切り捨てられた、と見るべきか」

「はい。今回のベルンハルトの影響力を落とす作戦は元々、殿下の誘拐とセットで行うはずのものでした。殿下を攫い、国内で最も厄介なベルンハルトの発言力を落とす事でイザークが長く玉座に居座るように仕向け、そして機を見て殿下に王剣を握らせてイザークを玉座から落とす。そうする事で殿下とベアトリクス帝国が仲良く悪者をやっつけて、殿下に恩を売り、戦わずして実質的にオルクスを属国にする。それが敵の目論見（もくろみ）です」

ジークリンデの言葉にハンナが説明を入れる。

敵側の狙いはベルンハルトが推理したものだが、凡（およ）そ間違いはないだろうとメルセデスもハンナも思っている。

そして今回捕らえた白装束から搾り取った情報で推理が正しかった確証も得た。

だが既にベルンハルトが見切っていた以上、それは既出の情報でしかなく答え合わせにしかならない。

　つまり、聞き出せた情報は実質的に何もないようなものであった。

「肝心の殿下を手に入れられなかった以上、この作戦は既に瓦解(がかい)しています。残念ながらあの白装束は、他の幹部が逃げる為の囮に使われたと見るべきでしょう。他の隠密兵は恐らく今頃、撤退を終えていると思われます」

「一手遅かったという事か」

「いえ、一手早すぎました。敵が動く前にその出先をベルンハルトとメルちゃんが潰してしまったので、敵は退かざるを得なくなったんです」

　そう言いながらハンナは頬を膨らませてメルセデスを恨みがましそうに見た。

　知らなかったとはいえ、ハンナの任務を最も邪魔したのはメルセデスである。

　存在そのものが怪しすぎてハンナを混乱させ、更にハンナより先にイザークの正体を貴族達の前で暴露して捕えてしまった。

　無論国の英雄である事は間違いない。褒められるべき事だ。

　ハンナが本来やるべきだった事を代わりにやったのだから、それを恨むのは筋違いだとハンナも理解している。

　しかし一方でメルセデスが迅速に動きすぎたのが原因で、敵の隠密部隊の幹部クラスを捕まえる暇もなく、計画を前倒しにしなくてはならなくなったのも事実であった。

　勿論敵の計画はこの時点で崩壊しているので、逃げるのは当たり前である。

しかしハンナに落ち度がないわけではない。

彼女がしっかりとベルンハルトと連絡を取り合ってメルセデスの正体を把握していれば迷走などしなかっただろうし、打ち合わせをした上で共闘する事も出来た。

彼女もそれが分かっているから複雑なのだ。

「一応抗議文も送りましたが、知らぬ存ぜぬを通されて終わりでしょう。ベアトリクス帝国の者と分かる証拠もありませんでしたし」

「待て。襲撃のタイミング的にAクラスに内通者がいるはずだ。そちらはどうなっている？」

「もう捕まえたよ。殿下の取り巻きいたでしょ？　あの中の一人がそうだったから、『転校』させておいた。……でもねえ、なーんかアッサリすぎるんだよねえ。撒き餌にでも引っかかったみたいでモヤモヤする」

Aクラスには襲撃のタイミングを指示していた内通者がいた。

メルセデスはそれをハンナだと思い、ハンナはメルセデスだと思った。

だが実際はどちらでもなく、全く関係のない目立たない場所から密偵が出てきてしまった。

まあ、密偵なのだから目立つわけがない。当たり前の事だ。

しかしハンナはこれに納得出来ていない。

密偵がいると思って探したら本当に密偵がいた。喜ぶべき事だ。

これで学園内から敵を排除出来たのだと考えていい。

しかしハンナの勘が告げるのだ、『まだ油断するな』と。

「……その……何か、僕の知らないところでえらい事になってたんだな……」

そして今回巻き込まれてしまったので、話し合いに参加させられたフェリックスは顔を青くしていた。

何もかもが初耳で、自分がここにいていいのかと気後れしてしまう。

王剣の正体がダンジョンとか何それ。今初めて知りました。

ジークハルトがジークリンデで影武者が本物で？　ややこしくて意味が分かりません。

ハンナおばさん、何で十一歳の子供に混じって授業受けてるんですか？　ご自身の年齢考えてください。

イザーク王が偽物で国王一家も偽物？　あの噂本当だったんですね。

そしてもう父と妹がフルボッコにして処刑済み？　どういう事なの。

「フェリックス君が気に病む事じゃないよ。子供はこんな事に本来関わるべきじゃないんだから。むしろ巻き込んじゃった事を私が謝らなきゃいけないくらいだよ」

「し、しかしメルセデスは……」

「この子は参考にしちゃ駄目」

何やらハンナから不当な評価をされている気がしないでもない、とメルセデスは思った。

ともかく、学園から敵がいなくなったなら何よりだ。

これでようやく学業に打ち込めるし、結果論ではあるが王族に恩を売れたのは大きい。

これならば学園を卒業した後に、他のダンジョンを探す際に力になってくれるだろう。

勿論今のうちにグリューネヴァルト家の力で他のダンジョンの情報も集めるつもりだ。

とはいえ、今のままでダンジョンを制覇出来ると思うほど自惚れてはいない。

まずは基盤固めだ。焦る必要はない。

今まで何百年も制覇されなかったものが数年放っておいただけで先を越されるものか。

学園に通うこの七年間で伸ばせるだけ自らの力を伸ばす。そうしなければダンジョンの制覇どころか、ベルンハルトに勝つ事すら難しいだろう。

「ハンナおばさん。聞きたいのだが……僕はやはり、父上の子ではないのか？」

「……敵に言われたの？」

「ああ。いや、本当は自分でも薄々思っていたんだ。僕は父に全く似ていないし、髪の色も違う。だから……もしかしたら、母上が他の男との間に作った子供なのではないかと……ずっと思っていた」

「フェリックス君のお母さんというと、ヴァルブルガさんだよね。浮気なんてする吸血鬼(ひと)には思えないけど……あー、でも旦那があれじゃ浮気したくなってもおかしくないかなあ」

どうやらフェリックスの母はヴァルブルガというらしい。

誕生会で一度見た、桃色の髪の女性がフェリックスの母だったはずだ。

見た目は可憐な夫人だったが、名前は随分と雄々しい。

人が乗り込む巨大ロボットの名前だったとしても違和感がなさそうなくらいにかっこいい名前だ。

合体機神ヴァルブルガ、地球の未来の為に発進！

「そっちは調べた事ないからなあ……というか、いくら弟のお嫁さんだからって敵でもない相手のプライベートなんて調査しないし……」

ハンナは腕を組み、困ったように言う。

実際のところ、フェリックスが浮気で出来た子供だったとしても違和感はないのだ。

ベルンハルトはあんな性格だし、妻に愛など当然向けない。家族サービスもしない。

いくら待遇をよくしようが、それでは浮気されても文句は言えないだろう。

少なくともハンナ自身はベルンハルトのような夫は御免だと考えている。夫があんな男だったら今頃離婚していただろう。

「まあ、髪の色が両親と違うっていうのは珍しいけど、有り得ないわけじゃないよ。例えばお婆さんとかお爺さんとかの血でそうなる事もあるって言うし」

「そ、そうかな」

「うん。大丈夫だよ、きっと」

ハンナは笑顔でフェリックスを勇気付け、肩を叩く。

それから今回の話し合いは終了となり、各自は自分の部屋へと戻った。

それを見送り、メルセデスと二人だけになった部屋でハンナは天井を仰ぎ見る。

「メルちゃんどうしよう。ヴァルブルガさんのご家族に金髪って一人もいないんだけど」

「おい」

そしてサラリと、フェリックスが聞いたら失神しそうな爆弾発言を投下した。

第四十七話　動かなかった男

フェリックスの生まれの話題はメルセデスもハンナも、自然と避けるようになっていた。

下手に深く探りを入れても、いい結果が出るとは思えなかったからだ。

メルセデスとしてはフェリックスに家を継いでもらえれば一番楽だし、ハンナもフェリックスを無意味に追い詰めたいわけではない。

なので、二人ともこの話題は出すべきではないと考えたのだ。

それから何度か日が沈み、生徒達が待ち望んだ狩猟祭の日がやってきた。

主な参加者は大体三学年以上で、全員がどこかしらの派閥に所属している。

そうでないのはメルセデスとジークリンデくらいだろう。

もっとも、ジークリンデは本人が望む望まないにかかわらず既に周囲には何人かの生徒が寄ってきて、勝手に派閥のようなものを形成しているので個人参加とは言い難い。

また、かつては女生徒中心だった親衛隊は何故か野郎中心と化していた。

これはジークリンデの性別カミングアウトのせいだろう。

高貴なお姫様の騎士は男の子の憧れだ。

「今年も、狩猟祭の季節がやってきた」

生徒達は今、入学式でも使われた大ホールに集まって学園長の話を聞いていた。

学園長は頭の禿げあがった老人で、常にヨロヨロとふらめいている。

どうやら不老期がとんでもなく遅かったらしい。これでは不老期の意味がなく、彼はこれからの生涯をずっと老人として過ごさなければならないのだろう。

そう思うと何だか哀れであった。

「フレデリック・ベッケンバウアー君っていうの。私の同級生だったんだよ。でも不老期が九十歳まで訪れなくて……」

「……運命とは不公平だな」

学園長――フレデリックは何とハンナと同年代らしい。

これは酷いとメルセデスは流石に同情した。

片や子供にしか見えず全盛期前に成長が止まった永遠の合法ロリ。片や不老期の意味が殆どない永遠のご老体。運命とはかくも不公平なものなのか。

「でも凄い努力家なんだよ。才能ゼロだったのに必死に頑張って学園長になったんだから」

「才能ゼロとか言ってやるな」

才能ゼロの永遠の老人は壇上で長々と話をしている。

自分が若かった頃はエネルギッシュだったとか、髪もフサフサだったとか、ハンサムだったとか。

つまりは、狩猟祭に全く関係のない思い出話であった。

やがて他の職員によって強制的に壇上から降ろされ、代わりにグスタフが説明を引き継いだ。

「狩猟祭のルールを説明しよう。時間制限内に決められた範囲から出ず、魔物を倒して特定の部位を持ち帰れ。それだけだ。持ち帰れる量ではないという泣き言は聞き入れん。駄獣を使うなりバックパックをあらかじめ用意するなり、いくらでもやり方はある。そこも本人の機転として評価される部分だ。制限時間を過ぎても獲物を狩る者、範囲外へ出る者はその場で失格となる。また、他の生徒への攻撃も同様に禁止だ。発見次第退場してもらう」

今回、狩猟祭の舞台となるのは以前も授業で使われた平原だ。

だがそれに加えて近くの森や丘なども移動可能区域として開放されていた。

上空では魔物に乗った教師がスタンバイしており、緊急の事態に備えている。

「説明は以上だ。各々の力を存分に示せ」

そう言い、グスタフはマスケット銃を空へ向けて発砲した。

狩猟祭開始の合図だ。

生徒達は一斉に、弾かれたように飛び出した。

生徒達を送り出した後、グスタフは学園内にある教員用の部屋へと向かった。

この祭りにおける教師の役割は見張りと得点の集計だが、グスタフはそれらを他の教師に任せてフリーとなっている。

別にサボっているわけではない。むしろ有事の際にすぐ動けるようにフリーの人材を残しておくのは重要な事だ。

教員室へ入ると、そこにはグスタフ以外に先客がいた。

教員ではないが、生徒とも言い難い。立場上は生徒という事になっているが、実際は百歳を超えている事をグスタフは知っている。

「……ハンナ先輩か」

「やっほ、グスタフ君」

英雄グスタフ・バルトはベルンハルトの同年代であり、そしてハンナにとっては後輩に当たる。

だからこそハンナはグスタフの事をよく知っていた。

ジークリンデが学園で狙われていた事……何度か襲撃されていた事……そして学園に潜んでいた敵国の間者達。

グスタフはそれに気付かない男では断じてない。

だが彼は今回の一件において、驚くほどに何のリアクションも取らなかった。

まるで知らん顔をしているように、徹頭徹尾ただの教師で在り続けた。

それがハンナには不思議でならなかった。

「何で、動かなかったの？」

「…………」

「質問の意味、分からない？」

「いや」

グスタフはハンナの問いに、至極どうでもよさそうな態度を見せた。

それから周囲を見るが、不思議と他の教員が来る気配はない。

どうやらハンナが人払いをしたようだ、と察した。

「帝国が王女の身柄を狙っている事は知っていた。イザークを悪役に仕立てて彼女を王座に即けることで操ろうとしている事もな」

「……直接聞いたの？」

「そうだ。わざわざ俺の前に現れ、邪魔をするなと釘を刺していった」

なるほど、とハンナは思った。

確かに帝国からすれば、学園で一番厄介だったのはグスタフだ。

だから先に釘を刺すのは正しい選択だろう。

下手に暗殺など試みようものなら、返り討ちになるのが目に見えているしグスタフを完全に敵に回してしまう。

だが関わるなと言われて、はいそうですかと従うのもまた、おかしな話だ。

「それで本当に邪魔しなかった……っていうのも、ちょっとおかしくない？」

「俺にとってはどちらでもよかっただけだ。帝国の策が上手く行けば、この国は実質上の帝国傘下となっただろうが、同時に帝国という後ろ盾を得る事にもなる。対等の敵から上下が分かれた味方になるのはベルンハルトのような者からすれば面白くないのだろうが、俺のような戦うしか能がない男にとっては、何も変わらない。むしろ敵対していた吸血鬼の国同士が形はどうあれ、手を結ぶという点では利ですらある」

「生徒を守ろうとか思わなかったの？」

「奴等の目的が暗殺ならば、俺が奴等を殺していた」

大層な自信であった。

しかしその自信に見合うだけの実力の持ち主でもある。

だからこそ帝国も、先に彼には全てを明かして敵対しないようにしたのだ。

そして実際のところ、大局的に見るならば帝国に吸収されるのはそう悪い事ではない。いがみ合い、バラバラの状態にある吸血鬼の大国が形はどうあれ手を結ぶならば、それは国力の増強に繋がるし互いの平和を守るという点において大きな力となる。

つまり、貴族にとっては面白くないが一般市民から見れば利の方が大きいくらいなのだ。

支配者が代わろうが市民はいちいち気になどしない。自分達の生活さえ守ってくれるなら誰が王でもいいのだ。

「獣共は先の大戦に学び、種族統一を果たそうとしている。鳥公どもも着実に統一に向けて動き出し、エルフェに至っては既に統一国家化しているといっても間違いではない。吸血鬼だけが出遅れているのが現状だ。お前ならば分かるだろう。次に種族間での世界大戦が起これば……負けるのは俺達の方だ」

グスタフの言葉にハンナはすぐには言い返せなかった。

彼の言葉にも一理あったからだ。

八十年前に吸血鬼は獣人と戦争をし、かろうじて勝利している。

だがこの戦争は酷いもので、吸血鬼の国同士の連携が全く取れていなかった。

裏切りや騙し討ちすら当たり前だった。

それでも勝てたのは、相手も同じようなものだったからだ。

しかし敗戦から獣人は学んだ。

次があれば、負けるのは吸血鬼の方だ。

「だから帝国に支配されるべきだと?」

「言っただろう。どちらでもいいと。俺のような能無しが考えたところで事態はよくならん。なるようになれだ」

「それは……無責任じゃないかな」

「責任感に突き動かされ、無駄に自分で考えて被害を増やす無能こそ救いようがない。俺はお前やベルンハルトのように頭が切れる方ではないのでな……馬鹿が自分で判断すれば味方を死なせるだけだと、八十年前に悟ったんだよ」

神話に記された神の言葉にこのようなものがある。

有能な怠け者は司令官にせよ。

有能な働き者は参謀に向いている。

無能な怠け者も連絡将校か下級兵士くらいは務まる。

——無能な働き者は銃殺するしかない。

自分で考えて動くのはなるほど、立派な事だ。

だがそれが無能で、己を無能と自覚せずに動き回れば被害を増やすだけだ。

グスタフは、自分の事を無能であると断じている。

「俺はお前達のように生きられん男だ。お前達のように有能ではない」

「英雄の言葉とは思えないね」

「何が英雄なものか。俺は祭り上げられただけの錆（さ）びた剣にすぎん。味方の血で染まったどうしようもない屑鉄だ」

ただの剣であればいい。

使い手（国）の望むままに使われる剣であればいい。

剣が自ら考えて動き、敵を斬ればそれはただの不良品だ。

グスタフはそう考えるが故に、考える事を放棄していた。

「グスタフ君……やっぱり、まだあの事を……」

「話は終わりだ。安心しろ、俺は帝国の配下などではない、ただ誰も使っていないだけの古びた剣だ」

剣は自分で動かない。自分で考えない。

何が正しくて正解なのかは、上の連中が考えるべき事だ。

賢い連中があれこれ考えるからいい未来に繋がるのであって、それを馬鹿が自分の判断や責任感で台無しにしては暗い未来にしかならない。

グスタフはその事を嫌というほど思い知っていた。

「一つだけ教えておいてやる。もう俺のクラスに内通者などいない」

それだけを言い、グスタフは出ていった。

教室に取り残されたハンナは、下唇を噛んでドアを睨む。

「……古びた剣ねえ。じゃあ、何で……教師なんて職に就いてるのよ……。自分の間違いを繰り返させたくないからじゃないの？」

ハンナのその言葉は、グスタフには届かなかった。

第四十八話　孤高か孤立か

ハンナが戻った時、狩猟祭は既に終わっていた。

まだ制限時間は過ぎていないが、それでも終わっていた。

積み上げられた屍の山。

平原を染める血の海。

数多の死体を玉座代わりに座るのは、欠けた月。

そこには、狩猟祭の魔物を殲滅し、単独優勝を飾ったメルセデスの姿があった。

派閥も、そこに属する生徒の考えも因縁も、その全てを知らぬと踏み潰し、一緒くたに纏めて轢殺した。

道路を走る車が、その進路上に偶然いただけの虫に気付く事はない。

その虫がゴキブリだろうがアリだろうが蟷螂だろうが、知らぬと纏めて潰してしまう。

雷鳴だの螺旋だの鮮血だの濃霧だなどと、全てメルセデスにとってはどうでもいいお遊びだ。

故に同価値。纏めて眼中にない。

下らない派閥争いはこの日、メルセデスという存在が狩猟祭に出た事によって終焉を迎えてしまったのだ。

(やはり、学園のイベントならばこんなものか。魔物の質が低い)

所詮は学生レベル。メルセデスの敵になる魔物はおらず、全てが雑魚だった。

それでもここまでやってみせたのは、派閥からの誘いがいい加減鬱陶しかったからである。

これでは学業に専念出来ないし、下らない派閥争いに巻き込まれて足を引っ張られるのは最悪だ。

出る杭は打たれる。

派閥間同士での足の引っ張り合いは決して珍しい事ではなく、目障りな相手を貶めるなど当たり前の事だ。

メルセデスはその能力故に、どこの派閥に属しても、あるいは属さなくても目障りと見られて打たれた事だろう。

――だから、差を見せつける事で黙らせる事にした。

出る杭は打たれる。だが出すぎた杭を打つことは出来ない。

自分の背よりも遥か高く、木々よりも尚高く伸びた杭など打ちようがない。

この差を見て打てるものなら打ってみろ。その時潰されるのはお前達の方だ。

メルセデスは、この結果をもって派閥ごっこをしている全員にそう告げたのだ。

別に派閥ごっこを咎めるわけではない。それも貴族社会に出た時の為に必要な予行演習なのだろう。

だから止めない。やりたければ自分達だけでやっていてくれ。

そう語るまでもなく、この目に見えて分かる絶対的な差に全ての生徒が悟るしかなかった。

(メルちゃん……派閥争いに巻き込まれたくなかったのは分かる……分かるけど……。これ、駄目だよ……駄目なやつだよ、これ……)

ハンナはメルセデスのやり方に、不安を覚えた。

これは駄目だ。駄目なやり方だ。

確かに派閥争いを避けるという点では効果的なのは間違いない。

だが、これはいけない。

こんな事をしては、周りから誰もいなくなってしまう。

吸血鬼は力の信奉者だ。力があれば平伏す者が大勢出る。

つまりここまで差を見せてしまった今、メルセデスの周囲には信奉者しか残らない。

対等の友が得られない。対等のライバルを得られない。

このやり方では支配者にしかなれないのだ。

誰が先に屈したわけでもなく、気付けば参加者の九割が屈していた。

策士を気取っていた者がいた。

道化を演じていた者がいた。

プライドの塊のような者がいた。

力だけしか能がない粗暴な者がいた。

その全てが、メルセデスから見れば平等に無価値だ。

この結果に客席のベルンハルトだけが満足して頷いている。彼はとてもご機嫌であった。

無意識のうちに跪く吸血鬼達の横を素通りし、メルセデスは袋を引きずって教師の前へと向かう。

袋の中身は狩った魔物の討伐部位が無理矢理押し込まれている。

顔色を青くした教師にそれを押し付け、メルセデスは控室へと向かった。

すると、彼女に道を開けるように生徒達は一斉に退いた。

欠けた月は満月にならない。

何故なら、自分を満たしてくれるものを自ら遠ざけてしまうから。

自分の周りに漂う有象無象が、必要なパーツなのか、それともただのゴミなのかが分からない。

だから一緒に纏めて遠ざけ、それでも欠けた部分を補うために全力で前進を続ける。

だが前進の邪魔だからと、必要なものごとゴミを薙ぎ払う。まさに負のサイクルだ。

そんな吸血鬼に近づく者などおらず、故にいつまでも欠けたままだ。

馬鹿は死んでも直らない。自力では直せない。

自らが破綻し、ズレている事を自覚しながらも前に進み続ける事しか出来ないのだ。

そう、自力では直せない。

「メルセデス！」

誰もが恐れ、道を開けるメルセデスの前に近づく者がいた。

それはジークリンデだ。

彼女は空気を読まず、周囲の反応を無視してメルセデスへと声をかけた。

「凄いじゃないか、優勝だぞ」

「ああ、そうだな」

「もっと嬉しそうにしたらどうだ？」

「別に嬉しいとは思わないかな」

メルセデスは相変わらずの冷たい対応である。

もうこれは、こういう性分なのだから仕方ないのかもしれない。

誰かによく思われたいという思考がない。

悪い意味でメルセデスは正直者なのだ。

だから誰が相手でも、まるで感情がないかのような態度を取ってしまう。

無論相手によって多少は変える。

そこらのチンピラと、マルギットのような家族に対して同列の扱いは流石にしない。

だがそれは、そうするべきだと思っているからしているだけで、本当はメルセデスの中でこの両者に大きな価値の違いなどないのだ。

自分は姉だから妹を守る義務がある。

良識ある者ならば妹を大事にするだろう。

家族は大切にするものだ。

全ては付加価値を見ての判断でしかなく、仮にチンピラとマルギットの付加価値が逆転したならば――メルセデスはきっと、マルギットを捨てるだろう。

『お前は人の心が分からない』……前世で散々言われた言葉である。

「それより、お前は平気なのか？」

「何がだ？」

「周囲の反応を見ろ。どうも私は引かれているらしい」

引かれている……というよりは、有象無象が鬱陶しかったから意図的に引かせた、という方が正しい。

出すぎた杭を他者が避ける心理の働きがある事をメルセデスは知っていた。

頭一つ抜けた者は嫌われるが、頭一つどころか空まで飛んでいったような者は嫌われすらせず、目を逸らされるのだ。

自分よりも大きい相手に嫉妬を抱く事はあっても、天高く聳（そび）える巨木に嫉妬する者などいない。

人は、競争相手ですらなくなった相手は一周してどうでもよくなってしまうのだ。

張り合うだけ無駄だし、アレに負けても恥じゃない。だからアレはもうどうでもいいや。

そう、思うようになるのだ。

「分からんな。凄いものは素直に凄い。それだけだろう？」

「……そういうものか？」

「うむ。私は凄いと思うぞ」

そのやりとりを聞いて、ハンナは思わず笑った。

なるほど、そう考える者もいるのか。

このジークリンデの反応はある種、普通ではない。

素直すぎるし、綺麗すぎる。吸血鬼(ひと)の心は本来、そんな白くない。

しかし稀(まれ)にいるのだ。どこか他とズレている人種というものが。

きっと元々善性に大きく偏っているのだろう。ある意味ではジークリンデも破綻者に片足を突っ込んでいる。

思えば、自分の暮らしを奪い影武者として教育を施したあの国王一家にすら彼女は怒りを見せなかった。哀れみすらした。

為政者としては失格もいいところだが……広告塔としてならこれほどの逸材はいない。

そして、そんな彼女だからこそメルセデスの前からいなくならない……のかもしれない。

（メルちゃんがベルンハルトと同じ道を歩むかと冷や冷やしてたけど……これは、もしかしたらもしかするかもねえ。メルちゃん自身は学業に専念する為に面倒事を解決した程度の認識なんだろうけど、打算があろうと善行は善行。因果応報で巡ってくる）

ハンナは腕を組んでうんうんと頷き、満足そうに笑った。

（ベルンハルト……貴方の娘は、貴方と違う道を歩むかもしれないわね）

ベルンハルトは、一人だった。

彼を理解する者はなく、ハンナですらベルンハルトと折り合いをつけて接する事が出来るようになったのは成人した後の事だ。

そして気付いた時にはもう手遅れで、ベルンハルトはああなっていた。

だがメルセデスはまだ間に合う。彼女の隣には、彼女自身がそう認識しておらずとも、確かに友と言える者がいるのだから。

何となくベルンハルトを見ると、物凄く不機嫌そうな顔で周囲を引かせていた。

こちらはこちらで、何かキャラが変わっている気がしないでもない。

第四十九話　内通者

狩猟祭から季節は巡り、前期の終わりがやってきた。

これまでに学んだ事を筆記と実技に分けて試験するとあって、生徒達の間に緊張が高まるがメルセデスはリラックスしたものだ。

学業などというものは普段学んでいるものをしっかりと復習し、覚えてさえおけば誰でもいい点数が取れるように出来ている。頭の良し悪しは関係ない。

賢い者でも遊んでいれば悪い点数を取るし、馬鹿でもとりあえず学んでさえいればいい点数が取れる。

勿論記憶力の個人差などはあるし、本当にトップの点数ともなれば記憶力の高い者が上り詰めるのだから、最終的には頭の良し悪しも関わる。

だが馬鹿な秀才であっても、それなりの点数は取ろうと思えば取れてしまうのだ。

つまりは継続の問題だ。メルセデスの得意な事である。

実技の方は更に問題ない。

と、言うより免除されてしまった。

グスタフ曰く『試験官が自信を失うからもう合格でいいぞ』らしい。

何と適当な学園なのだろう。

しかしただ免除されたわけではなく、皆が試験を受けている間に学園長の部屋に行くように言われてしまった。

一人だけ成績が飛び抜けているので、これからの事も含めて一度話し合いたいと学園長が言っているらしい。場合によっては飛び級もあるようだ。

しかしメルセデスとしては順を追ってしっかり学びたいので飛び級は辞退しようと思っている。

学園長の部屋があるのは学園の最上階だ。

普段は教師以外滅多に立ち寄らない場所であり、ここまで来ると生徒の姿が見えなくなる。

扉の前には待機している教員がおり、メルセデスの姿を見ると通るように促した。

「失礼します」

「おお、来たか。さあ座っておくれ」

学園長——確か名前はフレデリックだったか。

彼はにこやかな笑みを浮かべてメルセデスを出迎えた。

まるで張り付けたような笑顔だな、とメルセデスは思う。

笑顔の裏に思惑を隠して近づき、相手をいいように操ろうとする者の顔だ。

前世で一番見てきた、そして一番嫌いな顔でもある。

フレデリックは机の上にメルセデスの成績表を出し、確認してから感心したように頷いた。

「筆記、実技共に堂々のトップ。狩猟祭も単独優勝。大したものじゃ。あれから君への誘いが学園に相次いでおってのう。あまりに数が多すぎるので、こちらで特にいいものを仕分けておる。いやはや人気者じゃな。……一応聞くが、全部見たいかね？」

「いいえ、どれも受ける気はありませんので任せます」

「ほっほ、欲がないのう。それとも逆に遥か先を見ておるが故にこんな小さな誘いには興味がないのかな？」

遥か先……と言われても分からないというのがメルセデスの答えだ。

何せ自分でも、自分がどこに行きたいのかが明確に分かっていない。

自分が辿り着くべき先が見えていない。

だからそれが近いのか、それとも遠いのかすら分からないのだ。

だが暫定の目標としてとりあえず、ダンジョンの制覇を考えている。

そういう意味で言えば、確かに先を見ているのかもしれない。

「優秀、優秀……まるで君の父君を思わせる優秀さじゃ」

そう話す学園長の言葉に一瞬、暗い何かが籠(こも)ったのをメルセデスは聞き逃さなかった。

表面上は穏やかに褒めているが……どうやら、あまりよくは思われていないらしい。

昔に父、あるいは同級生だったハンナと何かあったのだろうか。

「さて、今回君を呼んだ理由はズバリ、飛び級をするか否かじゃ。君の成績ならば一足先に上の学年に進んでも誰も文句は言わんじゃろう。望むならば今すぐにでも試験をする事が出来る」

「折角の申し出ですが、辞退させてもらいます。私はこの学園に基盤固めに来ています。それを飛ばして早く卒業しても目的は達成出来ません」

基礎を固めずして応用は出来ない。

メルセデスは先を見ているが、しかし焦ってはいなかった。

目下最大の脅威は父であるベルンハルトだが、少なくとも奴の庇護下にあるうちは事を構える必要はない。

ならばその期間を縮めるのはかえって悪手。下手をするとまだ成長すら満足にしていないこの身体でぶつかる事になってしまう。

はっきり言って、この幼い身体は戦闘向きではない。

出来れば身長は百六十くらいは欲しいし、手足ももう少し長い方がいい。

いずれベルンハルトと戦う時を考えれば、一足飛びはかえって危険だ。

……不安要素は、不老期が早い段階で来てしまう事か。

これればかりは運だが、出来れば二十歳くらいで来てほしいものだと思う。

ハンナのようになってしまっては目も当てられない。

「そうは言うがのう、メルセデスさんや。君は天才が同じ学年にいる凡才の気持ちを考えた事はあるかね？　惨めなものじゃぞ、あれは。何をしても見劣りして、決して敵わない事を思い知らされる……。君は同級生にそんな思いをさせたいのかね？」

「させたいとは思いません。しかし、させたくないとも思いません。それに、私がどこに行こうがそういう輩は出るでしょう。気にしていては何も出来ません」

「………………」

メルセデスにとって他人というのは、どうでもいいものだ。

妬むなら勝手に妬めばいいいし、足を引っ張るようなら潰すだけだ。

目的があってここに来たのだ。なのに七年間しか付き合わない相手の事など考慮して目的を果たせなければ本末転倒である。

目的の為ならば七年間、同級生から嫌悪の視線で見られるくらいは甘んじて受けてやろう。

どうせ、有象無象に嫌われたところで何とも思わないのだから。

「これは失礼した。君に強要するような言い方をしてしまったのう。許してくれんか？」

「構いません」

許すも何もない。向こうは教師として他の生徒の事を考えて大を優先して小を捨てようとした。

それだけだ。

主観的に見れば理不尽な物言いだったが、客観的に見れば至って真っ当な判断である。

異常なもの、理解出来ないものを排除しようとするのは生物として当然の働きだからだ。

だからメルセデスは学園長に対し、特に何も思ってはいなかった。

ただ、『こいつは私を排除したいんだな』と認識しただけだ。

「話は以上ですか？」

「うむ。各方面からの君への誘いの手紙は後日纏めてお送りする。もう下がってよろしい」

「では失礼しました」

メルセデスは一礼し、そのまま学園長室から出ていった。

「……本当に、父と似ているのう」

メルセデスがいなくなった後に、フレデリックは一人呟いた。

その声色は決して好意的なものではない。

忌々しいものを思い出すような、腹の底から絞り出したような声だ。

彼が思い出すのは自分の若き日の事だ。

彼の前にはいつもグリューネヴァルトがいた。

同級生のハンナに追いつけず、同期だというのに彼女の若々しさに嫉妬を抱いた。

下級生のベルンハルトは同じ男爵家だったのに、気付けば雲の上の大貴族だ。

先の戦争でも自分は必死に戦い手柄を立てたのに、ベルンハルトの活躍の前では霞んでしまった。

それでも必死にやってきたのだ。

才能に恵まれず、体格に恵まれず、不老期にすら恵まれず……凡才以下の非才の身で足掻き続け、ようやく学園長の座にまで上り詰めた。

天才には分からない。自分がどれだけ苦労したのかなど分からない。

どれだけこの地位に執着しているかなど絶対に分からない。

だがこのままでは、折角手にした学園長の座まで学園ごと失ってしまう。

ベアトリクス帝国との戦争が起これば……あるいは次にどこかの種族と戦争になれば、オルクスはきっと蹂躙されてしまうだろう。

自分が生涯をかけて手に入れたこの地位も、天才達の至極どうでもいい、糞のように下らない戦争の巻き添えで消えてしまうだろう。

だからそうならないように、手を回したのに。

だというのに、またグリューネヴァルトが立ち塞がる。

また邪魔をする。

貴族の誇りだの何だの……そんなものはどうでもいいのに。

そんなものより、国を守るべきなのだ。

その為ならば、支配されてもいいとすら思う。王がベアトリクス女王に変わるだけで、それで民が保護されるのならば、そうするべきではないか。

属国化大いに結構。そうするだけで王剣を二本携えた最強の女王の庇護に入れるのに、何故それを良しと思わない。

自分は間違えてなどいない。間違えているのは他の貴族共だ。

彼はそう、心から思っている。

「儂の学園じゃ……儂の地位じゃ……儂の、儂の全てじゃ……」

それを守る為ならば――王女の一人くらい、差し出してもいいではないか。

狂気の老人はゆっくりと。だが手遅れなほどに暴走を始めていた。

第五十話　跡取り問題

エーデルロート学園は前期の終わりに一度、後期の終わりにも一度の長期休暇がある。

一年で二度訪れるこの休みは十六日と定められ、それが終わればまた学園での生活へと戻る。

メルセデスとしては家に戻る意味もないので学園で自習でもしていようと思ったのだが、家から迎えの馬車が来てしまったので帰らざるを得なくなった。

無視してもよかったが、ハンナに『フェリックス君の肩身が狭くなるから帰ってあげて』と言われたので渋々従った。

フェリックス曰く『迎えが来たのは初めての事』らしい。

つまりこの馬車が迎えに来たのはメルセデスであり、だというのに肝心のメルセデスが乗らずにフェリックスだけ乗って帰ったら肩身が狭いどころの話ではないだろう。

「お姉ちゃん、おかえり！」

屋敷に帰るとマルギットが走って飛びついてきた。

それを優しく受け止め、微笑んでみせる。

普段無表情なせいで鉄仮面のように思われてしまっているが、別にメルセデスは笑えないわけでもなければ表情筋が死んでいるわけでもない。

その気になれば笑う事も出来るし、悲しんだような表情を作る事も出来る。

自分に懐いている妹がこうして好意を示し、飛びついてきたのならば、それは優しく受け止めてやるのが正しい対応だろうし、笑みの一つも見せてやるのが姉として正常な行動だろうと思っている。

だから、正しい行動をした。それだけだ。

「お、ね、え、さ、まー！」

続いてモニカがダッシュで走ってきたのを見てメルセデスは考える。

これも受け止めてやるべきなのだろうか。

しかし彼女には特に恩を売っていないし、懐かれる理由が分からないので不気味だ。

なのでこれは避けておく事にした。

「へぶ！」

メルセデスに避けられた事でモニカの抱擁は空を切り、そのまま勢い余って床を顔面スライディングした。

それからしばらく倒れたままだったが、やがて何事もなかったかのように立ち上がるとスカートの裾を摘まんで優雅に一礼をする。

「お帰りなさいませ、お姉さま」

「……ああ、うん。ただいま」

相変わらず行動と思考の読めない妹である。

メルセデスはマルギットを降ろし、母であるリューディアの前に行く。

彼女の血色は昔と比べて見違えるほどよくなり、気のせいか艶々と輝いていた。

元々魅力的な女性なのだ。ちゃんと栄養さえ摂っていればこうして誰もが振り返る美女になる。

「おかえり、メル。学園での事、いっぱい聞かせてね」

「はい、母上」

メルセデスの言葉は素っ気ないものだが、そういう娘である事は母も分かっているので何も言わない。

ただ笑顔で、帰ってきた娘を迎えるだけだ。

そんなリューディアの横を走り、桃色の髪の女性がフェリックスへと抱き着いた。

「おかえりなさい、私のフェリックス！　怪我とかしてない？　学園で苛められてない？」

「は、母上……只今戻りました」

フェリックスの母だ。

名前は……名前は何だったか。

そうだ、確か機動戦士ヴァルブルガだ。

違った、ヴァルブルガ・グリューネヴァルトだ。浮気疑惑のある婦人である。

ヴァルブルガはメルセデスをきつく睨むと、そのまま引きずるようにフェリックスを連れていってしまった。

あちらは随分とスキンシップが過剰な母親のようだ。

それにしても改めて見ると、フェリックスは確かに母親似なのだと分かる。

顔のパーツがいくつか似通っているし、髪の色が違えど確かに親子なのだと思わされた。

そしてやはりベルンハルト要素が全然ない。外見も、性格も。

もっともそれを言ってしまえばマルギットやモニカもベルンハルトに全然似ていないので、案外ベルンハルトの遺伝子は弱いのかもしれない。

ボリスは暴力的な面と顔立ちがやや似ていたような気もする。

そしてもう一人……もう一人？　はて、もう一人いたような気がするが誰だっただろう。

何か存在感の薄いゴット何とかという男がいたような気がするが……。

まあ思い出せないならさして重要でもないだろう。

メルセデスは思い出す事を放棄した。

◆

吸血鬼の貴族社会において食事は日に三度が基本である。

まずは一日の始まりである夕食。

日が暮れ始め、吸血鬼の時間である夜に差しかかるこの時間帯が他のファルシュで言うところの朝食に該当する。

続いて吸血鬼にとって最も活動しやすい深夜に取る夜食。

こちらは他のファルシュの昼食のようなものだ。

最後に一日の終わりである正餐（ディナー）。主に未明の時間帯に取るものであり、他のファルシュの夕食に相当する。

明るいうちに行動するファルシュに深夜食というものがないのと同様、吸血鬼には朝食などない。

何故なら吸血鬼にとっての早朝とは他のファルシュにとっての深夜のようなものだからだ。

その日の正餐は家族全員で取るという、グリューネヴァルト家には珍しい様相となった。

ベルンハルトに、その妻であるヴァルブルガ。リューディアを始めとする側室の女性四人。

それからフェリックス、メルセデス、モニカ、マルギット、ゴットフリートと勢ぞろいだ。

まず出された料理は当たり前のようにソーセージ。

一口齧（かじ）ると肉汁が溢れ、しっかりした肉の旨味に閉じ込められたハーブとスパイスの香りが味覚を直撃する。

濃い目の味付けで疲れた舌に、付け合わせのポテトサラダ(カルトッフェルザラート)のアッサリとした味は相性がいい。

次の品である子オークの丸焼き(シュパンヘルケル)はダンジョンには出ないとされるオークの幼体を豪華に丸焼きした一品だ。

オーク自体はさして珍しい魔物ではないが、ダンジョンに出るのは成体のオークであり幼体のオークはダンジョンから溢れたオークが子供を作る事でしかお目にかかれない。

故にこの上なく貴重であり、まず庶民には手が出ない高級食材だ。

柔らかい子オークの肉を小さくカットし、そこに酸味の効いたソースがかかっている。

表面はパリパリに焼け、中は驚くほど柔らかい。

味はむしろ淡泊な部類だが、だからこそ濃いソースの味とよく合う。

添えつけのパンは柔らかく、僅かな甘みがあった。

ジャガイモのスープ(カルトッフェルズッペ)は中に玉ねぎやベーコンが細かく刻んで入れられており、シンプルながら深みのある味わいだ。

パンとの相性は抜群で、パンにこのスープを吸わせるだけでまた違った味を楽しむ事が出来る。

これらの料理は全てシュフによって作られたものであり、これほど完成度の高い『料理』は吸血鬼の国では貴族であっても滅多に口に出来ない。

あの悪魔は方向性を完全に間違えている気がしないでもないが、いい拾いものだったなとメルセデスは思う。

余談だが、もしかしたらダンジョンの魔物は皆料理が出来るのではないかと思ってベンケイにも料理をさせてみたが、その結果黒い炭のような何かを出されてしまったので、やはりシュフだけがおかしいらしい。

仕方ないので炭はゼリーに食べさせておいた。

「それで貴方。いつになったらフェリックスが正当な跡継ぎだと公表してくださるのですか？」

「食事中だぞ」

「はぐらかさないでください！　いい加減、皆が見ているこの場で認めてください、フェリックスこそが跡継ぎであると！」

メルセデスが味に集中していると、ヴァルブルガ夫人がベルンハルトに何か喚き始めた。

どうやらベルンハルトはまだフェリックスを正式に跡継ぎであると発表していないらしい。

その事が夫人的には不満なのだろうが、それをわざわざここで言うとは随分無神経というか自分勝手というか……余裕がないというか……。

周りの夫人もリューディア以外は全員が嫌悪の視線でヴァルブルガを見ている。

「貴方自身も一度は、フェリックスを跡継ぎにする事に賛成したではありませんか！」

「他に候補がいなかったからな。だが状況は変わった」

「何が変わったというのです！　フェリックスは貴方の跡継ぎとして相応しい教養と実力を持ち、好成績も修めています！　あの子以外に候補などいるものですか！」

貴族の家督は基本的に長男が継ぐものだ。

それは決して絶対の掟(おきて)ではないし、場合によっては次男や三男が継ぐ事もある。

事故で長男が死んだ場合……あるいはあまりに世間の評価が低かった場合。

お家騒動はどこでもあり、実権を握りたい従者や縁者があえて幼い子供を神輿にして跡継ぎの座を奪い取る事もある。

『不幸な事故（暗殺）』によって長男が死に、次男が継承するというのもこの社会では珍しい事ではない。

要するに……基本的には、長男が継ぐが例外として他の男兄弟が継ぐ場合もあり、女児しかいなければ婿を取るのが普通だ。

つまり女を跡継ぎにするなど、例外があってもまず有り得ない。

ここで一番哀れなのは男兄弟なのに完全にスルーされているゴットフリートだろう。

しかし当の本人はもくもくと料理を食べていて話を聞いていない。

「ふむ。他の者はどう思う？」

「私はヴァルブルガ夫人に賛成です。男児がいないならばともかく、この家にはフェリックス兄様という立派な長男がおり、能力的にも不足はありません。ならば兄様に跡を継がせるべきです。伝統やしきたりは貴族社会において重んじられるもの。意味もなく破っては家の名に傷が付くでしょう。格式ある伝統は守らねばなりません」

メルセデスは夫人の意見に同調し、ここぞとばかりにフェリックスに家督を押し付けにかかった。

自分は女で、貴族社会において女が家督を継ぐのは伝統に背いているというありがたいハンデがある。

ならばこれを主張しない手はない。

格式ある伝統は守らねばならない……これは有名な某小説の傍若無人で知られた悪の帝王ですら遵守する事である。

「まあ私も、メルがそう言うなら文句はないわね。フェリックス君でいいんじゃない？　この子、別に家督なんて継がなくてもやっていけそうだし。あ、でもその場合はメルと一緒にシュフも屋敷からいなくなるわね」

リューディアもフェリックスの跡継ぎに賛成のようだ。

もっともこれは、娘が賛成しているのでじゃあいいか、というだけの適当な賛同である。

しかし他は……特にゴットフリートの母は断固反対し、ここにフェリックス派と反対派が出来上がってしまった。

問題なのは一番の対抗馬であるメルセデス自身がフェリックス派に入っている事か。

第五十一話　プラクティスダンジョン

学園も屋敷もドロドロしている貴族社会に若干うんざりしたメルセデスが向かった先は、実に久しぶりとなるシーカーギルドであった。

メルセデスがギルドに入ると荒くれ者達の野獣のような視線が彼女を射貫く。

互いが互いを商売敵と見做し、自分達以外は信じないと初手にして無言で明かされるこのピリピりとした感じがメルセデスは気に入っていた。

笑顔で近づき、親しい隣人の仮面を張り付けて裏でドロドロとしている貴族社会にはない、荒くれ者だからこそのサッパリとした敵意がここにはある。

最近はあっちこっちもドロドロしており、いい加減ストレスが溜まってきたメルセデスは気分転換も兼ねて久しぶりにダンジョンへ入ろうと考えたのだ。

「あらあ、お久しぶりねえ。ご無沙汰だったじゃない」

受付には以前と変わらず、気前よく出迎えてくれるオネエ系吸血鬼がいた。

スキンヘッドだった頭はモヒカンになっており、顔の縫い痕も以前と少し変わっている。

また少しお洒落(しゃれ)を変えたようだが、このセンスは理解出来ない。

「ああそうだ、ギルドカードの更新していく？　随分やってないでしょ」

「そうだな。やっておこうか」

受付が新しいカードを出し、メルセデスは古いカードを彼に渡す。

ランクの更新ならばカードを取り替える必要はないが、カードに記された能力値を更新する場合は取り替えなければならない。

これは偽装や虚偽を防止する為だ。

昔は血さえ付ければ自分で能力値を更新出来たのだが、するとそれを利用して強者(他人)の血を付ける事で能力値の偽装を行う輩が現れ始めた。

なので今のギルドカードは書き換え出来ない特殊なインクを用いた上で、新しいカードでなければ血を付けても反応しないようになっている。

この技術はかつてダンジョンより宝を持ち帰ったという伝説のシーカー『イーシャ・テンセ』が齎(もたら)したものだ。

メルセデスは指を切り、カードに血を垂らす。

するとそこに、今のメルセデスの能力が記載された。

【メルセデス・カルヴァート】
シーカーランク：C
第一属性：土
第二属性：風
腕力：level 5
脚力：level 5
耐久：level 5
体力：level 5
魔力：level 3
瞬発：level 5
再生：level 6

「うわあ、何か上昇してるし……」

記された能力に受付は青い顔をしているが、やはり一桁だと凄いのかどうかいまいち伝わらない。

メルセデスとしてはむしろ思ったよりも伸びていない事に驚いたくらいだ。

彼女は普段から魔石に込めた重力魔法を自らに付与して鍛えている。

二十四時間常に負荷をかけてトレーニングをしているようなものだ。なので普通に考えればもっと伸びていてもおかしくない。

これは恐らく、今の重力に身体が慣れてしまったという事なのだろう、とメルセデスは考えた。

宇宙飛行士の筋力や骨の強度が衰えるのは有名な話だが、これは重力の軽い環境では骨や筋肉に負荷がかからないからである。

生物というのは使わない部分は衰えるように出来ているのだ。

逆に使う部分は強くなるよう設計されており、例えば上記の筋力が衰えた宇宙飛行士が地球で過ごしてリハビリすれば筋力と骨は徐々に元に戻るだろう。

メルセデスは自らに負荷をかける事で、この『地球に戻ってきた宇宙飛行士』と同じ状態になっている。

しかしこれも無限に強くなれるわけではない。ある程度回復して重力に慣れれば、普通に過ごしているだけで強くなる事はないだろう。

これは肉体が『これだけあれば十分』と判断してしまうからだ。

肉体というのは不思議なもので、必要最低限を効率よく求めるようになっている。

暗闇で過ごす生き物は聴覚や嗅覚が鋭くなるが、必要のない視覚は進化の過程でオミットされる。重力の軽い場所に行けば、そこで過ごせるだけの筋力と骨の強度を残して劣化し、逆に重力の強い場所に行けば必要な分の筋力を慌てて得ようとする。

つまりメルセデスの身体は、『今の負荷程度ならばこれ以上強くなる必要はない』と判断を下してしまったのだ。

要するに、そろそろ負荷を増やしてもいい頃という事である。

メルセデスは依頼が張り出されているボードの前へ行き、そこに張られた依頼書を見る。

やはりというか、当たり前だがメルセデスが攻略したシュタルクダンジョン関連はもうない。全てプラクティスダンジョン関連の依頼だ。

その中から適当にオーク捕獲依頼を剥(は)がし、受付カウンターへと戻った。

「これを受けよう」

「オークね。まあ貴方なら問題ないでしょうけど、一応オークに関しての注意事項聞いておく？」

「聞こうか」

「はいはい。オークは大体一メートル半から、大きい個体ならば二メートルくらいのサイズの二足歩行の豚よ。厚い脂肪を蓄えていて、炎や冷気などの魔法攻撃に耐性があり、力も強いからエルフが苦手としているらしいわ。まあ吸血鬼(私ら)にとっちゃ、ただの鈍間な肉だけどね」

オークと言えばファンタジーでは大体魔法に弱い脳筋なイメージがあったが、むしろ魔法には強いらしい。

反面、動きが遅く肉は柔らかいので斬撃には滅法弱いようだ。

つまりメルセデスの敵ではないだろう。

「それと、プラクティスダンジョンは少し特殊なダンジョンでね。全十五階層なんだけど、最下層にお宝はないわ。完全にそこで行き止まりよ」

「……行き止まり？」

「そ。最下層にはボスがいて、ちょっと豪華な武器か防具を持っているから、あえて言うならそれがお宝ね」

それはおかしい、とメルセデスは疑問に思った。

宝がなくて行き止まりなど、有り得ない。

それはダンジョン所有者だからこそ確信して言える事だ。

ダンジョンの最奥には扉があり、そこで試練を求められる。

扉がないなど絶対にない。もし本当にないならば、それはダンジョンではなく準ダンジョンだ。

（これは一度、この目で確認する必要がありそうだ）

メルセデスはこの依頼のついでに最下層まで一気に潜る事を決意した。

幸い、昔からあるダンジョンだけあって先人によるマッピングは完璧だ。

プラクティスダンジョンのマップを購入し、ダンジョンへと向かった。

◆

プラクティスダンジョンはブルートから二キロメートルほどの位置にあるダンジョンだ。

このダンジョンは弱めの魔物ばかりが出てくる上に、どれも武具の素材や食材、服の材料に使える魔物ばかりとあって極めて利用価値が高い。

このダンジョンに使えない魔物は出ないとまで言われており、どの魔物を倒して持ち帰っても稼ぎになる。

その事から多くのシーカーに利用され、また、このダンジョンで得られる利益を求めて他の都市からもシーカーや商人が集まってくる。

八十年前の獣人との戦争が終わり、ベルンハルトが領主になった頃に出現したこのダンジョンはブルートの経済の中心だ。

このダンジョンがあったからこそ、ブルートはここまで発展したと言っていい。

そんな、ある種都合がよすぎるダンジョンにメルセデスは踏み込んだ。

今回のメンバーはメルセデスとベンケイ、クロのいつものメンバーに加えてシュフが新たに参加している。

先頭にはダンジョンから召喚したワルイ・ゼリーを配置。先行させる事で罠を探る役目だ。

ピーコは狭いダンジョンではその機動力を活かせないので今回は出さない。

それと荷物持ちのクライリアも出番なしだ。メルセデス自身がダンジョンへの収納という方法でいくらでも道具を持ち運べてしまうので駄獣はもういらない。

「久しぶりの出番ですな」

ベンケイが鎧をガチャガチャと鳴らしながらやる気を滾らせる。

メルセデスが学園に通いだしてからというもの、さっぱり出番がなかったのではりきっているようだ。

「良い食材を見つけられるとよいのですが」

シュフにはもう突っ込まない。

彼は両手に包丁を装備しており、完全に方向性を見失っている。

「プルプル、僕悪いゼリーだよ」

「よし、行け」

「わかったよ！」

ゼリーを先に行かせ、罠を調べさせる。

勿論ゼリーに罠を感知する能力などないし、解除技術もない。

だがコアさえ潰されなければ死なないので、よほどの罠でもなければ生存出来るだろう。

つまり罠があった場合、それに引っかかる事でメルセデス達を守るのが彼の役目だ。

以前よりも何故かマッスルになったゼリーがズンズンと前を歩くと、それを出迎えるように羊の魔物が出現した。

種族名『ヴァイヒシャーフ』。その羊毛は柔らかく上質で、皮は羊皮紙の材料となる。

肉も淡泊ながら美味で知られており、内臓も珍味となる。そして弱い。

身体の殆どが便利に使える、とても美味しい魔物だ。

「フン！」

ゼリーが太い腕を振り下ろすと、羊は何も出来ずに潰れてしまった。

一撃である。

あのゼリーとはメルセデスも何度か戦っているが、そんなに苦戦した覚えはない。

コアを潰さない限り死なない耐久力こそあるが、攻撃面は大したことがなかったはずだ。

と、いうかそもそもゼリーの攻撃を受けた事自体一度もないが。

潰れた羊にすかさず近づいたのはシュフだ。

彼は見事な包丁捌きで羊の解体と血抜きをその場で始めてしまった。

「プルプル！　勝ったよマスター！」

「いい肉だ……柔らかくて臭さも殆どない。子羊の頃からいいものを食べて成長したような素晴らしい素材だ」

ポージングをして勝利をアピールするゼリーと、その横で悦に入りながら解体するシュフ。

そのカオスな光景にメルセデスは何も言えなかった。

第五十二話　そのダンジョンを持つ者

「グルルルル！　いい事を教えてやろう！　ダンジョンで出る魔物が装備している武器は奪う事が

出来る！　装備を買う金がない時に便利だ！　無駄な話をした！　死ね！」

「プルプル！」

ダンジョンの中で現れた魔物をゼリーが一撃で殴り飛ばした。

二足歩行の鼠のような魔物だったが、ゼリーの敵ではない。

ここに入ってから何度も繰り返された光景だ。

——簡単すぎる。

ダンジョンを進みながらメルセデスは、そのあまりの難易度の低さに疑問を覚え始めていた。

先頭を歩くゼリーは元々、罠にかからせる為に召喚した魔物で、言ってしまえば死亡上等の使い捨ての駒だ。いくらでも替えが利く。

なのにまだゼリーは死なず、元気に先頭を進みながら出てくる魔物を蹴散らしている。

時折罠にもかかっているが、どれも致命傷には程遠く軽いダメージを与えるようなものばかりだ。

そもそも罠があるというのも思えば妙な話だ。このダンジョンは頻繁にシーカーが入っているのだから、その都度解除されるなり破壊されるなり、あるいは発動するなりしているはずだ。

なのに何故罠が残っているのかと考えれば、誰かが再設置しているという答えにしか行き着かない。

「ツヴェルフ、ダンジョンは魔物以外にも罠を自動で設置するものなのか？」

『いいえ、マスター。私達のようなダンジョンの管理者は予め配置してある魔物や設備が失われた際にそれを補充し、ポイントが溜まれば魔物を新たに量産もしますが、無い物を新たに設置はしません。私達が行うのは補充……現状維持だけです』

「逆に言えば、罠が最初からあれば補充するんだな？」

『はい。あればそうします』

「つまりそれは、このダンジョンに罠を設置したマスターがいた……あるいは、いるという事か？」

『そうなります』

プラクティスダンジョンにあってシュタルクダンジョンにはなかった物がある。それこそが罠だ。シュタルクダンジョンは誰の手にも渡った事がないダンジョンだったのだろう。だから罠など用意されていなかった。つまりメルセデスが得た状態で初期設定のままだったのだ。

一方このプラクティスダンジョンは初期設定ではない。

明らかに、他のマスターの手が加えられたダンジョンだ。

問題はそのマスターが既に過去の人物で、死んでダンジョンが解放されただけなのか……それともまだマスターがいるのか、だ。

（そして、簡単すぎる……既に十階層を超えているのに、出てくる魔物はどれもゼリー以下……。徒党を組んで出てくる魔物もいるが、やはり単体での強さは大したことがない）

決してゼリーだけで勝てているわけではない。

数を揃えてくる魔物がいれば流石にベンケイからの援護攻撃が入るし、ゼリーだけでこのダンジョンに挑んでいたならばもう死んでいただろう。

だがそれでも、一対一ならば全ての敵がゼリー以下なのだ。

あのゼリーは多少は鍛えて本来よりも強くなっているが、それでも大して強いわけではない。

このダンジョンが弱い……そう考える他なかった。

「覚えておけ！　ダンジョンで倒した魔物はしばらくすると消えて無くなる！　だが解体して所有物にすれば消える事はない！　だからお前を解体して俺の所有物にしてやる！」

「アドバイスありがとう！」

今度出てきた魔物は二足歩行のトカゲであった。

しかしゼリーの敵ではない。またしてもゼリーに呆気なく倒されて動かなくなってしまった。

そして死んだ魔物を素早くシュフが解体するのもお約束だ。

やはり弱い。簡単に、何の苦労もなくどんどん下の階層に降りる事が出来てしまう。

ここまで簡単だと、何かの罠かと疑りたくなるレベルだ。

「ベンケイ、シュフ。このダンジョンをどう思う？」

「手応えのないダンジョンかと思います。出てくる魔物が雑兵しかいない」

メルセデスはベンケイとシュフに意見を聞く事にした。

仮にもダンジョンから生まれた彼等ならば、自分よりも有意義な意見を出せるかと期待しての事だ。

それに対し、ベンケイはメルセデスとほぼ同じ感想を口にした。

「いいえ、主よ。ここは素晴らしいダンジョンです。出てくる魔物や、そこらに生えている草一本に至るまで使えない物がない」

「おいシュフ、それはお前にとっての話だろう。主が求めている意見は……」

「待てベンケイ」

シュフは相変わらずおかしな事を言っており、ベンケイは呆れながら言葉を遮った。

しかしメルセデスは何か引っかかりを覚え、ベンケイを止める。

これは……案外、重要な事ではないか？　そう思ったのだ。

「続けてくれ、シュフ」

「はい。例えばあそこに生えているキノコですが、あれは食用です。そこの岩の隙間から出ている草は薬草に使えます。出てくる魔物も全て上質な肉か、素材になるものばかり。売れないものがありません」

「………なるほど」

メルセデスは顎に手を当てて考える。

ここまで来れば、流石にこのダンジョンに込められた意図を読まずにはいられない。

明らかにわざと、弱くて便利な魔物ばかりが配置されている。

まるで倒して使ってくれと言わんばかりに。

やはりこのダンジョンには、マスターがいる。ここは既に攻略済みのダンジョンだ。

（王家所有か……？　いや、それならば公表されているはず。このダンジョンがここにある事で一番得をするのは……あの男だが……もしそうなると、私の予想以上に厄介だな）

メルセデスの脳裏に過ぎったのは、いずれ戦う事になる父の姿だ。

もしもこのダンジョンが父の所有物ならば、それは厄介な事だ。

父との戦闘は即ち、ダンジョン所有者同士の戦いになってしまう。

つまり、軍を持っているという絶対的アドバンテージが失われてしまうのだ。

それどころか、自分達の戦いは決闘であると同時に戦争となる。

その時、周囲に与える被害が計り知れない。

「冥土の土産に教えてやる！　明かりのない完全な暗闇の中では魔物もお前の姿が見えていない！　匂いと音で探知しているだけだ！　だからそれを誤魔化してしまえば俺達はお前の姿を見失う！　ではそろそろ地獄へ行け！」

「僕も魔物だから知ってるよ！」

今度出てきたのは、木製の人形のような魔物であった。

やはりゼリーの敵ではなく、三発殴られただけで動かなくなってしまった。

「シュフ、あれは使えるのか？」

「家具に使えます。上質な木材ですよ、あの魔物は」

「なるほど」

至れり尽くせりとは、まさにこの事。ありがたすぎて胡散臭い。

このダンジョンは、明らかにブルートを大都市に発展させる為に難易度をわざと低く調整されたものだ。

なるほど、商人やシーカーが集まってくるわけだ。こんな美味しい狩場があれば誰だってここに来る。

ちょっと頑張って狩れば生活の糧になるし、狩った魔物は市場に流れてさまざまな形で経済を潤す。

食料は存分に行き渡って餓死者はいなくなり、人口は増えてますます働く者が増える。

富国強兵といったところか。食が満足に足りていれば民は富み、富んだ民は徴兵して兵士に出来る。

その民ですら、この難易度の低いダンジョンである程度の戦闘経験を積んでいる者が多く、ただの素人ではない。

このやり方の巧いところは、最初から全て与えるのではなく、あくまで自分達にやらせている事だ。

最初に全てを与えてしまえば民は腐るだろう。ファルシュは恵まれすぎれば腐っていく生き物なのだ。

だがこれならば、腐らない。むしろ更なる稼ぎを求めて研鑽する。

ダンジョンに潜れば潜るほど稼げる。ならばリスクを減らす為に鍛えるだろう。

そうしてダンジョンを何度も潜り、何度も素材や魔物を持ち帰って経済に貢献する。

食べる物が増え、それによって民は健康になり、健康になった民のうちの何人かがダンジョンへとやってくる。

統治者として考えるなら、王剣のように下手に王家の秘宝として独占するより余程巧いやり口だ。

そうして巡り巡って強化されたこの都市は、最終的にはベルンハルトの便利な駒となるのだ。

その為ならば民を富ませるし、食も与える。庇護だってする。

全ては、己の利の為に。

（見据えている……既に、先の戦争を）

そしてこれは、アピールでもある。

ここまで露骨にベルンハルトに都合のいいダンジョンがあれば、少し賢い者ならば誰でも考えるだろう。『もしかしたらベルンハルトはダンジョンを持っているのかもしれない』と。

その疑惑が生まれてしまえば簡単には攻め込めない。

もしこの考えが正しければ、ダンジョンを二つ相手にしなくてはならなくなるのだから。

ベルンハルトはこの疑惑によってベアトリクス帝国を牽制しているのだ。

勿論王家がこの事をベルンハルトに問う事は出来ない。

『お前ダンジョン持ってるの?』と聞いて、『持ってます』と言われてしまえば自分達の権威が脅かされてしまうからだ。

だから前の王も、ベルンハルトに公爵の地位を与える事で味方に留めつつ真相を明らかにする事を避けたのだろう。

敵にとっても味方にとっても、ベルンハルトの資産の出所は開けてはならないパンドラの箱なのだ。

……もっとも、今の王家であるジークリンデならば素直にベルンハルトに聞いてしまいそうな怖さがある。

とはいえ、全てはベルンハルトがダンジョン所有者である事を前提にした仮定の話。

だがもしも、本当にベルンハルトがダンジョン所有者ならば……こちらもダンジョンを強化しなくては勝てない、とメルセデスは改めて敵の強大さに舌を巻いた。

その後、オークを何体か捕獲しながら十五階層へと辿り着いたメルセデスだが、やはりそこに扉はなかった。

代わりにいたのは、三メートルほどのサイズの巨大なトカゲ……いや、ドラゴンだ。

やや猫背ながらも二足歩行で立ち、全身は緑色の鱗で覆われている。

ドラゴンとして考えればかなり小型なのではないだろうか。

『現地識別名、レッサードラゴン。竜種の中では弱い部類ですが、大木を噛み切る咬筋力とそれを可能にする牙、オーク程度ならば両断してしまえる爪を持ち、全身の鱗は鉄の剣程度ならば撥ね返し、口からは千度の炎を吐きます。初心者にとってはやや厳しい相手と言えるでしょう』

「ふむ……ところで、名前がオルクスの言語体系と少し違うようだが？」

『推測するに、最初に発見して名付けたのが吸血鬼以外の種族なのではないでしょうか』

レッサードラゴンの名前はメルセデスも知っている。

今使用している靴が、確かレッサードラゴンを使って作られた靴のはずだ。

しかしよく考えれば、レッサードラゴンという名前はオルクスの言語ではない。

名称というのは各国で異なるものだ。例えば猫は英語ではキャットだがイタリア語ではガット、あるいはガッタと呼ぶ。

しかしどうも、この世界では名称というものは……少なくとも生物の名前は一度決まれば基本的にはそれで固定されるらしい。

椅子や机などは流石に各国ごとに名称も違うのだろうが、魔物に限って言えば統一されている可能性が高い。

思えば、ワルイ・ゼリーなど明らかに別の国の言語だ。

そんなどうでもいい雑学をツヴェルフと話している間にも、既に戦闘は始まっている。

ゼリーとレッサードラゴンが殴り合うが、やや劣勢だ。

レッサードラゴンの物理攻撃は流動体のゼリーの前では意味をなさないが、火炎放射は別である。

スライム系は炎に弱い。ファンタジーの常識だ。

「ぎゃー！　僕燃えてるゼリーだよ！」

「もういい、戻れ」

このまま放置したらゼリーが死にそうなのでブルートアイゼン（マスターキー）へ戻し、入れ替わりでクロが飛び出した。

目にも留まらぬ俊敏さでレッサードラゴンの脚を噛み千切り、ダウンさせる。

続けてベンケイが大剣を振り下ろし、尻尾を切断した。

レッサードラゴンもすぐに立ち上がるが、今度はそこにメルセデス自身が飛び込んだ。

そのまま勢い任せに片手でブルートアイゼンを一閃（いっせん）するが、刃が首に食い込んだところで止まってしまう。

（硬いな……だが）

片手で駄目ならば両手だ。

素早くブルートアイゼンを両手持ちに変え、力任せに振り切った。

すると今度こそレッサードラゴンの首が両断され、血を撒き散らしながら地面を転がる。

それを見て迅速にシュフが駆け寄り、解体と血抜きを開始した。

おい、戦えよ。

「やはり、扉は出てこないか。完全に隠されてしまっているな」

分かっていた事だが扉はない。

恐らく扉はもっと下の階層にあって、ダンジョンの拡張機能で隠されてしまったのだろう。

簡単に言えば、下へ続く階段をマスターによって撤去されてしまっているのだ。

あるいは床を破壊して無理矢理下の階層に行けば扉は発見出来るかもしれないが、それでも黒の扉は出てこないだろう。

「マスター。このドラゴン、何やら妙な腕輪を装備しておりましたが」

もう帰ろうか。そう考えたところで、シュフが腕輪を持ってきた。

ドラゴンのくせに何か装備していたらしい。

そういえば受付も、ここのボスは少し豪華な装備を持っていると言っていた気がする。

『ふむ。どうやら炎を使った際にその火力を上げる効果があるようですね』

「火属性のサポートか。私には使いこなせんな」

今回のお宝は火属性用の補助器具だが、メルセデスの属性は風と地だ。使い物にならない。

しかし自分が所有しているダンジョンには火を使う魔物もいるので、無駄にはならないだろう。

とりあえず持っておこうかと決め、ダンジョンに収納した。

◆

エーデルロート学園では冬に武芸祭が開催される。

しかしメルセデスはこの祭りに参加する気はなかった。

と、いうのも学年制限が課せられているせいだ。

実際に武を競い、戦えるようになるのは四学年以降。

三学年以前の下級生は実戦を禁止され、皆の前で技を披露するだけに留められる。

それはそれで意味のあるものなのだが、メルセデスは見世物になる気はないので今年度の参加を見送る事にした。

技の冴えを他者に見てもらう事に意味がないとは言わない。

だがその他者が武に精通していない貴族や商人ではただの見世物大会だ。

上辺の派手さだけを評価するような催しなど、何の価値も感じない。

メルセデスとは逆に狩猟祭に参加しなかったジークリンデは嬉々として参加した。

狩猟祭に出なかった理由は、王族である彼女が出てしまうとそれだけで一強の派閥が完成してしまうからで、それを嫌ったからだ。

しかしこの武芸祭に派閥などない。王女という事で贔屓(ひいき)はされるだろうが、それでも狩猟祭よりは遥かにやりやすいのだ。

下級生の部への参加を拒否したメルセデスだったが、武芸祭そのものに興味がないわけではない。

上級生同士の戦闘なども参考に出来る技術なども多く出るだろうし、見るだけでも損はしない。

総合的な強さを言えばメルセデスに届く者などこの学園にいないが、それは重力トレーニングで得た圧倒的な基礎スペックがあるからだ。

それを抜きにした技術を言えばメルセデスはまだまだ未熟であり、上級生に学べるものは多くある。

上級生の部は、狩猟祭で好成績を上げた者でも上位に食い込めるとは限らない。

同派閥同士でぶつかれば序列が発生して勝利を譲るという興醒めな一幕も展開されるが、別派閥ならばたとえ相手が派閥トップだろうが構わず倒しにかかる。

事実、雷鳴派トップらしい生徒――名前はローター・タベルというらしい。

大人の玩具(おもちゃ)を食べてそうな変な名前の彼は濃霧派にいたハンナの息子にボコボコにされてしまっている。

逆に濃霧派トップのハルトマン・ハルトマンは以前メルセデスを勧誘してきたゲッツ・ヘルダーリンとかいうチンピラに負けていた。

その中でも安定して好成績をあげているのはフェリックスだ。

彼は他の派閥トップと違って本人が強い。

その剣術はどこまでも正統派で、ジークリンデにも通ずるものがある。

しかし尖った物がないのも事実であり、綺麗で完成されてはいるが発展性もなかった。

よく言えば教科書通り。悪く言えば小さく纏まってしまっている。

逆に粗削りながら暴れているのは螺旋派リーダーのジクストゥス・シェーンベルクだろうか。

あの狩猟祭の後も懲りずにメルセデスを勧誘しに来ている男は、技術はないがとにかく恵まれた体格と腕力に物を言わせてゴリ押ししている。

まあよく考えてみればこいつだけ留年を繰り返しての二十歳である。有利なのは当たり前だ。

結局下級生の部はジークリンデが、上級生の部は激戦の末ジクストゥスが優勝して幕を閉じた。

フェリックスは準優勝に終わってしまったが、正統派はやはり強い。

しかし、観客席の中にベルンハルトの姿は、もうなかった。

第五十三話　不老期に関する一つの考察

前期の激動が嘘のように後期は何の事件も起きなかった。

普通に授業を受け、普通に実習訓練をし、普通にテストを受けて、普通に成績の悪い生徒がBクラスに落ちて代わりに成績のよかった生徒がAクラスへ編入され、そして普通に一年の終わりを迎えた。

やはり学園から帝国の手の者は完全に退却してしまったのだろうか。

仮にそうだとしても、王女がいる以上は護衛責任者であるハンナがいなくなる事はないが、ともかくようやくメルセデスは望んだ平穏な学園生活を謳歌（おうか）する事が出来た。

自ら他者を引き離してしまう為、相変わらずの高性能ぼっちではあるが、それでもジークリンデなどがよく話しかけてくるので完全なぼっちではない。

「今年も無事に終わった」

一年の締めくくりとして、この学園では大ホールに生徒を集めての終業式がある。

壇上で長々と話すのは、この学園の長であるフレデリックだ。

彼は相変わらずヨロヨロとふらつきながら、長々と話している。

「一年経つ事に子供等は成長し、一年経つ事に老いてゆく。儂も皆と同じくらいの年齢の頃は早く大きくなりたくて仕方なかった。早い段階で不老期を迎えた同級生をからかったりもした。しかし今となっては、その同級生を羨んでいるのだから人生分からぬものじゃ。よいか、若い時間は有限じゃ。不老期が訪れるなどという幻想を抱かず、今のエネルギッシュな自分をよおく覚えておくとよい。いつか儂と同じ絶望を味わう生徒がこの中からも何人かは出るじゃろう」

そして話はあっという間に脱線し、終業式や学業と全く関係ない方向にコースアウトしてしまった。

幼い状態で不老期を迎えてしまうのは嫌だが、それ以上に老人になってから不老期が来るのは誰でも嫌だろう。

吸血鬼だからといって、決して若さが保証されるわけではない。

低い確率ではあるが、それでも確実に彼のような者も出てしまうのだ。

「一説によると不老期の訪れは子供を生すか否かで左右されるという。不老期は子を生す為に若い期間を多く用意する機構であり、故に子を生してしまえば不老である必要はない。だから不老期も訪れないというわけじゃ。もっと簡単に言えば（自主規制）をしたかどうかじゃな。じゃが女子はともかく男子は身体側にそれを判断する術がない。要は（自主規制）を出したかどうかで判断されてしまう。つまりは（自主規制）をすればするほど不老期が遠のくという学説じゃ。儂も若い頃は下半身がエネルギッシュで、イケメンじゃったから若い女子が集まってきた。毎日遊び惚けておったよ。女子の方は……」

「おい誰かあの老いぼれ止めろ！　ストップ、ストップ！」

「あのボケジジイ引きずりおろせ！」

とうとう話が下ネタにまで発展したところで、他の教師が雪崩れ込んで学園長を連行していった。

生徒達はもうドン引きだ。折角の終業式に何を話しているのだ、あの老人は。

そして気になるのは、上級生男子のうちの何人かが青い顔をしている事だろう。

どうも心当たりがあるらしい。

「相変わらずだねえ、フレデリック君」

「若い頃からああだったのか……」

「昔は結構顔がよかったからモテてたんだよ。よく、休みの間に何人抱いたかとか友達に自慢してたなあ……」

遠い目をするハンナを見ながら、メルセデスはなるほど、と頷いていた。

あくまで一説ではあるが、性行為の有無が不老期に関係するというのは本当にあるかもしれない。

そもそも不老期自体が何のための機構なのかよく分かっていないのだ。

だがそれも、長寿故に次代を残す事に消極的な吸血鬼が数を減らしてしまわない為のものと思えば納得出来る。

例えばハンナは百歳を超えているが、その子供は十五歳だ。つまりは八十歳を超えるまで子供を作らなかったという事であり、いかに吸血鬼が次代を残す事に消極的な種族かが窺える。

ベルンハルトにしても長兄であるフェリックスの年齢からして、最近まで子作りはしていなかったのだろう。

……もっともあの男は割と老けているので、若い頃に女を何人か抱いていたのかもしれない。

女の方はまあ、つまりは若いうちにそういう経験を多く積んでしまうと不老期が遠のくといったところだろうか。

しかしハンナのように子供の時点で成長が止まってしまう例もあるので、やはり最終的には個人差によるという結論が出てしまう。

そんなどうでもいい知識が増えてしまった終業式であった。

◆

屋敷に帰ったメルセデスが取りかかったのは魔法の訓練であった。

身体能力はかなりのレベルに上がったと自負しているが、反面魔力の伸びが著しくない。

ギルドカードでも魔力だけレベル3と、明らかに他の能力と比べて低くなってしまっている。

理由は自分で分かっている。魔力は重力訓練のような『ズル』が出来ていないからだ。

重力を自分にかければ筋力が上がるし、血操術も強化されて加速度的に強くなっていく。

だがそれで伸びるのは身体能力的なものだけだ。魔力には影響しない。

つまりレベル3という数字こそが、ズルに頼らないメルセデス本来の素質と言えた。

しかしそれが自分の資質だからと伸ばす事を諦めてしまえば、そこで歩みも止まってしまう。

別に遅いなら遅いで構わないのだ。それでも歩き続ければ前へ進むのだから。

止まらない事。前へ進み続ける事。それだけが今出来る事だ。

そこでメルセデスは暇さえあればシュタルクダンジョン内に行き、そこで魔法の訓練をする事にした。

教師役にはゴブリンヘクサーを付け、彼は話せないので翻訳としてゼリーも近くに置く。

ゴブリンヘクサーは魔法を得意とするゴブリンで、メルセデスが所有するシュタルクダンジョンにこれ以上魔法に精通した魔物はいない。

どちらかというとこのダンジョンは近接戦闘寄りの魔物ばかりだ。

火を扱う魔物なども本能で扱っている部分があるので教師役に出来そうな魔物がこれしかいなかったのだ。

「プルプル。魔法は自分の中にあるマナに命令を与えて外に出し、外のマナに呼びかけてもらって色々な事を出来るようにする方法の事なんだよ。世界っていうのは大雑把に言えば全部マナで出来てるから、世界を動かす力と言っても言いすぎじゃないよ」

ゴブリンヘクサーがゴブゴブ言いながら解説するのを、ゼリーが若干鬱陶しい口調で翻訳する。

それにしても、ファンタジー定番のやられ役であるゴブリンからものを教わる日が来るとは思わなかった。

　前世で見たファンタジー作品ではゴブリンを狩り続けている主人公もいるというのに。

「自分の属性と同じ場所で瞑想（めいそう）すると魔法が使えるようになるのは、必要な魔法を構成するマナの配列を感覚で覚えるからなんだって。でも何でどの生物も四つまでしか属性を得られないのかはよく分かってないみたいだよ。不思議だね！」

　魔法とは要するに、どれだけ上手く外のマナに言う事を聞かせられるかだ。とゴブリンヘクサーは語る。

　個人によってその命令する力には差があり、それを彼等は魔力と呼ぶ。

　魔法力とは、その命令に使用出来るマナをどれだけ内包しているか……そして内包出来る限界量がどれほどなのか、といったところか。

　つまり、身体を構成していない素の状態のマナを体内に多く蓄えられる者が魔法に強いのだ。

　あるいは、過剰にマナを備蓄している者も魔法では有利になる。

「つまり太って、余計に脂肪を蓄えてる奴はその分魔法力も多いわけか」

「そうなるね！　デブの方が魔法を多く使えるよ！」

「身も蓋もないいな」

　魔法使いといえば、華奢な後衛型というイメージが強い。

　細くて小さい魔法使いが後衛で魔法を飛ばしているシーンというのはフィクションではよく見かける光景だろう。

その配置に太った巨漢が置かれている事はそうあるまい。

しかしこの世界ではむしろ華奢な者は魔法に不向きらしい。

どちらが後衛か分からなくなる絵面だ。

……いや、そんなブクブク肥えていてはどのみち前衛は無理か。

「だが細くても魔法を使う者はいるようだが？」

「それは使い方が上手なんだって！　身体を構成する方に回さず、マナをそのまま体内に入れておける人は細い体形を維持したままでも魔法力を増やせるよ！　でも体の中にマナが沢山あるから、実は見た目より少し重いんだって！」

「そうか。ところでゴブリンへクサーは……」

メルセデスの目がゴブリンへクサーへと向く。

すると彼はドヤ顔でローブの前を開けた。

すると、ぽっこりと膨れた腹が露（あら）わになる。

どうやら彼は普通に太る事で魔法力を蓄えるタイプらしい。

第五十四話　悪意ある善行

領主には義務がある。

それは己の治める土地を守る義務だ。

例えば魔物があまりに増えすぎれば兵士を派遣しなければならないし、野盗が出ればそれを討伐する必要もある。

オルクスは比較的平和だが、この世界は常に大体どこかの国が戦争をしており、オルクスやベアトリクスほどの大国ならば滅多なことで戦争はしないが、小国ともなれば土地や食料を奪い合って殺し合うなど珍しい事ではない。

そして戦争が起これぱそこには敗残兵が生まれ、敗残兵は生きる為に村を襲って食料を強奪するようになる。

つまり野盗が増えるわけだ。

その討伐はシーカーの仕事ではない。領主の仕事だ。

シーカーに依頼する事も出来るが、まず誰も受けないと考えていいだろう。

報奨金を出そうと、それでも受けるのはごく一部の腕に覚えがある者だけだ。

何故かと言えば、単純にリスクが大きすぎるからである。

野盗に落ちぶれようと相手は元兵士。戦争の経験者で、どんな形であろうと戦争という名の地獄から生還した猛者である。

野盗と言えば統率の取れないならず者の集団と思われるかもしれない。

だが実際は全くの逆。戦場で戦った戦友同士であるが故に連携が取れているし、その中に小隊長クラスでも混じっていようものならばそれはもう軍の一個小隊と比べて何ら劣るものではない。

野盗とは地に墜ちただけの兵士なのだ。素人ではない。

つまり、シーカーにしてみれば魔物よりも余程恐ろしい存在であり、その討伐には命を張る必要がある。

命がけという点で言えばダンジョンの魔物もそうだが、あちらは浅い階層には弱い魔物しか出ないし、引き際も自分で選ぶ事が出来る。

ならばダンジョンに潜っている方が遥かに楽で旨味がある事は明白であり、少しまともに考える事が出来る者ならばまず野盗討伐の依頼など受けないのだ。

故にどの領地でも野盗対策は必須であり、同時に領主の頭を悩ませる難題であった。

そんな中にあってオルクス国は不気味なほどに野盗被害が少ない。

その理由はベルンハルトによる迅速な討伐によって、野盗の報告が上がると同時に狩られてしまうからだ。

その動きは疾風迅雷の如く。

ベルンハルトはこの手の判断が異常に速い。

他の領主ならば派遣する兵士の数や、被害や、あるいは敵の規模などを見て最悪の場合は村の一つくらいならばと見捨てる事すらある。

だが他の領主が悩むそのタイムロスがベルンハルトにはない。

そして加えて語るならば、そもそも野盗を発見する速度そのものが異常に速かった。

吸血鬼達は恐れた。あの男は未来でも予知出来るのかと。

千里眼でも持っているのかと、誰もが怯えた。

無論、ベルンハルトにそんな能力などない。

ただ彼には、オルクス中に目と耳があるだけだ。

命すら賭(と)して忠義を尽くす無償の密偵が各地に紛れているだけだ。

それほどの密偵が一体どこから湧いてきたのか。

その理由はベルンハルトが経営する孤児院にあった。

この男が孤児院の経営など何の冗談かと思う事だろう。どう考えても似合わないし、そんな慈善事業をするタイプではない。

事実、善意の行動ではない。優しさなど欠片もない。

ベルンハルトにとって孤児とは、言わば『育っていない駒』だ。

幼いうちから教育を施せば裏切りのリスクは減り、英才教育によって優秀な兵士や密偵に育てる事が出来る。

ベルンハルトにとって孤児院の経営とは、言わば『未来への投資』。

親のいない子供ならばどう扱っても評価が落ちる事はない。

むしろ孤児院などを経営して衣食住を与える彼を周囲は愚かにも『立派だ』と称えすらする。

彼は孤児院という場所を用意する事で孤児という雛(ひな)を得て、その雛に餌を与えて調教(きょういく)する事で従順な駒へと変えている。

どのみち放っておけば野垂れ死にしていただろう子供達だ。事実、他の領では捨てられた子供の餓死が跡を絶たない。

それらを拾い、育てているのだから傍目からは聖人にすら見えているだろう。

だが事実は全くの逆。

悪人だからこそ善行を行う！

悪行しか行わない悪党は三流だ。何故ならそれは、自分は悪人だから捕まえてくださいと吹聴しているに等しく、先を考えていないからだ。

刹那(せつな)的な快楽しか考えていない愉快犯と同列の愚者である。

周囲を巻き込む腐った木など誰でも切り倒す。

悪行を隠す悪党は二流だ。多少は身の振り方も上手いが、悪行を隠す森を用意していない。

どんなに上手に隠そうとしても、荒野に木が一本だけ生えていればそれは目立つだろう。

隠せているうちはどうにかなっても、一度『そこに木があるかもしれない』と思われてしまえば調べられて簡単に尻尾を出してしまう。

少量の悪行を多くの善行で隠す悪党は手に負えない。上手い政治家は大抵このタイプである。

多くの木を用意して森と為し、その中に少量の木を混ぜる。

表面的に森を構成している木々は善行だから、民衆は『あの人は立派だ』と思い疑いすらしない。

多少疑う者が出ても、その森が生み出す蜜の恩恵を受けて甘味を知ってしまえば黙秘してしまう。

指摘して森を失う事は、自らが甘味を吸えなくなる事と同義だからだ。

疑いを通り越して確信に至っても尚排除出来ない。

何故なら真意はどうあれ、実際に国に貢献しているからだ。

打算だろうと悪意が見え隠れしていようと企てがあろうと、それでも善行は善行なのだ。

これを排除してしまえば、その森から生まれる恩恵に肖っていた者達から大きな反発を受けるのは間違いなく、悪党を排除するメリットよりも、その悪党を排除する事で生まれるデメリットの方が遥かに大きくなってしまう。

ならば出来る事は悪行を見なかったことにして、せめて敵にならぬように囲うしかない。

それこそ先代の王がやった事であり、ベルンハルトを囲う為に用意した柵こそが公爵の位だ。

言うならばそれは、王が膝を屈したも同然。

貴方の悪事を咎めません。だから敵にならないでくださいと懇願したようなもの。

ベルンハルトは王ではない。

だが実際は、先代の時代で既に王などとっくに踏み越えている。

そして今宵もまた、善行の皮を被った悪意が執行された。

ベルンハルトは迅速に野盗を狩る。捕らえる。

これは領の平和に繋がり、領民はますます彼を信頼する。

しかし繰り返すが、この男は善意では動かない。もしこの男が動いたならばその裏には打算と悪意が隠れていると考えていい。

野盗の発生はベルンハルトにとっては極めて都合のいい事件だ。

他よりも豊かな彼の領、特にブルート付近には蜜に誘われるように野盗が集まってくる。

それを捕らえる為に、都合よく彼等の寝床になるような洞窟なども用意した。

下手に放置するより、巣を作ってやる方が虫は捕まえやすい。

そうして集めた野盗（虫）を一網打尽にし、生死問わず捕獲する。

そしてベルンハルトが向かったのは……プラクティスダンジョンだ。

「ふむ……半年ぶりに来たが随分減っているな」

拘束された野盗を連れてベルンハルトがダンジョン内を歩く。

奇妙な光景であった。

ダンジョン内の魔物はどれもベルンハルトに攻撃を仕掛けず、それどころか野盗を牽引する役目を買って出る者すらいた。

「ほう……なるほど？　一気に十五階層まで走破した者がいたと。なかなか腕が立つシーカーもいたのだな。使えるかもしれん。そいつの特徴を教えろ。場合によっては引き抜く。ふむ、そいつは魔物を引き連れて……いや待て、それはひょっとして青い髪の小娘ではなかったか？」

野盗達に、ベルンハルトは恐ろしく不気味なものに見えた。

何せ、誰もいないのに一人で話しているのだ。

おかしくなってしまったとしか思えない。

しかしベルンハルトはそこに、目に見えぬ誰かがいるようにしっかりと受け答えしている。

「ククク……やはりそうか。全く困った奴だ。まあ知らぬのならば無理もないが、この程度のダンジョンでは腕試しにもなるまい。そうだな……おい。次にメルセデス……ああ、そうだ、その小娘

の名だ。そいつが来たら十八階層まで開放しろ。問題ない。奴にとっては丁度いい訓練にしかならんだろう。コストはかかるが、まあその分は……」

ベルンハルトはそこまで言い、野盗を見た。

冷たい眼であった。

凡そ、同じ吸血鬼に向けるような眼とは思えない、無機物でも見るような視線であった。

「こいつらに払ってもらおう」

野盗達は確信した。

この先自分達に救いは訪れないと。

何か、とてつもなく恐ろしくておぞましい事に使われるのだと。

その予感は正しく的中し、次の瞬間にはダンジョンの壁や床から一斉に生えた鉄の槍が彼等全員を串刺しにしていた。

「……全員合わせてもたかだか250Pか。今回はハズレだな。まあ、いい。代わりなどいくらでも湧いてくる。また持ってくる。失った魔物と罠はすぐに補充しておけ」

ベルンハルトはそれだけを言い、ダンジョンから去った。

彼が一体何と話していたのかは、彼自身にしか分からない。

欠けた月のメルセデス

名君の片鱗(へんりん)

孤児院から引き取られた名前のない誰か。

それが彼女が、物心付いた時から認識していた『自分』であった。

何者でもない自分……だが彼女は、それでいいと思っていた。

なりたいと思えるモノがなく、それならば何者でもない方がまだいいと考えた。

名前のない少女は、この国の汚点を常に近くで見続けていた。

保身ばかりを考える国王一家。甘い汁を求めて国王に擦り寄る貴族達。

彼女の眼に映る世界は他人を利用し蹴落とそうとする汚物で彩られ、その汚物を守る為に影に徹するというのが彼女の半生であった。

汚いモノしか見えない日々。それを繰り返すうちに彼女は皮肉にも、相手の美点を探す眼を育んだ。

汚いモノばかり見続けていたからこそ、その中で輝く何かを無意識のうちに探すようになっていたのかもしれない。

相手の汚点など探すまでもなく嫌でも目に入る。だから美点を探すようになった。

汚いモノに囲まれ、自身もそんなものに飼われている。その日々が逆に、他者の美点に目を向けて素直に評価する彼女の誠実な人格を育てていた。

だから、学園に来てからの日々は名前のない少女にとって楽しかったし眩しかった。

学園は決して綺麗なだけの場所ではないし、生徒同士の確執や蹴落とし合い、派閥争いなどさまざまな問題がある。

それでも常日頃から汚れきった主人一家を見続けていた彼女にとって、そこは本当に未来への夢に溢れた素晴らしい場所に思えたのだ。

そして、そんな彼女だからこそ——メルセデス・グリューネヴァルトの強さが何よりも眩しく見えたのかもしれない。

「私が貴方を連れていってやる。如何なる障害が立ち塞がろうが、私が薙ぎ倒す」

自らが王家の血を引いていると知らされたあの日、名前のない少女はジークリンデ・アーベントロートとなった。

同時に今まで王家と思っていた者達は実際にはそれを騙っているだけの何者でもない連中で、今まで常識だと思っていたものが崩壊した。

だが少女……ジークリンデにとって衝撃的だったのは、自らや王家の正体よりも、メルセデスの強さであった。

今まで王に擦り寄る者は腐るほど見てきた。権力に怯える者達も見飽きるほどに見た。

だがそれをまるで恐れず、倒すとまで言ってのける者は見た事がない。

しかも呆れた事にこのメルセデスという少女は、ただ学業の邪魔だからというだけの理由で王に喧嘩を売ろうとしていたのだ。

「選ぶのは貴方だ、ジークハルト……いや、ジークリンデ王女。だが進むならば——私が守ってやる。何が来ようと、指一本触れさせはしない」

選択肢など一つもなかったここまでの生涯……選べと言われたのは初の事で、守ると言われたのも生まれて初めての事だった。

吸血鬼は強さに惹かれる生物だ。だがジークリンデはこれまでの半生で、本当の『強さ』を見た事がない。

王もその家族も、彼等に擦り寄る貴族も、強さというものをジークリンデには教えてくれなかった。ただドロドロとした意地汚さだけがあった。

それと比べてメルセデスの、何と力強い事か。

――メルセデスという強さを知ったその日。ジークリンデは初めて『こうなりたい』と思えるものを見つける事が出来た。

◆

あの衝撃的な王座交代から半年が経過した。

かつての王であったイザークはハンナとその部下によって尋問にかけられ、彼に手を貸していたベアトリクス帝国の内通者の情報を絞れるだけ搾り取られた。

その後イザークはベルンハルトの宣言通りに裁判にかけられて死罪が確定し、魔物に繋がれた状態で国内を引き摺り回された上で最後は王都の広場で、市民達に石を投げられながら火炙りの刑に処された。

彼の妻と子供達はベルンハルトの恩情により僻地（へきち）へ追放され、そこで罪を償（つぐな）う為の強制労働に勤めていたが……先日、不幸にも崖の崩落に巻き込まれ、全員が帰らぬ人となったらしい。

この事故を聞き、ジークリンデは彼等を哀れんだ。

イザークと共謀してジークリンデの母のエルフリーデを幽閉した王妃……いや、元王妃は大罪人かもしれない。

年齢から考えて、上の方の王子達もきっと真実を知っていただろうから、こちらも共犯と言えるかもしれない。

だがジークリンデの名を与えられたあのソバカス顔の少女……自らをジークリンデ王女であると思い込んでいた何者でもなかった少女は、乗っ取りが起きた当時は赤子だったのだ。

彼女はきっと本当に何も知らなかった。罪などなかったのだ。

だからジークリンデは彼女を哀れみ、恩情をかけるようにベルンハルトに頼んだ。

何故なら……何故なら、あの何者でもない少女は自分だ。有り得たかもしれないもう一人の自分だったからだ。

ジークリンデも、つい最近まで自分の事を何者でもない誰かと思っていた。名前のない誰か……それがジークリンデが認識していた『自分』という存在だったのだ。

だがその立場が突然反転してしまった。

何という皮肉だろう。自分を何者でもない誰かと思っていた者がジークリンデとなり、逆に己をジークリンデと思っていた少女は何者でもない誰かになってしまった。

だからせめて、やり直しの機会くらいは与えてもいいのではないかと思った。

だがあの少女は、名前のない少女のまま死んでしまった。

それがまるで、有り得たかもしれない自分自身のもう一つの未来を見ているようで……酷く、悲しかった。

しかし悲しんでいても時間は進み、学園での一年度が終わってジークリンデは一時城に帰還した。

そこでもまた、学ぶ毎日だ。この先ジークリンデが女王になるにせよ、婿を迎えて王妃になるにせよ、王族として国を治めていかなければならない。

だからその為の勉強をする必要があった。

今は公務の殆どをベルンハルトが代理でやってくれているが、いつまでも彼に任せっぱなしでいいとはジークリンデも考えていない。

なので将来の為にハンナに公務を学びながら過ごしていた……そんなある日の事であった。

このオルクス国のさまざまな都市や村の資料に目を通していたジークリンデは、ある一つの村の惨状に注目した。

ある男爵が領主を務めていた村なのだが、その村が実質上機能停止しているばかりか近隣の山賊が全く退治されていなかったのだ。

「なあハンナ、この村、おかしくないか？」

「ああ、ミュルの村ですね。ここはバシュ男爵が領主を務めている土地だったのですが……このバシュ男爵が相当アレな領主でして、村人が餓死するほどに税を取り立てる一方で自らは毎日パーティーを開き、他の貴族に金をばら撒いて媚を売る事のみに注力するという絵に描いたような悪徳領主だったんです。おかげで村は荒れて、村人も痩せこけていて……こうなってはもう、立て直すよりも一から村を新しく作る方が早いくらいでしょうね」

「酷い話だ……そのバシュ男爵は今どうしている？」

「死にましたよ。イザーク元国王と手を結んで我が国の情報を帝国に流していた貴族の一人だったので、先日処刑されました」

「その後は？」

「領主不在のまま、山賊のいいカモになり……村がなくなるのも時間の問題かと」

ジークリンデは、思わず立ち上がっていた。

苦しんでいる村があるのに、何故何もしないのか。

新しい領主を送るなり、軍を送って山賊を退治するなりやるべき事があるはずだ。

「どうして放っているんだ⁉　軍は何故動かない！」

「ベルンハルトの判断です。理由は……守りながらの戦いとなれば、どうしても軍の被害が増えるからです。少数の村人と荒廃した村を守りながら戦うのと、村ごと山賊を焼き払うのと……どちらが楽で軍の損失が少ないか……そういう事です」

それは言い方は悪いが、要するに『守る価値のないものを守って無駄に被害を出したくない』という事であった。

村や村人を守りながら戦えば、どうしてもその分兵力を割かねばならない。

山賊が村人に扮して騙し討ちをするかもしれないし、脅された村人が襲いかかってくるかもしれない。

人質に取られる事だって有り得るだろう。

それでも最後には軍が勝つだろうが、そこまでの人的被害は決して馬鹿にならない。

そこまでして守っても、元々あっても無くても変わらないレベルで荒廃した村だ。得られるものなどなく、ただ無意味に兵士を消耗するだけに終わってしまう。

一方、村を守る必要がないならば……軍は本気で戦える。

倒していい相手とそうでない相手を見分ける必要はない。そこにいる奴は全員敵として始末出来る。

人質を取られる事もない。建物や畑を気にする必要もない。

何なら遠くから火矢や火の魔法石、火の魔法を打ち込んで村ごと滅ぼしたっていい。

どちらが楽で被害が少ないかは、考えるまでもない事だ。

だからベルンハルトは、ミュルの村を見捨てる事にしたのだ。

「だからってそんな……」

「では、兵に往けと命じますか？　貴女が命じれば兵は動きます。しかし……必ず、本来死ななくてよかった兵士が死ぬ事になります。そしてその結果生まれる遺族の数は、助けた村人を上回るでしょう」

「うっ……」

簡単な話だ。百の村人を助ける為に不利な戦いをした結果、五十人の兵士が死んだとしよう。

その兵士にそれぞれ母がいて父がいて、祖母や祖父もいて、息子や娘もいるかもしれない。

一人の兵士が死ねば、大体二人か三人か……あるいはもっと多くが不幸になるわけだ。

百人を助けた結果、二百や三百、あるいはもっと大勢が家族を失う不幸を味わう。それは酷く効率が悪い。

しかもその村は助けても助けなくても、あまり変わらない村なのだ。

遺族の怒りはまず、その村や命令を下したジークリンデに向かうだろう。

何よりジークリンデ自身、そんな事になってしまっては遺族に顔向けが出来そうになかった。

兵である以上は当然死ぬ覚悟くらいはしているだろう。だが彼等とて無意味に死にたいわけではないはずだ。

「上に立つならば、こういう非情な命の引き算を迫られる事があります。殿下、貴女にそれが出来ますか？」

「それは……」

ジークリンデは、ハンナの問いに答える事が出来なかった。

助けたいと理想を口にするのは簡単だ。

だが理想だけでは埋まらない現実がある。

「……なんて、ね」

「え？」

「あくまでこれは普通の兵士ならばの話ですよ、殿下。けど殿下には、そうでない殿下だけの軍があるでしょう？　なら、理想を理想のまま通す事だって出来るはずです」

ハンナはここまでの厳しい顔から一転して柔らかく微笑み、ジークリンデだからこそ可能な解決策を提示した。

ジークリンデも遅れて理解し、「あ」と声をあげる。

そう、ジークリンデには出来るのだ。軍に被害を出さずに、村を守る事が。その為の力が王族には与えられている。

「さて、どうしますか殿下？　望むならば私はお供しますよ」

その問いに、ジークリンデは力強く頷いた。

◆

ミュルの村は地獄であった。

今は亡き領主のバシュ男爵が税を取り立てすぎたせいで食料に余裕はなく、村人達は痩せ細っていた。

作物をほぼ丸ごと没収されても何とか生き長らえてきたのは吸血鬼という種族のおかげだろう。

領主も欲しがらないような小さな動物……例えば鼠などの血を飲む事で何とか命をつないでいた。

死を待つのみとなった誰かの血を村人全員で分け合う事や、母が己の血を我が子に与える光景も珍しいものではない。

力のある吸血鬼ならば、反乱の一つも起こしたのかもしれない。

だがこの村に暮らす吸血鬼達は『薄血』と呼ばれる、力の弱い吸血鬼だ。

吸血鬼の強さとは受け継いだ血の強さに左右される。単純に強い親の血を引いた吸血鬼は強くなりやすく、逆に弱い親の血を受け継げば弱い子が生まれるのだ。

そうして生まれた弱い吸血鬼は『薄血』と呼ばれ、このような小さな村などに追いやられてしまう。

後天的にこれを覆し、弱い血統から強い血統に変わるのは不可能ではない。だがそれは並大抵ならぬ努力が必要だ。

即ち彼等は生まれたその瞬間から搾取される側に立つ事を決められた、吸血鬼社会の弱者達であった。反乱を起こす力など持っていない。

しかもバシュ男爵は村からは搾取し続ける癖に、自分を守る為には金を惜しみなく使う小悪党で、護衛の兵士だけは無駄に多かった。これではもし反乱を起こしても結果は見えている。

だがそんな最低の領主でも、兵を多く抱えているというだけで抑止力にはなっていたらしい。

彼がいなくなった途端に近くの山に住み着いていた山賊達がやってきて、あっという間に村が占拠されてしまったのだから。

「おい、血を持ってこい！」

瓦礫（がれき）の上に腰かけたモヒカン頭の山賊頭が部下の山賊に命じる。

すると部下の一人が痩せた村娘を無理矢理引き摺って頭（かしら）の前に連れてきた。

そこに、娘の父らしき村人が慌てたように駆け寄る。

「お、お待ちください！　娘は……娘はどうか！」

「ほう、娘だけは許してくれと……ならお前の血を貰おうか！」

山賊頭は手に持った剣で、娘の命乞いをする村人の首を躊躇なく撥ね飛ばした。

そして切り落とした首を掴み、切断面から零れる血を、大口を開けて飲む。

部下の山賊達もお零れとして、首のない身体をそれぞれが勝手に切り分けて同じように血を飲み始めた。

理性の欠片も感じない獣のような蛮行に村人達は震え上がるばかりだ。

「パパァー！」

父の無惨な死を目の前で見せられた村娘が父の死体に駆け寄ろうとするが、その前に別の山賊が立ち塞がる。

彼等の中にはこの村娘を哀れむ心など微塵もない。ただの餌にしか見えていないのだ。

「へへへ、次はお嬢ちゃんの番だぜ」

ヨダレを垂らし、刃物を手に村娘へと山賊が近づいていく。

村娘は怯えたように後ずさるが、すぐに背中が何かに当たって動けなくなった。

恐る恐る後ろを見れば、そこにいたのもまた山賊だ。逃げ場などどこにもない。

「ヒャッホー！」

山賊がやけに楽しそうな声をあげ、少女へと飛びかかった。

……しかし跳躍した山賊はいつまで経っても地面に降りる事が出来ず、不思議そうに足をバタバタさせる。

遅れて肩に痛みを感じ、彼はそこで自分が何かに掴まれている事に気が付いた。

何かと思い上を見れば、そこにいたのは――小型のドラゴンだった。

「はい？」

間の抜けた声をあげる山賊の視界いっぱいにドラゴンの口が迫り、そのまま頭を噛み砕かれてしまった。

「おい、魔物だ！」

「何で魔物がこんな所にいるんだよ！　どっかのダンジョンから溢れてきたか!?」

この国にあるダンジョンといえば、ブルートにあるプラクティスダンジョンが有名だ。

だがプラクティスダンジョンは毎日のようにシーカーが潜り、魔物を倒しているので魔物が溢れてくる事はないし、第一この村とブルートはかなり離れている。

こんな所まで魔物がやってくる事は、有り得ない話ではないがそれでも滅多にある事ではない。

しかも、彼等を驚かせたのはそれだけではなかった。

「頭、空を！　魔物が……魔物が、信じられねえくらい！」

ドラゴンの数は一体だけではなかった。

空を埋め尽くすほどにドラゴンが飛行し、そしてこちらを見下ろしている。

それを見た山賊頭は素早く撤退を決断した。

「全員退却だ！　あんな数とやりあってたら命がいくつあっても足りねえ！　村人を囮にすれば多少時間は稼げる！」

魔物はいちいち山賊と村人を見分けたりしない。目に付いた獲物から狙うはずだ。

そう判断した山賊頭は、村人を置いて逃げれば魔物は村人を襲うと判断した。

その考えに誤りはない。冷静で的確な判断だと言えるだろう。

ただしそれは、魔物が野生の魔物であったら、の話だ。

一斉に滑空してきたドラゴンはどういうわけか村人を無視し、次々と村から逃げる山賊にのみ襲いかかった。

何故なのかはこの場の誰にも分からない。

単純に村人が痩せすぎていて美味そうに見えなかったのか、それとも強い相手だけを狙う習性でもあったのか。

どちらにせよ、魔物は山賊のみを攻撃対象とし、次々と山賊が仕留められていく。

当然山賊も反撃をするが、空を飛んでいる相手には攻撃が届かず、降りてきた瞬間を狙って振り下ろした剣はドラゴンの鱗に弾かれてへし折れ、一方的に数を減らすだけだ。

やがて残る山賊はとうとう頭一人だけとなってしまい、彼は何とか生き延びようと村へ引き返した。

理由は分からないが、あの魔物は村人を無視している。

なら村人に紛れれば……あるいは村人を盾にすればまだ助かる道はある。そう彼は考えた。

だが山賊頭の前にドラゴンが着地し、そして彼は信じられないものを見た。

ドラゴンの背に、銀髪の美しい少女が立っていたのだ。

見た目は幼いが、将来は必ず美人になると確信出来る整った顔立ちに見惚れそうになるが、しかし今はそれよりもドラゴンに誰かが乗っているという事実の方が重要であった。

少女が地面に降りると、ドラゴン達は彼女に従うように次々と頭を下げる。

その光景を前に山賊頭はようやく理解した。魔物が山賊のみを狙った理由は、そう命令している者がいたからなのだと。

「まさか、この魔物全部がテメェの……？　いや、そんな事あるはず……まさか！」

これだけの魔物を従えるなど、そう簡単な事ではない。

だが彼は、少女が手にしている剣を見てハッとした。

そうだ、昔、奴隷を売ってやった貴族から聞いた事がある。王族の血に連なる者は、多くの魔物を呼び出して従える力があると。

確か王剣と呼ばれる剣……あの少女が持っているものがそうなのではないか、と山賊頭は考えた。

話を聞いた時はそんな夢みたいなお宝があるなら是非欲しいもんだ、と冗談交じりに笑ったのを覚えている。

だがその夢みたいなお宝は実在し、その脅威は今自分へと向けられている。

どうする……と山賊頭は考えた。どう考えても勝ち目などない。逃げる事も出来そうにない。

だが彼は諦めが悪く、何とか逃げる時間を稼ごうと村人に揺さぶりをかける事にした。

「おいテメェ等！　助けが来て一安心……とか思ってるんじゃねえだろうな⁉　笑わせるな、俺がこんな小娘に負けると本気で思ってるのか？　この距離なら、他の魔物が助けに入る前にこんな小娘くらいブチ殺せる！　そうすりゃあ魔物も暴走して、村に襲いかかるぜ！」

それは、あながちハッタリばかりでもなかった。

彼の言うとおりジークリンデは幼い娘で、自分から山賊頭の前に来てしまったせいで山賊頭との距離もそれほど離れていない。

三歩か四歩歩けば剣の射程に入る程度の距離だ。

ならば十分有り得る……そう思わせるだけの説得力はあった。

「だがテメェ等に助かるチャンスをやる！　俺が逃げるまでの時間を稼げ！　その小娘の邪魔をしろ！　そうすりゃあ、二度と村に手を出さないと約束してやる！　大丈夫だ、そいつはテメェ等に害は与えねえ！　それともまさか、そいつが俺より強いとでも思ってるのか⁉」

山賊頭のハッタリに、村人達が震えた。

だがその恐怖を吹き飛ばすように、少女——ジークリンデが叫ぶ。

「惑わされるな！」

ジークリンデは思い出す。こんな時にかけるべき言葉を。

自分の中にある、強さの指針を。

『彼女』の強さには王剣を手にした今でもまるで届く気がしなくて、それでもああなりたいから。

何も恐れず、縛られず、己の道を往くあの強さに並びたいから。

だから、かつてかけられた言葉を口にした。

「私が貴方達を守る。何が来ようと、指一本触れさせはしない！　私を信じろ！」

……メルセデスは『私を信じろ』とまでは言わなかった気もするが、それはまあアレンジという事でいいだろう。

凛(りん)としたその宣言に村人達は震えを止め、そして誰も山賊頭の言葉には従わなかった。

それを見て勝負が決した事を悟った山賊頭は自棄交じりにジークリンデへと突撃をする。

対し、ジークリンデは剣を薙ぎ——山賊頭は断末魔の声もなく崩れ落ちた。

ジークリンデは、総合的な実力ではメルセデスに及ばない。

だが技量だけならばメルセデスよりも上で、その強さはメルセデスの兄のフェリックスを上回っている。

たとえ魔物がいなくても、正面から戦えば最初から山賊如きが勝てる相手ではないのだ。

村から歓声が上がり、その光景を上空を滑空するドラゴンの背から見ていたハンナが安堵したように息を吐いた。

「いざとなったら手を出そうと思ってたけど……その必要はなかったね」

ジークリンデがもし危機に陥った時は、ここから短刀を投げて山賊頭の頭を割ってやるつもりだった。

だが、そんな助けなどなくてもジークリンデは立派に村を守り、山賊を全て倒してみせた。

「名君の素質あり……かな？」

村人達ににじり寄られ、感謝の言葉をかけられるジークリンデを見下ろしながらハンナは嬉しそうに言う。

今回の勝利は、大局的に見ればハッキリ言って何の価値もない。

僻地で暴れているだけの小物山賊団など潰しても何の利にもならない。

しかもドラゴンを見てからの素早い退散の判断といい、領主が健在の時は出てこなかった事といい、あの山賊団は変な言い方にはなるが、分を弁えている山賊団だった。放置しても都市まで出てきて被害を出す事はなかっただろう。

大きな活動をしないのでずっと小物止まりだが、貴族に目を付けられずに細々と長生きするタイプだ。

村もどの道立て直し不可能なので、村人達は別の村に移住する事となるがこれも大局的に見れば何の影響もない。

しかし決して無意味ではない。そんな潰れかけた村一つの為に自ら出陣し、村人達を救った若く勇敢な王女の逸話……それは必ず、彼女への求心力を高める事となるだろう。

この真っすぐすぎる王女が、あの少し歪んだ姪と共にどんな未来を作っていくのか……。

その事を楽しみに思いながら、村人に囲まれて動けなくなっている王女を助けるべく、ハンナは地面へ飛び降りた。

妹達のダンジョン訓練

学園での一年度が終わり、二年度を迎えるまでの長期休暇をメルセデスは屋敷で過ごしていた。

屋敷にいる間は苦手分野である魔法――とりわけマナを操る術を重点的に鍛えている。

魔法はマナを操る術である。自分の中にあるマナに命令を与えて外に出し、外のマナを動かす事でさまざまな事象を起こす事が出来る。

マナの事をツヴェルフはナノマシンと呼んでおり、ナノマシンはメルセデスを始めとするこの世界の生物を構成している原子のようなものだ。

つまり魔法を使うというのは、自分の身を削るに等しい行いと言えるだろう。

過度に使いすぎなければ問題はない。切った髪がまだ伸びるのと同じように、身体を構成するナノマシンの量も自然と元に戻る。

だがあまりに魔法を使いすぎれば命の危険にも繋がりかねない。身体を構成しているナノマシンとて無限ではないのだ。

自分の命を脅かさない範囲でどれだけ魔法にナノマシンを回せるか……この限界量が魔法力である。

故に基本的には余分な体積が多い者……身も蓋もない言い方をしてしまえば肥満の方が魔法を多く使う事が出来る。

無論メルセデスは、この方向性は目指さない。

余分な脂肪など付けては動きにくくなってしまうし、これではいくら魔法が強くなっても総合的に見れば弱体化だ。

なのでもう一つの方法を目指す事とした。

マナの扱いに長けた者は、身体の構成に回さずにマナをマナのまま身体の中に蓄えておく事が出来るらしい。

そうした者は体型の余計な変化はなく、細身なままでも高い魔法力を維持出来る。

何とかそのレベルまで行き着く事が出来れば、戦術の幅も大きく広がるだろう。

魔法の訓練は主に自らが所有するシュタルクダンジョンの中で行い、学園が再開されるまでの時を過ごす。それがメルセデスの休暇の使い方であった。

そうして過ごしていたある日の事、母のリューディアと共に朝のティータイムならぬ夜のティータイムを優雅に楽しんでいたメルセデスの許(もと)に妹のマルギットとモニカが訪れた。

「……戦い方を教えてもらいたい？」

「うん！」

「ええ、二人で話して、お姉様に教わるのが最もいいと結論を出しましたの」

二人の相談内容は、戦い方を教わりたいというものであった。

これにメルセデスは疑問を覚える。

吸血鬼は力の信奉者で、強い者こそが尊敬を勝ち取る事が出来る。そこに男女の差はない。

なので力を欲する事は決して間違いではないだろう。

事実メルセデスも、力によってここまでのし上がっている。

しかしどう見てもこの二人……特にマルギットが戦闘に向いているとはメルセデスには思えなかった。

「教えるのは構わんが……二人に必要か？」

力の信奉者だからといって、別に力がなければ生きていけないわけではない。

リューディアや以前チョコレートの量産を頼んだ商人のトライヌのように、戦う力などなくても立派に生きている吸血鬼もいるのだ。

それに状況も以前とは違う。父に放置されていた以前と異なり、今の二人は公爵令嬢としてグリューネヴァルトの屋敷で暮らしている。

無理に戦う力を求めずとも、生きていけるだけの環境を得ているのだ。

「その……私達、エーデルロート学園に入るようにお父様に言われて……でも、このままじゃ入学試験に落ちてしまいそうで不安なの」

マルギットが心配そうに言うが、それは仕方のない事だろう。

何せ彼女は九歳まで貴族社会とはほぼ無縁の生活を送っていたのだ。

幼い頃から英才教育を受けてきただろう他の生徒とはまるで条件が異なっている。

学力に関して言えばグリューネヴァルトの屋敷に迎えられてからの約二年間で大分詰め込んだと思うが、それでもハンデ有りには違いない。

それを言えばメルセデスも似たようなものだが、こちらは前世の知識に加えてダンジョンをクリアするだけの実力を入学前から備えていたので例外中の例外である。

「……学園に入るメリットがないように思うが」

しかしメルセデスに言わせてもらえば、この二人は別にエーデルロート学園に入れなくても問題はないと思っている。

あの学園で主に教えられるのは戦い方だ。

それは貴族社会に出てからの人の上に立つ為の戦い方であったり、国の悲願であるダンジョンを手に入れる為の戦い方だったり……そして戦争になった時の為の戦い方を教えている。

そう、あの学園で教わる内容は基本的には領主向けの教育なのだ。

次点で領主となれない者……例えば貴族の次男坊や三男坊などが貴族社会を上手く渡っていく為の力を与える事が目的となっている。

ではマルギットやモニカはどうだろうか。

この二人は正直なところ、そこまで力がなくても生きていけるだろうとメルセデスは考えている。

二人共美しい娘で、しかも公爵令嬢だ。まず周りが放っておかない。

山ほど縁談が舞い込むだろうし（というより、既に舞い込んでいる）結婚相手はよりどり見取りだ。

その中からいいと思った相手を選んで婚姻を結び、貴族の妻として生きていけばいい。

勿論貴族としての最低限の礼儀作法や知識は必要なので学園も決して無駄ではないが……そんな事はこの屋敷でも学べるだろう。

それらの事を踏まえての「メリットがない」発言だったのだが、二人は若干落ち込んだように顔を暗くしてしまった。

「あら、いいじゃないメル。せっかく可愛い妹が頼ってくれてるんだから、無下にするものじゃないわ」

「しかし、母様……」

「やれるだけやってみて、それから結論を出せばいいのよ。不合格だったら向いてなかったって事でスッパリ諦める。入学出来たら頑張れるところまで頑張る。それでいいじゃない。私達の時間は長いんだから、失敗したっていくらでもやり直せるわ」

リューディアに言われ、メルセデスは腕を組んで考えを巡らせる。

少なくとも学園に入る事は無駄にはならない。

それに、吸血鬼は人間と違って時間はたっぷりあるのだから、一度や二度進路を間違えてもやり直しが利くのだ。

つい人間だった時の感覚で、こうした進路を一生モノの決定と考えてしまいがちだが吸血鬼の人生は長く、あのフレデリック学園長のように老いるまで不老期が訪れないような事がない限りは、ほんの数年程度を無駄に使ってしまっても問題はないのだ。

ならばこれも経験か。そう考え、メルセデスは意見を翻す事にした。

「……分かった。ただ、私も他者に教えるのが得意というわけではない。それでもいいなら引き受けよう」

メルセデスの問いに、マルギットとモニカは嬉しそうに顔をほころばせた。

どうやら、聞くまでもない問いだったようだ。

◆

二人の戦闘訓練としてメルセデスが選んだのは、プラクティスダンジョンであった。

このダンジョンは出てくる魔物が弱く、その上やけに親切で聞いてもいないのに色々な事を勝手に教えてくれる。

恐らくはダンジョンの所有者にそうするように命じられ、魔物自身も何も疑問を抱く事なく命令を実行しているのだろう。

狩られる事前提のダンジョン……初心者にとってこれほど都合のいい場所はない。

無論それでも命の危険がないわけではないが、そこはメルセデスがカバー出来る。

万一に備えてベンケイとクロも出しているので、余程の事がない限りはまず問題ないだろう。

絶対に安全とまでは言えないが……そこまでを求めるならば、そもそも学園を目指すべきではない。

学園の授業だって魔物と戦う事はあるのだから、百パーセント安全とは言い切れないのだ。

「あの、お姉ちゃん……武器って本当にこれでいいの？」

「私はお姉様と同じような武器がよかったですわ」

マルギットとモニカはメルセデスが与えた袋を腰に下げており、中には石が詰め込まれている。

武器と言うからには剣や槍などを使う事になるだろうと想像していた二人にとって、これは意外な事であった。

何せ石だ。魔法を込めた魔法石ではなく、正真正銘どこにでも落ちているただの石を武器として渡されたのだから二人が困惑するのも無理はない。

メルセデスがこの原始的な武器を選んだのには理由がある。

まず戦闘というのは原則として相手の間合いに入らない方が安全で強い。つまり遠くから攻撃出来る方が圧倒的に有利で生存率も高いのだ。

日本の武士も、刀で戦っているイメージが強いが実際は弓矢が主な武器だったという。

しかし弓矢は扱うのに訓練がいるし、何よりメルセデス自身が弓を使った事が無いので教えられない。

クロスボウならば訓練なしでも扱えるが、こちらは連射力に難があり一分に一発か二発撃ち出すのが限度だ。

そこで遠距離攻撃の手段として投石を選択した。

ただ石を投げるだけなので弓矢ほどの訓練はいらず、しかも弾切れの心配もない。その辺に落ちている石を使えばいいのだから実質的に無制限だ。

投石具を使う事も考えたが、投石具は扱いに慣れが必要な事と、何よりこのダンジョンの魔物程度ならばそこまでしなくても十分倒せるとメルセデスは判断した。

「まずは相手を仕留めるという事に慣れておいた方がいい。武器を選ぶのはその後だ」

最初の魔物殺しを素手で行ったメルセデスが言っても説得力はないが、生き物の命を奪う行為にはやはり忌避感を抱くものだろう。

だが敵に近づかれた状態で躊躇していては命取りになりかねない。

なのでまずは遠距離から敵を仕留めさせ、慣れさせるべきだとメルセデスは考えた。

「見ていろ」

メルセデスはそう言うと、ダンジョンに転がっていた石を適当に一つ拾い上げた。

それから離れた場所にいる魔物に狙いを定め、石を投げつける。

すると石は魔物の頭を砕き、一撃で絶命させてしまった。

「見てのとおり、私達吸血鬼の腕力ならば普通に石を投げるだけでも十分な武器になる。血操術で身体能力を強化していれば尚の事だ」

吸血鬼は力が強い。それは非戦闘員のリューディアのような女性であっても林檎(りんご)くらいならば軽々握り潰せる事が証明している。

ここにいるマルギットとモニカも、少なくとも人間と比べれば怪物級の力の持ち主で、しかも屋敷に来てから学んだ血操術によって確実にその力は高まっている。

メルセデスには遠く及ばないにしても、それだけの力があれば石を拾って投げるだけで弱い魔物ならば倒せてしまうだろう。

流石に強い魔物相手だと通じないかもしれないが、実戦に慣れる為の第一歩としては投石から始めるくらいで丁度いい。

「ほら、あそこに魔物がいるぞ。やってみろ」

メルセデスが通路の先を見ると、そこにも今倒したものとは別の魔物が立っていた。

動くマネキンのような魔物で、非生物的な外見がいかにもおあつらえ向きだ。

あれならば生物を『殺し』ているという実感は薄れるだろう。

「投石の利点を教えてやる！　このように一直線で狭い通路ならば相手は避け難いし接近されるま

で一方的に攻撃出来る！　槍で突くのも有効な戦術だ！　だから俺はお前に近づく！」

そしてこの無駄なアドバイスである。

この一見ふざけた言動も、ダンジョンの持ち主が言わせていると考えるとその先の狙いも見えてくる。

こうして気の抜けた言動をさせ、まるで遊びの延長線上か何かのように実戦経験を踏ませる。

それを繰り返せば相手を殺める事への罪悪感は薄れ、その上でしっかりと経験だけは積んでいく。

その先にあるのは、民の兵士化だ。このダンジョンで経験を積めば誰でも簡易的な兵士になる事が出来る。

「では、まずは私がやりますわ」

モニカが名乗りをあげ、石を袋から出す。

そして大きく振りかぶると、思い切り投げつけた。

幼い娘であっても、流石は吸血鬼だ。その威力、速度共に申し分ない。

石は見事魔物に命中し、よろめかせた。

そこに立て続けにモニカが二投目、三投目と石を投げつける事で魔物はダウンし、動かなくなった。

「大したものだな」

「ふふん、こう見えても狩りは得意でしたの。貴族の嗜（たしな）みでしてよ」

「狩りか。何を使っていた？」

「マスケット銃ですわ」

どうやらモニカは既に下地が出来ているらしい。

娯楽で動物を殺めるスポーツ・ハンティングはこの国では何ら珍しい事ではない。

貴族ならばやっていて当たり前の……そう、モニカが言うとおり『嗜み』の一つだ。

自らが狩った獲物を自慢し合い、獲物の血をワイン代わりに飲み交わす。そんな光景も吸血鬼社会ではよくある日常でしかなく、モニカも当然そうした経験があるのだろう。

とはいえ、一発ずつ弾を装填しなくてはならないマスケット銃は連戦が当たり前のダンジョンには向いていないので、遠距離攻撃はこのまま投石でいいだろうとメルセデスは考えた。

「次はマルギットだ。出来るか？」

「……やってみる」

モニカの次はマルギットだ。

こちらはモニカのように下地が出来ておらず、恐らく意識して生物を殺すのは初の事だろう。

虫くらいならば潰しているかもしれないが、大きな生物を仕留めた経験があるとは思えない。

しかしマルギットは緊張しながらもしっかりと魔物を狙い、石をぶつけた。

更に二投目、三投目と石を投げて魔物を近づかせない。

狭い通路であればたとえ外したとしても投げるだけで十分牽制になる。

やがて相手の弱さもあって六投目で魔物は動かなくなった。

「た、倒した……」

「よくやった。まずは何回か繰り返して実戦の空気を覚えるぞ」

それからメルセデスは、何回か魔物相手に同じ事を繰り返させ、二人に疲労が見え始めたところでその日は終了とした。

次の日は槍を持たせてダンジョンへと入った。

遠距離からの攻撃は優秀だが、だからといって白兵戦を磨かなくていいわけではない。

特にこの世界では投石くらいならば怯まず突撃してくるような魔物も普通にいるだろう。

例えばメルセデスのダンジョンにいたゼリーなども、コアに命中しない限りは投石など気にせず突き進んでくるに違いない。

そういう相手と戦う時の為にも、ある程度は白兵戦を行える方がいい。

昨日と同じように、まずは非生物的な外見の弱い魔物を探して経験を積ませ、次に生物的な外見の魔物と戦わせる。

槍で直接肉を突き刺し、命を奪う感触には流石にマルギットだけではなくモニカも多少の嫌悪感を抱いたようだが、それだけだった。

吸血鬼は元々生物の血を吸う存在だ。なので血への忌避感は人間よりも遥かに低い。

これは当然の事で、例えばライオンが「俺グロ画像吐くほど苦手なんだよね……」などと言っていたらそれこそ何も食べられなくなるだろう。

いかに大人しい少女でも吸血鬼だ。血を見る事への抵抗感は殆どない。

それどころかモニカは倒した魔物の血を瓶に詰めて、それを飲むようにマルギットに勧めていた。

それから更に、魔物相手に経験を積みながら三人（＋ベンケイとクロ）は十五階層まで降りて、そこにいたレッサードラゴンとはモニカとマルギットの二人で協力して撃破した。

流石にこのレベルの魔物は二人だけだと危険なのでレッサードラゴンの動きはメルセデスの重力魔法で大幅に制限したが、それでもよくやった方だ。

「さて、これで最低限の実戦経験を積む事は出来ただろう。後はここからそれぞれに合った戦い方を模索し、研磨していけばいい」

メルセデスはそう言い、後の事は二人に委ねた。

突き放しているようだが、実際これ以上教える事はない。

メルセデスが戦い方を教えても、それはメルセデスの戦い方を教える事にしかならず、それが二人に合っていなかった場合はかえって成長の邪魔をしてしまう。

特にメルセデスの戦い方は重力魔法や、重力トレーニングで得た馬鹿げた身体能力を前提としたものなので他人に勧められるものではなかった。

なので後は帰るだけとなったのだが、そこでベンケイが以前と違う点に気が付いた。

「主」

「どうした、ベンケイ」

「階層が増えております」

ベンケイに言われて辺りを見る。

すると確かに、下層へと繋がる階段がある事が分かった。

これはおかしな話だ。ギルドではこのダンジョンは十五階層までしかないと教えられたし、実際に以前来た時はこの十五階層がゴールだった。階段など間違いなくなかったはずなのだ。

「……気になるが、今は戻るぞ」

少し考え、メルセデスは退却を選択した。

未知の階層は何が起こるか分からない。そんな所にモニカとマルギットを連れていくのは危険だ。行くならば自分達だけで行った方がいい。そう考えての事であった。

「おい待てよ。つれないじゃないか」

だが帰ろうとしたところで、男の声が聞こえた。

この場にいる男はベンケイくらいなものだが、明らかに彼の声とは違う。

しかし聞き覚えのない声ではない。どこかで聞いた声だ。

メルセデスは声のした方向へ視線を向け、そして予想していなかった人物を見た。

「よう、久しぶりだな」

「……ボリス・グリューネヴァルト」

そこにいたのは腹違いの兄のボリス・グリューネヴァルトであった。

二年前にフェリックスの誕生祭で魔物を出してパーティーを滅茶苦茶にし、そのままフェードアウトしていた男である。

十中八九ベルンハルトによって処分されたと思っていたのだが、まさかこんな所で再会するとは思わなかった。

「嘘……」

「あら、まだ生きてたんですの」

ボリスにあまりいい思い出がなく、実は今この瞬間まで顔すら忘れていたマルギットが驚いたような声を出し、モニカは興味なさそうに話す。

その反応にボリスは分かりやすく舌打ちをし、彼女達を忌々しそうに睨んだ。

「随分いい服着てんなあ……何でだよ……何で俺と同じ側室の子のはずのお前等がそんないい生活をしてて、俺はこんな事になってるんだよ」

「気に入らねえなあ」

「なあ、不公平じゃねえか？」

ボリスの声が立て続けに響いた。

同じ人物が続けて話しているのではない。反響しているわけでもない。

同じ声が別々に響いているのだ。

階段の下からボリスが新たに二人現れ、これにはさしものメルセデスも驚いた。

「なるほど、そういう事か。恐らく相手の知っている人物に化ける魔物なんだろう」

増えたボリスを見て、これは魔物だと結論を出した。

それから先頭にいたボリス……いや、ボリスもどきの首を掴み、地面に強く叩きつける。

それだけで呆気なく首の骨がへし折れ、絶命した。

するとは形勢不利と見たのか、二体のボリスもどきはそれぞれマルギットとモニカに向かって走り出す。

「魔物を兄に持った覚えはない」

「実の兄を相手にマジかよ……」

「て、てめえっ！」

残った二体のボリスもどきが慌てるが、メルセデスは冷たく言い放った。

人質にでもする気なのだろうか。

片付けようと思えば一瞬で終わる……しかしメルセデスはあえて追わなかった。

今一体潰して分かったが、このボリスの姿をした魔物は全く大した事がない。

実力的には……そう、二年前に会った本物のボリスと同じくらいだ。

今のモニカとマルギットならば問題なく片付ける事が出来る。

だから、まずは見守る事にしてベンケイとクロにも何もしないように手で制した。

「おいモニカ、俺に協力しろ！　二人であいつを……」

「軽々しく呼ばないでくださる？」

近づいてきたボリスもどきに、モニカは躊躇せずに槍を突き出した。

かろうじて直撃は避けたが、腹を浅く斬られてボリスもどきは怯む。

「私、貴方の事など知りませんので」

それだけを言うとモニカはボリスもどきの胸を槍で貫き、ボリスもどきが力なく倒れる。

それでもしぶとく生きていたが、追い打ちに今度は首を串刺しにした。

兄の姿をしていようが魔物は魔物。そこに躊躇など必要ない。

一方マルギットは壁際に追い詰められ、ボリスもどきは勝ち誇ったように笑っていた。

「よう、俺にビビって言いなりになってた小娘が随分いい生活してるみてえじゃねえか。なあ、俺に協力しろよ。役立たずでも俺がここから逃げる手伝いくらいは出来るだろ？」

「……嫌です」

「あァ？　お前何拒否してるんだよ？　黙って従えば……いいんだよ！」

ボリスもどきは不機嫌そうに言い、マルギットに拳を繰り出した。

馬鹿の一つ覚えだ。大して強くないくせに、自分より弱い相手を見つけて暴力で脅すしか能がない。

以前マルギットはこの暴力に怯え、兄の都合のいい道具になりかけた。

だが今は違う。マルギットはもう、彼よりもずっと強い存在を知っている。

だから無言でボリスもどきの拳を受け止め、逆に力をもってボリスもどきの拳を強く圧迫した。

「がっ……⁉」

「私、前は貴方の事が怖かった」

マルギットは十一歳になったばかりの吸血鬼だ。

しかし屋敷に来てからの二年間で血操術を学び、身体能力を上げる事も覚えた。

ただ生まれ持った力を振り回す事だけしか出来ない敵など、最早相手にならないのだ。

「でも、もう貴方の事なんか怖くない。貴方の言う事には従いません」

それだけを言い、ボリスもどきの手を放すと強く突き飛ばした。

自分よりも弱いと思っていた相手にも及ばない事を知ったボリスもどきは、情けなく後ずさりをする。

「ひ、ひい……！」

それから、背を向けて階段へと走り出したがメルセデスが指を鳴らすと同時にクロが襲いかかり、喉を噛み千切った。

断末魔の叫びもなく崩れ落ちたボリスもどきを見下ろし、メルセデスは彼が死んでいる事を確かめる。

何と言うか……本当に弱いだけの魔物だった。

こんなのが何故十五階層より下から出てきたのかは分からないが、親しい相手に化けるというのは使い方次第では厄介な能力にもなる。

それに必ずしも出てくる階層と強さが一致するわけでもないので、こういう事もあるのかもしれない。

まあ、マルギットの精神的な成長を見る事が出来たという点では価値のある魔物だったと言えなくもないだろう。

「最後に妙な奴が出てきたが、もうここに用はない。戻るぞ」

今出てきた魔物が弱かったのは、運がよかっただけだ。

変に深入りすると強い魔物と出くわしてしまうかもしれない。

なのでメルセデスは退却を指示し、二人もそれに従う。

「…………」

帰る前にもう一度だけメルセデスはボリスもどきへ振り返り、それから背を向けてその場を去った。

メルセデスはそれを、魔物であると決めつけた。

だがその一方、頭の片隅で考えていた事がある。

ダンジョンを攻略した者は、魔物の『新規登録』を行える。

同一の魔物をいくらでも増やす事が出来る。

この日メルセデス達が遭遇したボリスもどきは本当に魔物だったのか……それとも……。

ダンジョンの床に横たわる三人のボリスの眼が、恨みがましく虚空を見つめていた。

あとがき

祝・二巻発売！

皆様お久しぶりでございます。著者の炎頭（ファイヤーヘッド）です。

この度は「欠けた月のメルセデス」二巻を御手に取ってくださり、真にありがとうございます。

今回は学園編という事で、順風満帆なスクールライフ……となるはずもなく、王位継承者を巡る騒動に巻き込まれたりしましたが、お楽しみいただけたでしょうか？

お楽しみいただけた方にはもっと楽しんでいただけるよう、そうではなかった方にはこれから楽しんでいただけるように尽力していきたいと思っております。

また、一巻でも告知した事なのですが、とても有り難い事にこの「欠けた月のメルセデス」が、コミカライズする事が決定し、絶賛連載中であります。

とても素晴らしいものなので、是非皆様にも見ていただきたいです。

試し読みとしてこの後書きの後に一話が掲載されておりますので、後書きを読み終えたら、すぐにコミカライズ版一話を見に行くべきだと思います。

誰だってそーする。私だってそーする。

また、コミカライズだけではなくこの二巻の方も前回から引き続きイラストを担当してくださるＫｅＧ先生の美麗イラストは必見です。

自分の頭の中だけでぼんやりと「大体こんな感じかな」と想像していたキャラクター達が絵になり、現れてくれる……これこそ、書籍化した事で得られる最大の恩恵なのかもしれません。

今回登場したハンナやピーコ、ジークリンデも霞がかった想像の向こうから来てくれて、そこで初めて私も彼女達がどんな姿でどんな顔をしていたのかを知る事が出来ました。

前巻から変わらず素晴らしいイラストを描いてくださったＫｅＧ先生に、コミカライズを引き受けてくださった江戸屋ぽち先生、作品という形で世の中に送り出してくださったＴＯブックス様、親身になり色々と教えてくださった担当様、並び、この作品を作る上で助力してくださった関係者皆様に改めて厚くお礼を申し上げます。

そして、今この本を手に取ってくださっている方も、改めてありがとうございます。

それでは、三巻でまたお会いしましょう。

炎頭（ファイヤーヘッド）

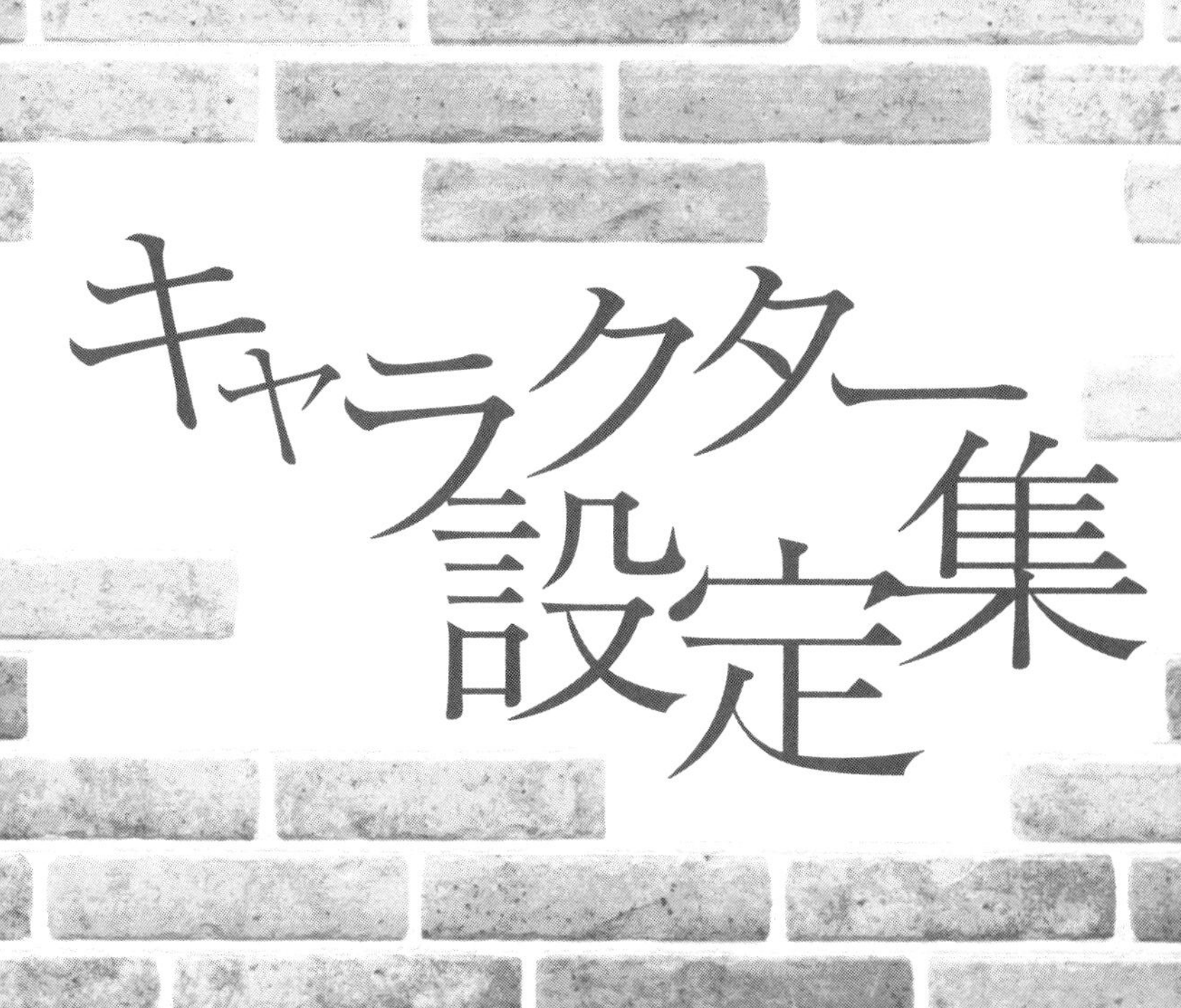
キャラクター設定集

【シュフ】
種族：ベーゼデーモン（悪魔）
主義：健康は美味い食事から始まる
願望：己の腕を存分に振るいたい
好き：料理
嫌い：手抜き料理
性格：真面目なのだが
何か方向性がおかしい

【ピーコ】

種族：アシュタール（鷲型モンスター）
主義：腹が減ったら肉を食うべし
願望：美味い肉を食べたい
好き：肉
嫌い：黒パン
性格：物事を深く考えない

【ハンナ・バーガー】

種族：吸血鬼
主義：国への忠誠
願望：国の正常化
好き：身内
嫌い：推理が外れて迷走する事
性格：基本は明るく大らかだが
冷徹な面も持つ

【ウサちゃん】

種族：メルダーハーゼ(兎型モンスター)
主義：弱者でもやり方次第で強者に勝てる
願望：喫煙者にもう少し優しくしてほしい
好き：葉巻、ニンジン
嫌い：喫煙者への偏見
性格：冷静沈着
※銃を持たせた際の
危険度はアシュタールを上回る

【ジークハルト・アーベントロート】

（本名：ジークリンデ・アーベントロート）

種族：吸血鬼
主義：影武者時代は「主義や自分の願いなど持ってはならない」と思っていたが王女と判明後は「国を護りたい」と志す
願望：メルセデスに恩を返したい
好き：訓練
嫌い：不正
性格：良くも悪くも真面目で善人

【グスタフ・バルト】

種族：吸血鬼
主義：剣はただの剣であればいい
願望：「願望など持ってはならない」と思っている
好き：酒
嫌い：過去の自分自身
性格：寡黙で自虐的

コミカライズ
第1話

漫画：江戸屋ぽち
原作：炎頭
キャラクター原案：KeG

今――…

『私』というつまらない物語(じんせい)が

終わろうとしている

こんな時だというのに

もう読むことのない買ったばかりの新刊が

血で汚れてしまうことを気にしている

何もない人生だった

私の人生には圧倒的に何か欠けていた――…

『私』が
満ちた月を
見ることは
もう
ない――……

第１話

がばッ
………っ

サラ…

トンッ
いつから
だろう
カタ…
この〝生〟が
2度目であることに
気がついたのは
『私』は
名を
メルセデス
家名は
グリューネヴァルト

吸血鬼の子
として生を
受けた
うむ
いつもの
『私』だ
ガバッ
お目覚めですか
メルセデス様

お食事を
用意して
ございます

ありがとう
ばあや
着替えたら
すぐに参ります
はい

神々の姿を模(も)したという
『ファルシュ』が4種に
分かれ この星で文明を
築いている

吸血鬼も
そのひとつだ

この世界の
吸血鬼は

力が強く
魔法を使いこなし
寿命が長く
再生力に優れ
太陽が少し苦手

転生した種族的には
当たりの部類だろう

あとは
生まれた環境
次第で――……
ギシ
ギシ
ギシ
ギシ

ミシッ
おっと…

ビュオ
オオオ

ガタ
ここは
室内だぞ…
隙間風という
レベルを
超えている…
ガタ

ギギギギ
ここもしぶい…
おはよう
メル
素敵な
夜だわ！
今日は目玉焼きが
双子だったのよ！
ラッキーよね♡
1個で2個分ですもの
おはよう
ございます
母様
それは
よかった
ですね
あら…
浮かない顔して
どうしたの…？
それにしても目玉焼きって名称は何だか怖いわ

そろそろ
廊下の床を
張り替えないと
怪我をします
それから
本格的に
冷え込む前に
窓周りの建て付けも…
ん――――…
そうねぇ…
…………
ああ…
やっぱり
もっ
もっ
もっ
かたっ…
少々の卵と
硬い黒パンに
具のないスープ
代わり映えのしない
メニュー
ん――――…
どうしま
しょうねぇ…

この状況を見るかぎり――…

父からの仕送りが年々少なくなっているのだろう

母の話だと父は広大な土地を支配する領主で

金も物資も潤沢であるはず

…なのにこの仕打ちである

血は飲めないことはない
むしろ吸血鬼の身体はおいしいと感じている
それを前世の記憶を持った頭が拒否をする
そのズレが気持ち悪くて『口に合わない』と割り切ることにした
せっかくですが母様どうぞ
血は料理に入れてもらってるぶんで足りています
それに硬い食べ物をよく噛むことは体にいいのです
脳への刺激になって
注意力 集中力 バランス能力が高く保持されます
まぁ…メル
どこでそんな難しいことを…
前世の記憶…なんて説明しても面倒になるな
え――と…

ボトッ
え
ヂュウ?!!
ガタタッ
ピーー××××
かぽっ
ばぁや
食料庫の壁に
穴が空いてないか
確認お願い
は…
はい
ただでさえ少ない食糧
食いつくされたら困る
ごちそう
さまでした
スタスタ

父の顔を長い間
見ていないのは
母も同じ
あの母が
父からもう一度
寵愛を受けるとは
思えない
ボロボロの
屋敷に
質素な生活
それでも
最低限の
生活ができて
いるのは
「メルセデス・
グリューネヴァルト」が
家名を継ぐ
継承権を
かろうじて
持っているから
もちろん
グリューネヴァルト
の名は本妻の子が
継ぐ
別にそこは
問題じゃない
「その後」
だ
跡継ぎが
決まったあと
父にとっての
私たち家族の
価値は
どのくらい
残るだろうか——

かぽっ
チュ

捕まった時点で
お前の命はなかった
のと同じだ
次は判断を
間違えるな

ギューーッ

………
ネズミ相手に
何を説教して
いるんだろう…

〝次は
間違えるな――…〟

私の「前世だった誰か」の人生は突然に終わった

歩道橋の上急ぐ人波に衝突され

転落死

子供を救って車の事故にあったとかならば――…

少しは格好がついたのだろうか――…

ライトノベルや
ファンタジー小説
伝承 逸話など
吸血鬼を題材とする
作品では
アンデッド つまり
不死の能力を持つ
場合がある
しかし
吸血鬼同士で
子をなせること
からしても
おそらく
この世界に
『死』は存在する
だとしたら
このまま
貧困で死ぬことも
十分ありえる
貧困から
抜け出すには
手っ取り早く
働くしかない

ありがたいことに
この世界には
年齢も立場も
問わず
誰にでも就ける
仕事がある
それが探索者(シーカー)
対価は己の命と
チップ1枚
世界に数多ある
秘境やダンジョンを
攻略することで
金銭を得る 最も
死亡率の高い仕事
いまの私が
最短で金を稼ぐには
この仕事しかない
しかし
私にある強みは
前世の経験と記憶
知識はあっても
身体がついて
こなければ
すぐに死体となる
だろう
では
どうするか
単純明快
身体を
強くすれば
いい!!
それ以外に
思いつかん!!

今日はこれを試してみよう
文献によっては吸血鬼は怪力無双設定のこともある
何てったって鬼だからな……
ものは試し!!
それっ
ビーン
微動だにせず
む……
ふっ
せい!
はっ

ぷらーん
…………

たぶん…人間の子供よりかは筋力はある…
でもやっぱり大人のようにはいかないようだ
……あ

これ…よじ登るほうが
よじ
よじ
筋力と握力を鍛えるのにいいいな

がっかりするのはやめよう
フィクションでも修行とか訓練はこういう地道な訓練が定石
ギチ
ギチ

ゴ
ゴ
……でもないな!
最近のチート能力異世界ときたら……くっそ……
ゴ
ゴ
ゴ
ゴ

ふ――……

……

ザァァァ

ァァ

これは前世の記憶からくる感情だ――…

私にとって
木登りは
初めて
なのに
こみあげてくる
なつかしさ
草薙剣
アスカロン
エクスカリバー
アイギス

クラウソラス
デュランダル
トールハンマー
…ふふ
意味もなく
よくこんなに
たくさん
覚えたものだ
子供の頃は
それが将来なんの
役に立つのか
その行動に
どんな意味を
持つのか
そんなことを
考えることなく
好きなことに
打ち込み
夢を持っていた
でもいつしか
大人になる
うちに
現実を知り
才能を知り
挫折を知り──…
生きるための
効率を求め
そして
夢を追わなくなり
目的のない物語が
でき上がる

これは
よくある話だ

そう自分に
言い聞かせ
ただ
生きるために
生きていた

あの日――
突然の
死に際にも
絶望や
後悔や
心残りなど
押し寄せてくる
ものはなかった

挑むことを
やめた人生には
挫折もない

何も…ないのだ

ミミシ
!
ミミミシ
パキ
ちょっと待って
木よ 枝よ
そんな展開
きいてない
ミシ
パキ
パキ
吸血鬼って
飛べるのでは
なかったっけか
ミミ
そうだ…！
魔法能力が
使えるとばぁやが——…
ミミ
魔法っ…
飛ぶ
魔法——…っ
ギッ
バ

ズ
ギャ
ズーンッ
ギャ
う…
…たた
とりあえず
生きてる…
よかった
頭を
かばった
せいで
結構 足を
強く打ち
つけたけど…
!!
ぐちゃ…

これはかなり
のちの危機に
関わる怪我では…!?

手術?! いや…その前に
お金は…

でも
痛みが
わずか…

痛みは命を
守るための
アラーム
なのに…

あれ…

出血が…
止まって
いる…?

パキ

パキ

それに
裂けた皮膚も
もうくっついて
きて――…

再生能力――!?

吸血鬼の
肉体の
特性か――

なるほど…痛覚が鈍いわけだ

この種族の長寿の理由はこれか…

思ってたより再生が早い このままだと変な角度でくっつくかも…

よし

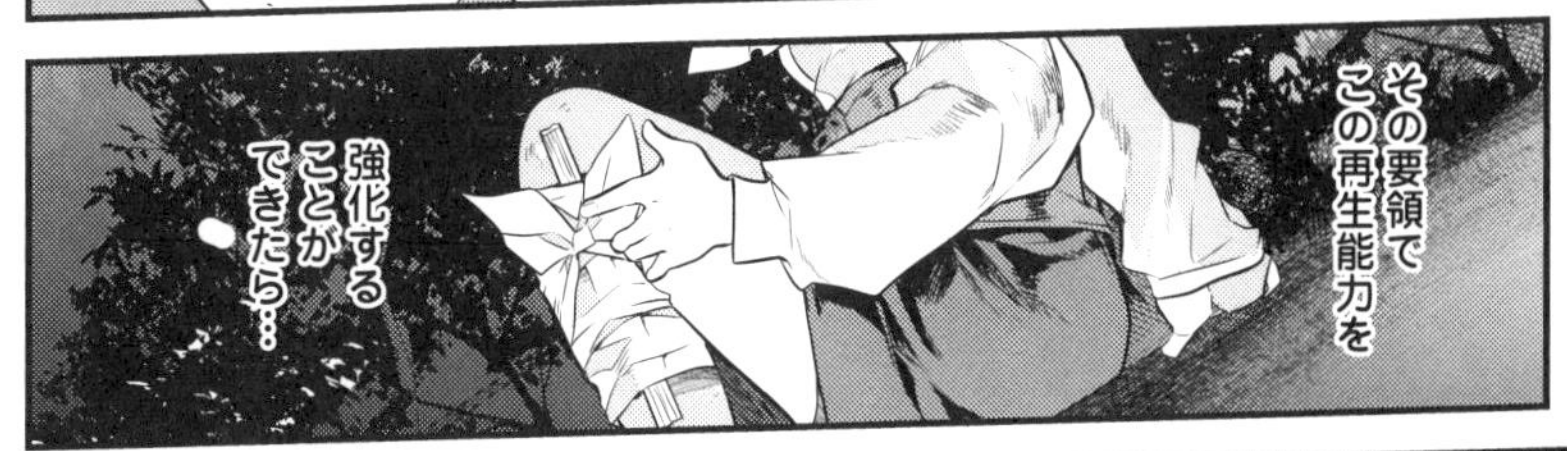

かなり優秀な
能力になるのでは——…？

前世の私だったら

そう言っていただろうな

なんて
小さな
手だろう
今はまだ
この小さい手に
掴めるものは
わずかで
掴めるものも
財なのか
やりがいなのか
自分でも
見当がついて
いないけれど

ググッ
この世界に
転生した意味を
自分の手で掴む
やりきって
満足して
笑って
終わらせる
もう
欠けた月の
ままでは

生きるぞ
この人生を
全力で――!
終わらせない―――…!!

mercedes 3 PR
これは欠けた月が満月を目指し、
生涯を笑って終えるために進み続ける物語
ダンジョンに潜り、
金銭を稼ぎ、
強くなり、
仲間を増やして
彼女はまた
深層へ。
「さあ、
地獄の底まで
ついてこい——!!」
人型怪物
黒狼
AI
悪魔
鷲型モンスター

吸血鬼に転生!?

生きるぞ

この人生を全力で——

月への誓いを胸に
SF異世界を駆け抜ける!

さあ、実習を始めます！
できる！
リティさん、コミカライズも決定したようです。
え!? 本当に!?
20日発売!!

冒険の99％は脳筋力で解決

花よりバトルなルーキーが

王立学園冒険学科の講師に!?

無自覚ハイスピード成り上がりファンタジー第３弾！

「お前には才能がない」と告げられた少女、怪物と評される才能の持ち主だった 3

AUTHOR ラチム　ILLUST. DeeCHA

2021年12月

サンクランド王国編
クライマックスへ！
ミーア様の
お召し物が…!?

二年ぶりの故郷——師匠との再会、そして

グレイブとの対決へ!?

帰ってくる頃だと思ってたよ、無愛想弟子

逃げない。

コミカライズ絶賛連載中！

ニコニコ漫画にて！

漫画：わかさこばと

Harunohi Biyori

春の日びより

illust.ひたきゆう

乙女ゲームのヒロインで最強サバイバル III

—otome game no heroine de saikyo survival—

覚悟はできた。

もう

2022年初春発売!

欠けた月のメルセデス２
～吸血鬼の貴族に転生したけど捨てられそうなので
ダンジョンを制覇する～

2021年12月1日　第1刷発行

著　者　炎頭

発行者　本田武市

発行所　TOブックス
〒150-0002
東京都渋谷区渋谷三丁目1番1号　PMO渋谷Ⅱ　11階
TEL 0120-933-772（営業フリーダイヤル）
FAX 050-3156-0508

印刷・製本　中央精版印刷株式会社

ISBN978-4-86699-372-0

Printed in Japan